W0327294

HERBSTFUNKELN

CORNWALL SEASONS

CARA LINDON

ÜBER DAS BUCH

Das Buch

»Cornwall tut den Augen und der Seele gut«, sagte Grandma, *»... und es heilt gebrochene Herzen.«*

Mann weg, Job weg, Wohnung weg – kurz vor ihrem 30. Geburtstag hat Alys alles verloren. Zutiefst unglücklich kehrt sie zurück ins romantische Cornwall, ins Haus ihrer Großmutter. Mit Schokolade, Büchern und ihren besten Freundinnen versucht sie sich zu trösten, aber das Leben erscheint ihr leer.

Um nicht mehr so allein zu sein, adoptiert sie Mr. Cat, einen missmutigen Kater aus dem Tierheim. Gerade hat Alys sich ihrem Dasein als einsame Katzenfrau abgefunden, da treten gleich zwei Männer in ihr Leben: der sympathische Jory, mit dem Alys lachen kann, und der erfolgreiche Daveth mit den stahlgrauen Augen, der sie verwöhnt.

Nun muss sich Alys entscheiden: Kann sie ihrem Herz vertrauen oder steht ihre Vergangenheit ihrem Glück im Weg?

ÜBER DIE AUTORIN

Cara Lindon ist ein Pseudonym der Autorin Christiane Lind, die bereits bei den Verlagen Knaur, Rowohlt und Aufbau sowie im Selbstverlag veröffentlicht hat. Cornwall ist ihr Sehnsuchtsort, den sie mindestens einmal im Jahr besuchen muss, damit Land und Meer ihre Seele streicheln. Cara hat ihren Seelenverwandten bereits gefunden und lebt mit ihm und vier Katern in einer kleinen Stadt, leider nicht in Cornwall.

www.caralindon.de

DIE KORNISCHEN NAMEN

- *Alys* – kornische Form von Alice
- *Bryluen* – kornisch: Rose (Aussprache: Bree-loo-en)
- *Chesten* – kornische Form von Christine
- *Colan* – kornische Form von Collen
- *Daveth* – kornische Form von David
- *Hedra* – kornisch: Oktober
- *Helyer* – kornisch: Jäger
- *Jory* – kornische Form von George
- *Kitto* – kornische Form von Christopher
- *Lowenna* – kornisch: Glück, Freude
- *Metheven* – kornisch: Juni/Mittsommer
- *Rosenwyn* – kornisch: weiße Rose

KAPITEL 1

Vor zehn Jahren

Wo sie nur blieben? Alys bewegte sich von einem Fuß auf den anderen. Die Sonne streifte bereits die niedrigen Dächer der Cottages und es war empfindlich kühl geworden. Vielleicht hätte sie Turnschuhe statt der Sandalen anziehen sollen? Noch konnte sie zurück ins Haus gehen und die Schuhe wechseln. Da kam der dunkle Vauxhall die Straße herunter und hupend vor ihr zum Stehen. Ihr wurde gleichzeitig warm und kalt ums Herz. Wie viele Jahre würden vergehen, bevor sie wie-der zusammen mit ihren Freundinnen zu ihrem Lieblingsstrand fuhr? Ja, es musste sein. *Das Leben ist Wandel,* pflegte Grandma zu sagen, aber dennoch …

So sehr Alys den Tag herbeigesehnt hatte, an dem sie endlich über ihr Leben bestimmen konnte, so sehr hasste sie, dass diese Veränderung sie den größten Halt kosten würde: die Nähe zu ihren Freundinnen und zu ihrer Großmutter.

Als ahnte sie Alys' düstere Gedanken, kletterte Bree halb aus dem Beifahrerfenster, um ihr einen Kuss auf die Wange zu geben.

»Da seid ihr ja endlich.« Vorsichtig legte Alys ihren Rucksack auf den Rücksitz, was dennoch ein bedenkliches Klirren mit sich brachte. Dann stieg sie ein und umarmte ihre Freundinnen, so unbequem das im Auto auch war.

»Sorry.« Bree wuschelte sich mit der linken Hand durch ihre brünette Mähne, wie immer, wenn sie sich über ihre Eltern ärgerte. »Meine Mutter musste mir eine Predigt halten. Du weißt schon: ›Trink nicht so viel.‹«

»Sei um Mitternacht wieder zu Hause«, warf Chesten ein.

»Stell nichts an, was wir nicht auch tun würden«, vervollständigte Bree.

»Grandma hat wie immer gesagt ›Ich vertraue darauf, dass du vernünftig bist.‹«, antwortete Alys.

Bree seufzte. »Kann sie mich nicht adoptieren?«

Alys verzog das Gesicht. »Ach, so toll ist das auch nicht. Deine Mutter hat dich bestimmt darauf hingewiesen, dass Turnschuhe die klügere Wahl sind. Ich friere jetzt schon. Wie wird das erst, wenn die Sonne untergegangen ist?«

Bree hob einen Rucksack mit Hello-Kitty-Logo hoch. »Ich hab' Champagner dabei. Du musst nur genug trinken, dann wird dir schon warm.«

Chesten schaute in den Spiegel, sodass ihr Blick und der von Alys sich trafen, und lächelte. Immer wenn sie mit ihren Freundinnen zusammen war, kam Alys sich vor, als wäre sie der Durchschnitt aus beiden. Chesten war schmal, zierlich und blond, Bree groß, kräftig und mit einer Woge dunklen Haars. Alys war mittelgroß, mitteldick und ihre Haare, die sie schulterlang trug, waren von einem langweiligen Mausbraun.

»Meine Mutter hat uns Sandwiches gemacht und Scones eingepackt.«

»Hey, für die Süßigkeiten bin ich zuständig.« Bree gab vor, beleidigt zu sein. »Ich habe den ganzen Tag gebacken. *Fairings* und *Saffron Buns*. Wehe, es bleibt etwas übrig.«

Ein bittersüßes Gefühl stieg in Alys auf. Sie konnte sich ein

Leben ohne Bree und Chesten nicht vorstellen. Das Leben, das nun auf sie wartete.

Als Chesten zum wiederholten Mal den Wagen zurück in eine Einbuchtung steuern musste, um einem entgegenkommenden Auto Platz zu machen, sprach Bree aus, was Alys durch den Kopf ging. »Ich würde jedes Mal in Panik geraten. Diese engen Wege – und dann die Hecken an der Seite … Das ist nichts für mich.«

»Wenn du wie ich mit acht Jahren Traktorfahren gelernt hast, fällt dir Autofahren leicht. Alles nur Übung.«

Chesten bog in eine der überwachsenen Straßen ein, die so typisch für ihre Heimat waren. Die Kronen der Bäume, die rechts und links der schmalen Fahrspuren standen, hatten sich einander zugeneigt und bildeten ein Blätterdach, das Regen, aber auch Sonnenstrahlen abhielt. In Höhe der Doppeldeckerbusse sah es aus, als hätte jemand die Äste und Zweige viereckig zurechtgestutzt. Oft waren das die Busse selbst, wie Alys wusste, die dieses Transportmittel häufig nutzte.

Obwohl sie den Führerschein gemacht hatte, fand sie keinen Spaß am Autofahren. Deshalb würde sie in einer Stadt leben, in der es Busse und U-Bahnen gab.

Am Ende des Weges fuhr Chesten an die linke Seite und stellte den Wagen ab. Bree sprang als erste aus dem Auto und lief sofort nach hinten, um den Kofferraum zu öffnen. Alys bekam von ihrer Freundin eine Picknickdecke und einen Picknickkorb in die Hand gedrückt. Chesten nahm die Tüte mit dem Feuerholz, Bree trug den MP3-Player und die Lautsprecher.

Der schmale Weg zu ihrer Bucht schlängelte sich durch kornische Heide, die jetzt immergrün und struppig aussah. Erst im Spätsommer würde sie erblühen und die Landschaft in unterschiedliche Rottöne tauchen.

»Friends are forever«, stimmte Bree laut und falsch den Song an, den sie zu ihrer Hymne erklärt hatten. »Lovers may leave but friends are forever … foooooorever«, fielen Chesten und Alys ein.

Sie ließen ihr Gepäck im bereits abgekühlten Sand liegen und gingen engumschlungen zum Meer, das sich durch die Ebbe zurückgezogen hatte. Alys liebte die Buchten von Sennen Cove: Das Meer glitzerte hier türkisfarben, als wäre man in der Karibik und nicht im guten alten Cornwall. Ob sie es wagen sollte, mit den Füßen ins Wasser zu gehen oder war es dafür zu kalt?

»Seht nur.« Chesten, die Romantikerin, deutete auf den aufgeklarten Himmel, an dem die Sonne leuchtendrot stand. Die Hitze flirrte um sie herum. Nach und nach färbte er sich orange und dann rot, was die schroffen Klippen, die viele Seeleute das Leben gekostet hatten, geheimnisvoll aufleuchten ließ. Schaumkronen tanzten auf dem Wasser und rollten langsam in ihre Richtung. Über den Klippen schwebten Sturmtaucher und Seeschwalben nahezu schwerelos im Wind. Eine Mantelmöwe, unverkennbar mit ihren dunklen Flügeln, stieß pfeilschnell hinab.

»Das wollt ihr wirklich verlassen?« Chestens Worte durchbrachen die Stille des Augenblicks. »So etwas Wundervolles haben weder London noch New York zu bieten.«

»Kommt, lasst uns feiern«, antwortete Bree. »Ich habe Durst, ihr nicht?«

Gemeinsam suchten sie sich einen windgeschützten Platz und hoben eine Grube für das Lagerfeuer aus. Chesten, die am praktischsten veranlagt war, kümmerte sich um das Feuer, während Bree die Decke ausbreitete und das mitgebrachte Essen auf den Picknicktellern verteilte.

Sie schauten einander an, betrachteten Essen und Getränke und schwiegen, als wäre ihnen allen bewusst, dass es die Zeit des Abschieds war.

»Nur nicht sentimental werden, Mädels«, rief Bree mit zu viel Fröhlichkeit in der Stimme. »Egal, was unser Leben bringt, wir werden immer Freundinnen sein. Mach mir einen Royal Pimm's, Barfrau.«

»Sehr gerne! Öffne den Champagner, Darling.« Alys schnitt

Gurke, Zitrone und Erdbeeren in Stücke und füllte sie in zwei hohe Gläser. Dann folgten Eiswürfel. Großzügig bemaß sie den Pimm's-Likör, bevor sie Bree die Gläser reichte. Die füllte mit Champagner auf und gab Alys ein Glas zurück.

Inzwischen hatte sich Chesten Ginger Ale eingegossen und erhob ihr Glas. »Auf uns. Auf die besten Freundinnen, die man sich wünschen kann.«

Täuschte Alys sich oder glitzerten Tränen in Chestens Augen?

»Bye, bye, *Comprehensive School*. Jetzt kommt das Leben.« Bree trank einen großen Schluck Pimm's. »Morgen bin ich weg. Ich werde euch vermissen.«

»Wir wollten doch nicht sentimental werden.« Alys wollte sich ihren letzten Abend nicht verderben, auch wenn sie sich auf die Lippe biss, um gegen Tränen anzukämpfen. »Lasst uns endlich etwas essen. Ich verhungere gleich.«

»Ich dachte, du fragst nie. Ihr wisst doch, dass ich auf meine Figur achten muss als zukünftiges Plus-Size-Model.« Bree verteilte die randvollen Teller.

»Vielleicht hätten wir doch zur Feier gehen sollen …« Chesten schaute ihre Freundinnen an. »Schließlich macht man den Schulabschluss nur einmal im Leben.«

Alys und Bree wechselten den Blick, den sie immer austauschten, wenn Chesten wieder einmal zweifelte.

»Die ganze Schulzeit über sind die anderen uns auf die Nerven gegangen, haben uns doof behandelt, und jetzt soll ich so tun, als wäre alles gut?« Brees braune Augen blitzten zornig. »Weil es so ein besonderer Moment ist, will ich ihn mit euch verbringen. Nicht mit arroganten Tussis und dämlichen Jungs.«

»Ich hatte gehofft, dass Yestin …« Chesten sprach nicht weiter.

»Ach, Darling.« Alys nahm ihre Freundin in die Arme und drückte ihr einen Kuss auf die Wange. »Yestin hat nur Augen für Stacey. Und du bist viel zu gut für ihn.«

Chesten nickte, aber ihr Blick blieb traurig. Es tat Alys

unendlich leid, dass ihre wunderbare Freundin sich zielsicher immer in die falschen Männer verliebte und darunter litt. Bree hingegen ließ leidende Männer und berstende Herzen zurück. Und Alys selbst war wie so oft in der Mitte – sie hatte die zweijährige Beziehung mit Alan vor einem Vierteljahr beendet, weil ihre Leben sich ändern würden.

Bree warf ihre dunkle Mähne zurück. Alys beneidete ihre Freundin, seitdem sie sich das erste Mal begegnet waren, um deren Haarpracht. Dicke, dunkle Locken umrahmten ihr Gesicht. Bree konnte jede Frisur tragen und es sah einfach großartig aus. Alys seufzte leise und strich sich durch ihre feinen Haare. Sobald sie sie länger wachsen ließ, lagen sie platt am Kopf und für eine Kurzhaarfrisur fehlte ihr der Mut. Die würde ihr niemals so gut stehen wie Chesten mit ihren feinen Gesichtszügen, was ihr Pixieschnitt noch betonte. Aber auch mit langen Haaren sah Chesten einfach wunderbar aus. Feenhaft.

»Haltet ihr an euren Plänen fest?«, fragte Alys, um über den Moment der Traurigkeit hinwegzukommen, der sie überfallen hatte. »Warum bleiben wir nicht hier? Hier ist es schön. Millionen Touristen können sich nicht irren.«

»Sofort nach dem Examen kehre ich zurück.« Chesten lächelte versonnen. Sie war schon immer die Bodenständigste von ihnen und gleichzeitig eine Träumerin gewesen. »Ma braucht mich auf dem Hof. St. Bartholomew ist eine schöne Stadt. Mir fehlt hier nichts.«

»Bäh. Viel zu klein. Das einzig Interessante ist Branok Manor.« Bree schüttelte sich, als wäre ihr ein ekliges Insekt über die nackten Arme gekrabbelt. »Ich will so weit wie möglich weg. Nur raus aus der Enge. Etwas erleben. Die Welt sehen. Erst New York, dann Mailand, Paris …«

Ihre Augen leuchteten, als sie sich ihre bunte Zukunft ausmalte. Alys war sich sicher, dass ihre Freundin alles erreichen würde, was sie sich vorgenommen hatte. Bree war so ein Mensch. Zielstrebig, umtriebig und voller Mut. Nicht so auf

Sicherheit versessen wie Alys oder so verträumt wie Chesten. Bree wollte nach New York reisen, um dort bei den Agenturen ihr Glück zu versuchen. Bei dem Gedanken, dass ihre Freundin ans andere Ende des Atlantiks fliegen würde, zog sich Alys der Magen zusammen.

»Und du, Alys?« Chestens sanfte Stimme holte Alys aus ihrem Grübeln. Ihre Freundin streckte die Hand aus und strich ihr über den Arm. »Willst du wirklich Betriebswirtschaft studieren? Du hast so ein großes Talent ...«

»Das stimmt«, mischte sich Bree ein. Ihre Stimme klang verwaschen von dem Pimm's, den sie getrunken hatte. »Wenn ich malen könnte wie du, würde ich Kunst studieren oder Design.«

»Kunst ist brotlos.« Wie oft hatten sie diese Diskussion schon geführt. »Ich bin nicht der Typ, der dafür hungert. Wirtschaft ist etwas Solides, mit Perspektive. Mit einer Zukunft.«

Eine Weile hatte Alys mit dem Gedanken gespielt, an der *Falmouth School of Art* in Penryn zu studieren. Grandma hatte ihr sehr zugeredet, diesen Weg zu gehen, aber Alys fürchtete, dass sie einfach nicht gut genug wäre, um davon leben zu können. Und beim besten Willen sah sie ihre Zukunft nicht darin, schlechtbezahlte Jobs auszuüben, nur damit sie in ihrer spärlichen Freizeit malen könnte und sich ständig fragen würde, warum andere den Erfolg hatten, den sie sich wünschte. Da wählte sie lieber die Sicherheit und hoffte, diese Entscheidung nicht zu bereuen.

KAPITEL 2

Heute, im Mai

Zum dritten Mal versuchte Alys *Brände auf Borneo,* den zweiten Roman der Jezebel-Bligh-Serie, aus dem Regal zu ziehen, aber ihre zitternden Finger glitten am Buchrücken ab. Wie konnte das nur geschehen? Was hatte sie verbrochen, dass ihr ganzes Leben wie ein Kartenhaus in sich zusammengestürzt war?

Die anderen Zutaten für ihre heutige private Trauerfeier lagen auf dem Couchtisch bereit:

- Schokolade
- Southern Comfort und Ginger Ale

… und eine Packung Taschentücher, weil sie weinen musste.

Mit verschwommenem Blick sah sie sich um. Alles in dem vertrauten Cottage erinnerte sie an ihre Grandma, vor allem die Fotos an den Wänden und über dem Kamin. Sie ging zu dem Schnappschuss, den sie am meisten liebte: Grandma und sie in London während einer Einkaufstour.

»Hier habe ich gewohnt, als ich noch jung war.« Grandmas Augen hatten geleuchtet, als sie auf ein unscheinbares Haus in der Carnaby Street deutete. »Wilde Zeiten waren das. Bis ich deinen Großvater kennenlernte.«

»Warst du ein Groupie?«, fragte Alys, die sich im Internet über die Swinging Sixties informiert hatte und sich nicht vorstellen konnte, wie ihre stets korrekt gekleidete Großmutter in diese Welt passen sollte. »Wovon hast du gelebt?«

Grandmas Antwort war ein Lachen gewesen. »Ach, Kind, *das* erzähle ich dir, wenn du groß bist.«

Doch dazu war es nie gekommen – und nun war es zu spät für sie, jemals herauszufinden, wie ihre Grandma in London gelebt hatte.

Der Stil ihrer Großmutter war in dem behaglichen Häuschen überall zu spüren. Durch indirekte Beleuchtung und helle Farben war es ihr gelungen, aus dem Cottage ein lichtdurchflutetes, behagliches Heim zu schaffen.

Das einzig Dunkle waren die Dielen, die abgeschliffen und versiegelt waren. Alys mochte das Gefühl des warmen Holzes an ihren Füßen und war Grandma dankbar, dass diese das Holz nicht mit Teppich überdeckt oder gar herausgerissen hatte.

Sie fühlte sich zuhause und hatte alles belassen, wie es war, nachdem sie hier eingezogen war. Jeden Raum verband sie mit einer Erinnerung an ihre Großmutter, mit Leben, Streit und Lachen. Noch immer erwartete sie, Grandma auf dem gemütlichen Sofa vor dem Kamin sitzen zu sehen. Die zusammengewürfelten Bücher im Regal trugen Grandmas Namen auf der dritten Buchseite. Manchmal hatte sie auch Bemerkungen zur Geschichte dazu geschrieben, meist, wenn sie sich über die Romane geärgert hatte.

Vor dem Fenster hingen beigefarbene Stoffgardinen, deren aufgedruckte Rosen von dem gleichen intensiven Rot waren wie das Sofa, auf das sich Alys setzte, nachdem sie das Buch endlich herausgezogen hatte, und die Beine anwinkelte.

Dann zog sie eine Bilanz ihres Lebens, die traurig aussah:

- Grandma: fehlt mir immer noch unendlich
- Chesten: bei ihrem Lover
- Bree: In Mailand oder San Francisco oder New York
- Job: weg und kein neuer in Sicht
- Craig: Flop meines Lebens

… und all das innerhalb kurzer Zeit. Sie konnte kaum fassen, wie schnell ihr Leben zerbrochen war. Noch vor einem Jahr hatte sie als Personalentwicklerin bei einer Londoner Bank gearbeitet und in einer überteuerten, aber schnuckeligen Wohnung in Notting Hill gelebt, gemeinsam mit Craig. Erst überraschte sie die Kündigung, dann die Trennung und schließlich im Oktober der verhängnisvolle Anruf von Grandma.

»Alys, Dearie, ich … ich bin krank. Sehr krank.«

Sofort ließ sie in London alles stehen und liegen, um ihrer geliebten Großmutter in Cornwall beiseite zu stehen. Sechs gemeinsame Wochen waren ihnen vergönnt gewesen. Alys verzog den Mund, hob die Hand vors Gesicht, aber die Tränen ließen sich nicht eindämmen. Sie schnäuzte sich die Nase, goss sich eine großzügig bemessene Portion Southern Comfort ein und füllte das Glas mit Ginger Ale auf. Nachdem sie einen Schluck getrunken hatte, öffnete sie das Taschenbuch der *Mission für M.I.S.T.R.-Reihe*. So wie Grandma liebte sie die Abenteuer der exotischen Heldin Jezebel Bligh und ihres Teams.

»Jedes Mal, wenn Jezebels geheimnisumwitterte Vergangenheit erwähnt wird, trinke ich einen Schluck Southern«, wiederholte sie die Regeln ihres Spiels. »Bei jeder Erwähnung ihrer außergewöhnlichen Attraktivität gibt es Schokolade.«

Wow, erst auf Seite neun und sie musste das Glas bereits auffüllen. Jezebel Blighs hatte eine *sehr* geheimnisvolle Vergangenheit, was der Autor nicht oft genug erwähnen konnte. Wie eine Meerjungfrau war sie als Kind eines Tages in Borneo halb ertrunken angespült und von einem Eingeborenenstamm aufgezogen worden.

»Auf dich, Grandma.« Alys hob ihr Glas. »Und auf deinen seltsamen Buchgeschmack. Ich vermisse dich. Entsetzlich.«

Erneut stiegen Tränen in ihren Augen auf, denen sie durch einen großen Schluck des süßen Getränks beikommen wollte.

Wieso war die Schokolade schon alle? Das musste an Jezebel Blighs Sex-Appeal liegen. Alys erhob sich, um sich eine neue Tafel zu holen, und plumpste zurück aufs Sofa.

Ups!

Der Southern Comfort wirkte stärker, als er schmeckte. Möglicherweise lag es daran, dass sie seit dem Frühstück nichts gegessen hatte. Der Gedanke an den morgigen Tag raubte ihr den Appetit. Sicher, es war Grandmas letzter Wunsch gewesen, aber musste Alys deshalb ihr Leben umkrempeln?

»Auf den kommenden Mitbewohner.« Darauf noch einen Schluck des leckeren Getränks. Irgendwie hatte Alys das Gefühl, der Southern Comfort würde immer mehr in ihrem Mund. Vielleicht sollte sie erst einmal einen Schluck Wasser trinken. Oder zwei. Doch irgendwie konnte sie sich nicht dazu aufraffen, aufzustehen und in die Küche zu gehen. Stattdessen schniefte sie und schnäuzte sich in das Taschentuch, das schon ziemlich durchweicht war.

Ich bin ganz allein! Niemand liebt mich. Ich könnte hier und heute tot umfallen und es würde Monate dauern, bis es jemand merkt.

Als sie sich weiter in ihr Selbstmitleid einkuscheln wollte, klingelte ihr Smartphone. Wo war das verfluchte Ding nur? Alys stand auf, schwankte, aber es gelang ihr, auf den Beinen zu bleiben, auch wenn sie sich an der Sofalehne abstützen musste. Auf der Suche nach ihrem Telefon kniff sie ein Auge zu, weil sie auf einmal alles unscharf und doppelt sah.

Ah, da war das blöde Ding. Wie es da nur hingekommen war?

Glücklicherweise hatte ihr Anrufer viel Geduld.

»Hallo!« Alys keuchte ein wenig, weil die Suche und vor allem der Versuch, aufrecht zu bleiben, ganz schön anstrengend war. »Ja?«

»Wie viel hast du getrunken?«

»Hallo Bree, Ich freu mich auch, dich ssu hör'n.«

»Ach, komm, wer außer mir sollte heute *deshalb* anrufen.«

Stimmt. Ein echter Punkt. Chesten war mit den Gedanken meist woanders und außerdem viel zu freundlich, als dass sie Alys an ihre Fehler erinnern würde. Brees Schmerzgrenze lag deutlich tiefer, wenn es um klare Worte ging. In diesem besonderen Fall jedoch hatte Chesten gestern bereits angerufen, um ihr mitzuteilen, dass sie einen Termin für Alys ausgemacht hatte.

Alys seufzte. »Mussu mich daran erinnern?«

»Du trinkst allein?!« Brees Stimme klang ungläubig. »Die wievielte Flasche Sekt?«

»Kein Sekt. Schoschern Comfort, wegen Grandma.« Wenn sie sich auf den Rücken legte und mit der linken Hand ein Auge zuhielt, drehte sich das Zimmer kaum noch. »Und wegen morgen. Chesten hat sich drum gekümmert.«

Schweigen antwortete ihr. Eine skeptische Stille.

»Das willst du doch nicht wirklich machen?«

»Oh doch.« Alys kämpfte gegen einen Schluckauf an und schloss beide Augen. Trotzdem drehte sich das Zimmer noch. »Versprochen is' versprochen. Hicks.«

»Ach, Darling.« Brees Stimme klang für ihre Verhältnisse sehr sanft. »Deine Grandma würde es verstehen, wenn du dich anders entscheidest. Nach Craig wird noch jemand kommen.«

»Versprochen is' versprochen«, wiederholte Alys mit Nachdruck in der Stimme. Erneut drohte die Traurigkeit sie zu überwältigen. »Grandma wirsich schon wasch dabei gedacht habn. Craig – wer is' Craig. FmL.«

Flop meines Lebens, manchmal auch gFmL – der größte Flop meines Lebens. Nicht dass Bree nicht von Anfang an prophezeit hatte, dass er sich als das herausstellen würde.

»Dearie, pack einfach deine Sachen und besuch mich.« Bree

wurde nicht müde, ihr dieses Angebot zu machen, obwohl Alys es bestimmt schon zehnmal abgelehnt hatte. »Ich fänd's schön, wenn du hier wärst.«

Nein, Brees Modelwelt war keine, in der Alys sich einfügen könnte – da war sie sicher.

»Ich muss einen Job finden.« Alys hasste es, wenn sie sich stur und verbissen und spießig anhörte. Konnte Bree denn nicht verstehen, dass sie nicht auf Kosten ihrer Freundin leben wollte? »Auscherdem hab' ich morgen den Termin.«

Erneut schwieg Bree. Sie war die Königin des vielsagenden Schweigens. Wenn sie nüchtern gewesen wäre, wäre Alys vielleicht eingeknickt. Dank des wunderbaren Southern Comforts konnte sie Brees Schweigen gut aushalten. Ab und zu öffnete sie ein Auge, um zu überprüfen, ob der Raum sich immer noch drehte.

Jep.

»Na gut, dann renn in dein Unglück.« Bree seufzte. Manchmal hörte sie sich an wie die große Schwester, die Alys nie gehabt hatte. »In zehn Tagen komme ich nach St. Bart. Ich habe einen Auftrag in Rom und mache einen Zwischenstopp bei euch.«

»Dann kannscht du ihn oder sie kennenlernen.« Nun war der Schluckauf doch ausgebrochen, obwohl Alys alles versucht hatte, ihn zu unterdrücken. »Ich freu mich, aber ich glaub, ich muss jezz ins Bett.«

»Hoffentlich hast du morgen keinen Kater.« Bree schüttete sich aus vor Lachen. »Du verstehst den Witz.«

»Ja, Bree. Obwohl er nichso lussig ist wie du denkst.« Alys bemühte sich, etwas gekränkte Würde zu verbreiten, aber mit Schluckauf war das nur schwer zu bewerkstelligen. »Gute Nacht.«

»Geh wirklich schlafen und trink nicht noch den Rest aus.« Alys konnte Bree förmlich vor sich sehen, wie sie den Kopf schüttelte. »Tschüs, Love.«

»Ciao.« Alys legte auf und stellte das Glas ab. Einen Moment überlegte sie, sich aus reinem Trotz noch einen Southern Comfort einzuschenken, aber der Schluckauf war ein deutliches Signal, dass sie genug hatte.

Also torkelte sie in die Küche, goss sich dort ein großes Glas Wasser ein, in dem sie eine Magnesium- und eine Kalziumtablette auflöste. Während die Tabletten vor sich hinsprudelten, hielt Alys sich die Nase zu, um den verfluchten Schluckauf endlich zu besiegen.

Sie warf einen letzten verschwommenen Blick durch das Cottage, ob alles für morgen vorbereitet und einsatzbereit war. Ja, sie war gut organisiert. Eine Frau mit miesem Männergeschmack, aber einem eindeutigen Organisationstalent. Ab morgen würde alles anders.

»Proscht!« Mit Todesverachtung trank sie die säuerliche Magnesium-Kalziummischung und hoffte, dass dies dem morgigen Kopfschmerz vorbeugen würde.

KAPITEL 3

Was du nur wieder hast, Mr. Cat?« Emily Warren seufzte. Vom ersten Tag an brachte der grau-weiße Kater nur Scherereien mit sich. Sicher, die Kollegen vom Tierheim in Truro hatten sie vorgewarnt, als sie ihr Mr. Cat angeboten hatten.

»Bei uns findet der nie ein Zuhause. Der präsentiert sich schlecht. Wir haben einfach zu viele Katzen. Unkompliziertere Katzen.«

Also hatte Emily sich breitschlagen lassen, Mr. Cat aufzunehmen. Das von ihr geleitete Tierheim war eines der kleineren, sodass man sich den einzelnen Tieren individueller widmen konnte. Vor allem, weil sie viele ehrenamtliche Helfer hatten – zum Hunde ausführen oder Katzen streicheln. Daher waren die Vermittlungschancen bei ihnen besser als in den größeren Tierheimen. Meistens jedenfalls.

Mr. Cat schien sich als Abweichung von der Norm zu erweisen. Zu Beginn saß der korpulente Kater in einer Wohnhöhle und fauchte und spuckte, sobald sich ihm eine andere Katze näherte. Menschen gegenüber war er nicht wesentlich freundlicher. Selbst die gutmütigsten Katzenstreichler hatten vor seinem

Zorn kapituliert. *Grumpy Cat* konnte sich von diesem Kater noch eine Scheibe abschneiden, was schlechte Laune anging.

Das Einzige, was Mr. Cats Stimmung hob, war Futter, viel Futter. Nachdem Emily festgestellt hatte, dass er anderen Katzen das Fressen raubte – unter Einsatz seiner gesamten Körpermasse – hatte Mr. Cat ein Einzelzimmer bekommen.

Wenn Mr. Cat nur ein wenig zugänglicher wäre. Der Kater schien einfach nicht zu begreifen, dass nur freundliche Katzen eine Chance auf Vermittlung hatten. Emily musste sich eingestehen, dass sie mit diesem Kater nicht warm wurde. Was äußerst unglücklich war, da er wohl den Rest seines Lebens hier verbringen würde.

»Was geht in deinem Kopf bloß vor?« Emily schaute den Kater an, der sie aus seinen runden, grünen Augen musterte. »Nachher kommt eine Frau, die Chesten angemeldet hat. Versuch einfach mal, netter zu sein. Oder willst du für immer hierbleiben?«

Sie wandte sich um. Schließlich gab es noch einen ganzen Wurf Kittens zu betreuen, die sich freuten, sie zu sehen. Als sie den Raum verließ, blieb das unangenehme Gefühl, dass der Kater ihr hinterher starrte und unfreundliche Pläne fasste.

~

Durfte sie überhaupt schon fahren? Alys' Kopf dröhnte und schmerzte trotz der Tabletten, die sie gestern genommen hatte. Sie konzentrierte sich auf die Straße, unsicher, weil sie so lange kein Auto mehr gelenkt hatte. Chestens schwarzer Vauxhall kam ihr riesig vor und sie zog den Wagen jedes Mal nach links, wenn ihr ein anderer PKW entgegenkam. Hoffentlich kommt kein Bus, murmelte sie wie ein Mantra vor sich hin. Die ohnehin schmale Straße wirkte noch enger durch die Hecken, die an beiden Seiten wuchsen. Hinter ihnen verbargen sich an etlichen Stellen

Mauern aus grauem Fels, mit denen Alys nicht in Kontakt kommen wollte. Ihre Hände am Lenkrad fühlten sich schweißnass an.

Trotz ihrer Panik konnte sie die Fahrt auch genießen. Jedenfalls dann, wenn die Begrenzungen endeten und sich der Blick auf die Felder und Hügel richten konnte. Sanfte Hügel mit Weiden in kräftigem, hellen Grün, umrahmt von dunkelgrünen Hecken, die an Schachbretter erinnerten. Ab und zu schauten hellgraue Felssteine zwischen den Hecken hervor, die als Befestigung dienten. Dazwischen zeigte sich immer wieder das kräftige Grün kleiner Wäldchen wie Flicken auf einem Teppich. Atemberaubend war das Bild, weil sich hinter den Hügeln das tiefe Blau des Meeres erstreckte, das am Horizont in das hellere Blau des Sommerhimmels überging.

Auch wenn sie nicht in Cornwall aufgewachsen war, ein Teil ihres Herzens gehörte hierher. So sehr sie London und dessen Vielfältigkeit geliebt hatte, etwas hatte Alys stets vermisst: das leuchtende Meer, die exotischen Palmen, den wilden Wind und das satte Grün, unterbrochen von den leuchtenden Farben der Blumen, Bäume und Büsche. Das intensive Gelb des Ginsters, das sanfte Blau der Bluebells, die unterschiedlichen Rottöne der Rhododendren und schließlich die Vielfarbigkeit von Kamelien und Magnolien. Dass sie alle Pflanzen benennen konnte, obwohl sie meist erfolglos in deren Pflege war, verdankte sie ihrer Großmutter. Genau wie dieses Abenteuer.

Endlich tauchte das Schild des Tierheims auf, in dem Chesten sie angemeldet hatte. Alys lenkte den Wagen auf den kleinen Parkplatz aus Schotter, stieg aus und wischte ihre Hände an der Jeans ab. Noch einmal tief durchatmen und überlegen, ob sie es wagen wollte. Ja. Mit dem Mut einer getroffenen Entscheidung stieß sie die Tür auf.

»Ich … also … na ja.« So würden ihr die Leute nie eine Katze anvertrauen. Sie sollte seriös und stabil wirken, nicht verzweifelt.

Okay, zweiter Versuch. »Also. Ich möchte eine Katze, die sonst keiner haben will. Chesten Gwynn hat mich angemeldet.«

Schweigen antwortete ihr. Die beiden Frauen hinter dem Tresen musterten sie. Emily Warren hieß die Große, Hagere, die sich als Tierheimleiterin vorgestellt hatte. Mit ihren kurzgeschnittenen blonden Haaren und der Aura von Energie erinnerte sie Alys an eine Fitnesstrainerin. Den Namen ihrer deutlich molligeren Kollegin mit wilden dunklen Locken hatte Alys vor Aufregung vergessen. Irgendetwas mit J. Sie wich den Blicken der Frauen aus und schaute sich in dem kleinen Raum um.

Die graugestrichenen Wände waren vollgepflastert mit Suchanzeigen. Computerausdrucke von Hunden und Katzen, die vermisst wurden. Flyer stapelten sich in einem Prospektständer; sie trugen so unerfreuliche Titel wie »Was tun bei Würmern?« oder »Mittel gegen Flöhe und Milben.« Schluck. Daran hatte Alys noch nicht gedacht. Unerwünschte Hausgäste, die ihr Haustier mit sich bringen könnte. Würmer – igitt. Sie war so vertieft in die Bilder, die ihre Fantasie ihr malte, dass sie die Frage von Emily Warren überhörte.

»Entschuldigung«, murmelte Alys, riss sich von den Flyern los und schaute die beiden Frauen an. Obwohl sie äußerlich absolut gegensätzlich wirkten, schwebte über beiden der Eindruck von Resolutheit. So musste man wahrscheinlich sein, wenn man sich um ausgesetzte Tiere kümmerte. War *sie* die Richtige für eine Katze?

»Warum?« Die Tierheimfrauen wechselten einen Blick. Mrs. Warren führte das Gespräch, während ihre Kollegin Alys nur prüfend musterte. »Warum wollen Sie nicht eine süße kleine Katze? Oder eine mit Rasse? Oder in einer ungewöhnlichen Farbe?«

Was waren das denn für Fragen? Alys war sich inzwischen sicher, dass es keine gute Idee gewesen war, hierher zu kommen. Aber es war Grandmas letzter Wunsch gewesen. Und sie war nun einmal eine Frau, die zu ihrem Wort stand. Also Augen zu und durch. Die beiden Tierheimfrauen würde sie hoffentlich nicht wiedersehen. Außerdem fehlte ihr die Energie, sich eine gut klingende Lüge auszudenken.

»Meine Grandma hatte sich vor ihrem Tod gewünscht, dass ich mir eine hole. Und da habe ich mir gedacht, wenn schon eine Katze, dann eine, die chancenlos ist.«

»Das Alter ist ihnen egal?« Die stämmige Tierheimfrau betrachtete Alys mit echtem Interesse. Vielleicht etwas zu viel Interesse. »Geschlecht und Farbe auch?«

Noch konnte sie flüchten. Ihren Namen hatte sie bisher nicht genannt. Wenn sie sich jetzt umdrehte und davonrannte … Aber nein. So ein Mensch war sie nicht. Abgesehen davon würde es sich bestimmt gut anfühlen, einem armen Tier, das ihr ewig dankbar wäre, ein Heim zu geben. Eine Katze, die mit ihr auf dem Sofa säße und *Poldark* guckte oder *Game of Thrones* oder *Downton Abbey*. Ein sanftes Fellbündel, das ihr in den kalten Nächten die Füße wärmen würde.

»Ja. Ich habe keine Präferenzen.« Alys nickte. »Nur ein Mauerblümchen soll es sein.«

Ja, Mauerblümchen klang gut. Nach einem netten, sanften, freundlichen Wesen – so wie sie.

Wieder wechselten die Frauen einen Blick. Dieses Mal allerdings erschien er Alys wie der von Verschwörerinnen. Sie schluckte. Vielleicht war Mauerblümchen doch ein blöder Begriff. Single klang besser, ein bisschen jedenfalls.

»Also …«, sagte Emily Warren. Ihr gestreifter Pullover war übersät mit Katzenhaaren. Ob sie in einem Jahr auch so aussähe, fragte sich Alys. »Wir haben einen Kater, der seit einem Jahr ein Zuhause sucht.«

»Eine Katze wäre mir eigentlich lieber.« Von männlichen Wesen hatte sie seit Craig genug. Andererseits wäre es schön, wieder einen Mann im Haus zu haben. »Aber … ich verlasse mich da ganz auf Sie.«

»Ja, der arme Mr. Cat hat ein bitteres Schicksal.« Erneut sahen die beiden Tierheimfrauen sich an, sodass Alys' Skepsis wuchs. »Erst wollten seine Menschen ihn nach ihrer Trennung nicht mehr haben.«

»Und dann?«, fragte Alys, nun doch neugierig, was für ein Hascherl sie erwartete. Ihr Herz wurde weich, als sie daran dachte, einem ungeliebten Wesen Zuneigung zu schenken.

Emily Warren seufzte. »Mr. Cat kam mit seiner Mutter, aber die wollte ihn auch nicht mehr …«

»Ach, der Arme.« Alys schmolz dahin. Später würde sie sich dafür treten, dass sie nicht überlegt hatte, warum Mr. Cats Mutter ihren Sohnemann loswerden wollte. »Ja, der klingt nach dem Richtigen.«

»Haben Sie einen Transportkorb?«, fragte die mollige Frau. Sie grinste so breit, dass sich Alys die Nackenhaare aufstellten. »Wir können Ihnen einen leihen.«

Bevor Alys etwas sagen konnte, verschwand sie hinter einer Tür.

»Ich bin gleich wieder zurück.« Auch Emily Warren eilte davon, als würden ihr die Hacken brennen. Über die Schulter hinweg rief sie Alys zu: »Gehen Sie bloß nicht weg.«

Während Alys wartete, schaute sie sich weiter um. Suchplakate, Aufforderungen, das eigene Tier kastrieren zu lassen, und Bilder glücklich vermittelter Hunde und Katzen hingen übereinander an der Wand.

Auch wenn sie zweifelte, ob sie ein Katzenmensch war, musste sie zugeben, dass Grandma recht damit hatte, einem einsamen Tier ein Zuhause geben zu wollen. Wegen einer Tierhaarallergie hatte ihre Großmutter kein Haustier haben können, daher hatte sie stattdessen Streuner gefüttert und sich im Tierschutz engagiert.

Die Außentür öffnete sich mit einem Quietschen. »Bitte«, hörte sie eine Männerstimme. Der Tonfall war gleichzeitig wütend und flehend, sodass sie sich neugierig umwandte. Sie musste sich korrigieren – der Sprecher sah eher aus wie ein hochaufgeschossener Junge, schlaksig, mit zerzausen Haaren und gebeugten Schultern, als säße er viel vor einem Computer. Höchstens Anfang zwanzig und verzweifelt. »Es war ein Versehen. Meine Eltern hätten den Hund nie hier abgeben dürfen.«

KAPITEL 4

Es tut mir leid«, antwortete das Mädchen am Tresen. »Wir können den Hund nur den abgebenden Menschen überlassen oder einem neuen Besitzer nach Vorkontrolle.«

»Was auch immer das sein mag«, presste der dunkelhaarige Mann hervor. »Wenn ich Buddy nur wiederbekomme, unterziehe ich mich dem gern.«

»Die Vorkontrolle ist ein angekündigter Besuch beim Interessenten«, antwortete die junge Frau mit leiernder Stimme, so als hätte sie das schon hundertfach abgespult. »Wir prüfen, ob Ihre Wohnung tiergerecht ist.«

Niemand vom Tierheim hatte sie besucht, überlegte Alys, *weder angekündigt noch überraschend.* Bedeutete das, dass sie jetzt unverrichteter Dinge gehen musste, wo sie sich gerade dazu durchgerungen hatte, sich eine Katze auszusuchen? Müssten die Mitarbeiter nicht froh sein, dass sich jemand fand, der eine Samtpfote oder einen Hund aufnehmen wollte?

»Können Sie mir wenigstens versprechen, dass Buddy so lange hierbleibt? Dass sie ihn nicht an Fremde vermitteln werden?«

Meine Güte, dachte Alys, ihm scheint wirklich etwas an dem

Hund zu liegen. *Aber wieso hat er dann so spät erst bemerkt, dass seine Eltern Buddy weggegeben haben? Ach, was geht es mich an?*

»So einen Fall hatten wir bisher noch nicht.« Das Mädchen hinter dem Tresen wirkte irritiert. »Da muss ich die Chefin fragen. Warten Sie bitte einen Moment.«

»Mir bleibt ja nichts anderes übrig«, knurrte er.

Nachdem die junge Frau verschwunden war, drehte er sich um und schaute Alys geradewegs an, was ihr furchtbar peinlich war. Hätte sie bloß weiter die Flyer studiert! Was würde er nur von ihr denken, die so offenkundig gelauscht hatte? Da half nur eins – Frontalangriff.

»Hallo.« Alys lächelte, als wäre da nichts, was ihr peinlich sein könnte. »Ich hatte es mir leichter vorgestellt, ein Tier zu adoptieren. Sagt man das so?«

Der Junge starrte sie mit diesem finsteren Blick an. Dann lächelte er, was sein Gesicht erhellte und ein Grübchen auf seiner linken Wange auftauchen ließ. Alys verstummte. Sie konnte diesen völlig verwandelten Mann nur anstarren und denken: Was für eine Veränderung.

»Suchen Sie auch einen Hund?«, fragte er und kam auf sie zu. Er streckte die Hand aus, als wollte er sich vorstellen. Von Nahem musste sie ihre Einschätzung korrigieren. Er war älter, vielleicht Mitte 20, auf jeden Fall jünger als sie.

»Kommen Sie bitte. Wir möchten Ihnen Mr. Cat zeigen«, unterbrach sie Emily Warren, die Alys zuvor so sehnsüchtig erwartet hatte. Was für ein mieses Timing! Hätte sie nicht noch fünf oder zehn Minuten warten können? Neben ihr stand ihre mollige Kollegin, einen Plastikkorb in der Hand.

»Viel Glück mit Buddy«, konnte Alys daher nur sagen und lief den Tierheimfrauen nach.

»Dann schauen wir ihn uns doch einmal an.« Emily Warren ging mit schnellen Schritten, als fürchtete sie, dass Alys es sich anders überlegen könnte. »Mr. Cat sitzt allein in der Quarantäne-Station.«

»Sollen Katzen nicht zu zweit sein, wenn man sie nur in der Wohnung hält?« Alys wollte ihr zu verstehen geben, dass sie nicht gänzlich naiv auf das Abenteuer »Katze in meinem Leben« losgegangen war. Immerhin hatte sie sich im Internet informiert. Stundenlang. Unglaublich, wie viele Seiten sich mit dem Zusammenleben mit Katzen beschäftigten. Ein paar Bücher hatte sie auch gekauft. Allerdings noch nicht gelesen – das hob sie sich für ihr gemeinsames Leben auf.

»Die meisten schon, aber Mr. Cat ist ein Einzelkater.« Emily Warren schaute gequält. »Er … er war nicht begeistert davon, in der Gruppe zu leben.«

»Man hört doch immer von Tierheimlieben.« Den Gedanken hatte Alys tröstlich gefunden. Selbst Katzen und Hunde fanden irgendwann ihre große Liebe. Warum nicht auch sie?

»Nicht unser Mr. Cat.« Die mollige Tierheimfrau versuchte ein Lächeln, das nicht sehr überzeugend wirkte.

Alys fragte sich, ob es so klug gewesen war, auf einer Katze zu bestehen, die niemand wollte. Das war bestimmt wie mit den Männern, die noch Singles waren. Oder mit Frauen wie ihr. Kurz vor der dreißig, mit einer üblen gescheiterten Beziehung hinter sich.

»Vielleicht hat er nur noch nicht die Richtige gefunden?« So schnell wollte sie die Idee der wahren Liebe nicht aufgeben. »Haben Sie es denn probiert?«

»Mehr als einmal.« Emily Warren schaute stur geradeaus. Ihr Lächeln wirkte wie festgefroren. Von links erklang so lautes Hundegebell, dass sie ihre Stimme erheben musste. »Wenn sie Mr. Cat mit einer anderen Katze zusammenbringen, wird er zum dreibeinigen Raser.«

»Wie bitte?« Alys musste erneut schlucken. Eine behinderte Katze traute sie sich nicht zu. Sie konnte kein Blut sehen. Oder Spritzen. Das wäre eher etwas für Chesten. »Er hat nur drei Beine? Fällt er da nicht um?«

»Keine Sorge. So haben wir das nur genannt.« Die Mollige –

Jenna oder Jennifry – lächelte beruhigend. »Mr. Cat faucht wie eine Dampflok und schlägt mit der rechten Vorderpfote nach der anderen Katze.«

»Aber das macht die doch auch.« Alys deutete auf eine winzige schwarze Katze, die nach einer hübschen Roten schlug.

»Ja, aber …« Wieder dieses gefrorene Lächeln. »Mr. Cat hüpft in einem Höllentempo auf drei Beinen hinter seinem Gegner her.«

»Eine Kämpfernatur also.«

»Wenn Sie das so nennen wollen …«

Die mollige Tierheimfrau – Alys entschied sich dafür, sie Jenna zu nennen – öffnete die Tür zu einem Zimmer mit lauter Katzenbabys.

»Ist die süß!« Alys blieb stehen und schaute einem dreifarbigen Kätzchen zu, das eine Stoffmaus über den Boden jagte. »Wie alt ist die denn?«

»Acht Wochen.« Emily Warrens Gesicht wirkte ernst und müde. »Jetzt ist die Zeit der ausgesetzten Kitten. Wenn sie lieber so eine wollen …«

Alys überlegte einen Moment. So ein fröhliches kleines Kätzchen … Die waren schon niedlich, aber brauchten bestimmt viel Betreuung. Außerdem, sie hatte ihre Entscheidung getroffen. Eine Frau, die keiner wollte, und eine Katze, pardon, ein Kater, den keiner wollte. Sie würde diesem Mr. Cat eine Chance geben.

»Danke, aber ich stehe zu meinem Wort.« Alys wandte sich ab von den Kätzchen, die einander jagten, den Katern, die sich elegant putzten, und den Katzen, die sie mit ihren Blicken verfolgten. »Ich nehme Mr. Cat. Wenn er mich will.«

»Schön. Hier ist er. Ganz hinten.«

Die Tierheimfrau öffnete eine weitere Tür. Ganz am Ende des Raumes trennte eine durchsichtige Plastikwand einen Käfig von den anderen ab.

Mit großen Schritten ging Alys zu dem Kater, mit dem sie ihr

Leben verbringen wollte, und prallte überrascht zurück. Dass ihr die Tierheimfrau in die Hacken lief, bekam sie kaum mit.

Alys konnte den gewaltigen Kater nur anstarren, der bei ihrem Anblick aufgestanden war und sie mit erhobenem Kopf anschaute. Fordernd. Schien ein selbstbewusstes Kerlchen zu sein. Nein, ein ganzer Kerl. Sie hatte Bullterrier gesehen, die kleiner waren. Vielleicht hätte sie sich doch Chestens Hilfe versichern sollen. Die wusste, wie man mit schwierigen Katern und Hunden umging. Nur bei Männern versagte ihr sechster Sinn für Problemfälle.

»Kitty, Kitty, Kitty«, sagte sie mit sanfter Stimme, woraufhin der Kater sich umdrehte und ihr den Hintern zuwandte.

Alys spürte eine leichte Enttäuschung. Irgendwie hatte sie sich das erste Treffen romantischer vorgestellt. Eigentlich hatte sie sich mehr Zeit zum Kennenlernen gewünscht, aber ... Na ja, die blieb ihnen noch, wenn sie Mr. Cat – was für ein langweiliger Name – erst einmal zu Hause hatte. Bisher hielt er ihr demonstrativ den Hintern zugedreht, was man beim besten Willen nicht als positives Zeichen werten konnte.

Noch kannst du verschwinden. Schnell und unauffällig meldete sich Alys' innere Stimme wieder. *Chesten erzählst du was von passte einfach nicht. Später vielleicht.*

Ja, das schien eine gute Idee zu sein. Erleichtert stieß Alys die Luft aus.

Das plötzliche Aufjaulen des Katers ließ sie zusammenfahren. »Er mag keine Transportkörbe. Die wenigsten Katzen mögen sie, aber Mr. Cat ...« Emily Warren hob die Hände. »Ist ein Problem, wenn Sie mit ihm zum Tierarzt wollen.«

»Nicht so tragisch.« Endlich konnte Alys auftrumpfen. »Ich habe eine Tierärztin, die Hausbesuche macht. Sie kennen sie bestimmt – Chesten, die den Termin gemacht hat.«

Beide Frauen nickten.

Nun mussten sie Mr. Cat in den Transportkorb bekommen. Zu zweit jagten ihn die erfahrenen Tierheimfrauen durch den

Käfig. Alys konnte nur staunen, zu welchen sportlichen Höchstleistungen der übergewichtige Kater fähig war. Endlich warf die stämmige Frau eine Decke über Mr. Cat und beförderte ihn als Bündel verpackt in den Transportkorb. Zum Dank verpasste er ihr eine gewaltige Schramme am Unterarm. Der Angriff war so schnell und plötzlich gekommen, dass Alys der Mund offenstand.

Sie schluckte. Die Kralle war groß und spitz, die Schramme lang und blutig. War sie dem gewachsen?

KAPITEL 5

Nachdem sie den Vertrag unterschrieben und die Vermittlungsgebühr bezahlt hatte, blieb Alys nur noch der Abschied, den sie gerne hinausgezögert hätte. Der Gedanke, mit dem fauchenden und spuckenden Kater allein zu sein, behagte ihr gar nicht.

»Alles Gute. Rufen Sie an, wenn … falls es Probleme geben sollte.« Emily Warren drückte ihr den Korb in die Hand. »Grüßen Sie Chesten von uns.«

Alys hätte das Ding fast fallengelassen, weil Mr. Cat sich mit seinem ganzen Gewicht von einer Seite zur anderen warf und dabei wild kreischte. Zum Glück hatte sie sich Chestens Auto geliehen. Mit diesem geifernden Kater im Bus zu fahren, wäre ein Abenteuer geworden, das sie sich gerne ersparte.

»Im Wagen und bei Ihnen Zuhause ist er bestimmt lieb«, sagte Jenna mit verzerrter Stimme. Sie hielt ein Taschentuch auf die blutende Wunde gepresst. »Das ist nur die Aufregung.«

»Danke.« Alys stellte den Transportkorb auf den Rücksitz und stieg ein. »Alles gut, Kater?«

Ein hohes Jaulen antwortete ihr. Einen Moment lang schloss sie die Augen, atmete tief durch und fuhr vom Parkplatz. Das erhoffte Schweigen trat nicht ein. Eher das Gegenteil: Der Kater intensivierte sein Kreischen. Wenn die Tierheimfrau nur geahnt hätte, wie falsch sie mit ihrer Prognose lag. Von wegen im-Auto-brav-sein. Inzwischen schwante Alys, dass ihr neuer Partner die Worte »brav« und »lieb« aus seinem Vokabular gestrichen hatte.

»Ich muss jetzt links ranfahren, sonst baue ich noch einen Unfall.« Alys hielt das Lenkrad so fest umklammert, dass sich ihre Finger verkrampften. »Das hält nicht einmal ein Heiliger aus.«

Seit sie den Kater im Transportkorb in ihr Auto verfrachtet hatte, kreischte er. Laut, durchdringend, nervenzerfetzend. Tiefe grollende Töne wechselten sich ab mit spitzen Schreien, die sich wie Glassplitter in ihre Ohren bohrten.

Bei der nächsten Einbuchtung hielt sie an und stieg aus. Sie brauchte eine kurze Pause, um sich von dem Kater zu erholen. Ihr Blick wanderte über die friedlich grasenden Kühe und wolligen Schafe auf den Weiden am Rand der Straße. Sie hatte beinahe vergessen, wie viele Tiere es in Cornwall gab.

»Es ist eine Landschaft, die einem das Herz aufgehen lässt«, hatte Grandma immer gesagt. Obwohl sie in London geboren war und ihre Jugend und zwanziger Jahre in der Großstadt verbracht hatte, liebte Grandma St. Bart und Cornwall aus vollem Herzen. »Sie tut den Augen und der Seele gut … und sie heilt gebrochene Herzen.«

»Vermisst du das Stadtleben nicht?«, hatte Alys als Teenager gefragt. Damals war London für sie einfach das Größte gewesen. Zweimal im Jahr fuhren Grandma und sie in die Metropole, um einzukaufen und sich das Stadtflair um die Nase wehen zu lassen. »Warum wohnen wir nicht in London?«

»Wenn du älter bist, wirst du Cornwall bestimmt lieben.« Ihre Großmutter lächelte. »So wie andere künstlerisch begabte Menschen vor dir.«

»Das glaube ich nicht.« Für Alys war St. Bartholomew nur ein Schritt auf dem Weg ins wahre Leben. Sicher, sie würde Bree und

Chesten vermissen, aber in London wartete eine Welt darauf, von ihr entdeckt zu werden. »Mir ist das alles zu lieblich und beschaulich und klein.«

Heute jedoch musste sie Grandma zustimmen. Sie kam zur Ruhe, wenn sie nur in die Landschaft Cornwalls schaute. Das sanfte Grün der Hügel wirkte tröstend, der hellblaue Himmel mit wenigen Schäfchenwolken erhob sich viel weiter als der über London oder anderen Städten. Auf dem Hang gegenüber spielten Kälbchen ungelenk miteinander, während ihre Mütter nur ab und zu den Kopf hoben, um sich zu vergewissern, dass es ihrem Nachwuchs gut ging. Normalerweise war es hier still, nur selten fuhren Autos und Busse über die engen Straßen. Alles hätte idyllisch sein können, hätte der Kater nicht so entsetzlich und durchdringend gejault.

Alys ging zurück zum Auto, riss die Wagentür auf und fauchte den Kater an: »Lass das. Ich kann mir vorstellen, dass dir das nicht passt. Mir auch nicht. Willst du lieber nach Hause laufen?«

Schlagartig verstummte sein Gekreische, und sie fühlte sich als die mieseste Katzenmutter der Welt, als Totalversagerin, als Fall für eine PETA-Eingreiftruppe.

»Tut mir leid, Kater«, flüsterte sie. »Ich bin fast 30, allein, mein Leben liegt in Trümmern – da können einem schon mal die Nerven durchgehen.«

»Miörgh«, antwortete er, als hätte er jedes Wort verstanden. Die verbleibende Autofahrt verhielt er sich überraschend ruhig, obwohl Alys das Gefühl nicht loswurde, dass er Rachegedanken hegte.

Sie atmete auf, als sie den Kirchturm von St. Bart erblickte, der wehrhaft wie eine Burg wirkte und sich kerzengerade in den Himmel erstreckte. Er endete in markanten drei Zinnen und zwei winzigen Türmchen. Die hohen Fenster der Kirche waren mit Glasmalereien verziert, deren bunte Pracht Alys jedes Mal wieder zum Staunen brachte.

Heute jedoch hatte sie dafür nur einen flüchtigen Blick. Sie bog in die Straße ein, in der etliche Häuser aussahen wie Grandmas Cottage, vor vielen Jahrzehnten gebaut mit den Steinen, die sich in der Umgebung finden ließen. Einige Eigentümer waren mit der Mode gegangen und hatten die Wände geweißt, was Alys bedauerte, weil es ihrer Meinung nach den alten Häusern ihre Persönlichkeit raubte. Die unterschiedlichen Brauntöne, Formen und Größen der verbauten Steine machten für sie den Charme der Cottages aus.

»Hier sind wir«, sagte sie mit betont fröhlicher Stimme, was der Kater mit einem dunklen, tiefen Grollen beantwortete. »Home, sweet home.«

Alys atmete dreimal tief ein und aus, nachdem sie den Motor des Autos ausgestellt hatte. Bei dem Gedanken, mit dem zornigen, kratzenden Katzentier allein in ihrem Cottage zu sein, wurde ihr flau. Vielleicht sollte sie Chesten anrufen, die musste sich mit Kampfkatern auskennen, oder?

Nein! Wenn sie bereits am Anfang Hilfe benötigte, würde der Kater sie bestimmt nicht respektieren. Oder interpretierte sie da zu viel hinein? Mit dem Transportkorb in der Hand ging sie durch den Vorgarten und öffnete die Haustür. Sofort stand sie in dem kleinen Flur, der nur Platz für einen Schuhschrank und eine Garderobe bot. Von hier aus ging es weiter in die offene Küche.

»So, Mr. Cat, willkommen in deinem neuen Zuhause.« Alys stellte den Transportkorb neben dem Küchentisch aus Nussbaumholz ab. Als Grandma noch gelebt hatte, hatte immer eine Glasvase mit frischen Blumen auf dem Tisch gestanden. Nun, da Alys allein wohnte, dachte sie nur alle zwei oder drei Wochen an Blumen und musste diese kaufen, weil der Garten unter ihrer Herrschaft gelitten hatte.

Sie ließ den Transportkorb ein paar Minuten ungeöffnet stehen und hoffte, dass der Kater sich beruhigen würde. Aber das alarmierende Grollen steigerte sich mit jeder Minute. Endlich ertrug sie die Anspannung nicht mehr.

Nachdem sie die Bröckchen ihres Muts zusammengefegt

hatte, stellte sie sich an die Seite des Transportbehältnisses und öffnete mit spitzen Fingern die Türverriegelung. Ihre Muskeln waren angespannt, weil sie damit rechnete, dass ein zorniger Mr. Cat herausschießen würde wie eine pelzige Kanonenkugel. Stattdessen setzte der Kater elegant eine Pfote vor die andere und schritt majestätisch-gravitätisch heraus. Ohne eine Spur von Schüchternheit ging er die Küche einmal prüfend ab, schnupperte an Tisch und Stühlen und an der Küchenzeile. Dann setzte er sich hin und gab ein Geräusch von sich, das wie »Mack« klang.

»Interpretiere ich richtig, dass du Hunger hast?« Alys kam sich ein wenig seltsam vor, mit einem Tier zu sprechen, aber es sah – und vor allem: hörte – sie ja niemand.

»Mack«, wiederholte der Kater, was Alys irgendwie niedlich fand. Beinahe, als antwortete er ihr. Etwas irritierend war nur, dass er deutlich nachdrücklicher und fordernder klang als bei seinem ersten »Mack«.

Sie öffnete den Küchenschrank, in dem sich eine Auswahl Katzenfutter stapelte. Alys hatte Chesten um Rat gefragt, die ihr eine verwirrende Vielfalt unterschiedlicher Futtersorten und deren Vor- und Nachteile herunter gerattert hatte. Nur um mit den Worten zu schließen: »Kauf einfach was und schau, ob die Katze es frisst. Aber achte darauf, dass kein Zucker drin ist.«

Also hatte Alys sich fünf Marken notiert und im Tierfutterfachgeschäft, dessen schiere Größe sie überfordert hatte, mehrere Dosen gekauft - überrascht davon, wie viele Geschmacksrichtungen es gab. Ob Katzen derartige Gourmets waren, wie die Katzenfutterwerbung sie glauben machen wollte?

»Was nehme ich nur? Thunfisch oder Huhn oder Meeresfrüchte?« Alys nahm eine Dose nach der anderen in die Hand und musterte die glücklich aussehenden Stubentiger, die auf die Banderole gedruckt waren. »Hast du Präferenzen?«

Seit sie die Schranktür geöffnet hatte, warf sich der Kater an ihre Waden, als wollte er sie zu Boden schleudern. Dazu schnurrte er laut wie ein Mini-Motor.

»Na ja, Hunger ist der beste Koch, heißt es doch.« Alys griff nach der Thunfischdose, weil die weiße Katze darauf ein wenig zufriedener wirkt als alle anderen. »Wenn's dir nicht schmeckt, können wir etwas anderes auswählen.«

Mit einem »Tzup« öffnete sie die Dose. Der intensive Thunfischgeruch ließ Alys die Luft anhalten, während er Mr. Cat dazu brachte, sich noch wuchtiger gegen ihre Beine zu pressen.

Sie kratzte den Inhalt der Dose in ein Porzellanschälchen, auf dem ein süßes Kätzchen zwischen Blumen saß. Es war so niedlich, dass Alys ein schlechtes Gewissen bekam, es unter Thunfisch-Schmadder zu begraben. Aber das lautstarke »Mack! Mack!« brachte sie dazu, schneller zu werden. Kaum hatte sie das Schälchen auf den Boden gestellt, stürzte sich Mr. Cat darauf, als hätte man ihn im Tierheim auf Diät gesetzt.

In Null Komma nichts war das Futter in seinem Bauch verschwunden. Abgesehen von den Brocken, die er beim Herunterschlingen rund um den Napf verteilt hatte.

»Es heißt immer, ihr Katzen wärt reinliche Tiere …« Alys konnte nicht fassen, was für einen Dreck der Kater in minimaler Zeit angerichtet hatte.

Völlig selbstverständlich stolzierte er aus der Küche. Kurz darauf hörte sie ihn in der Katzentoilette – zum Glück das größte Modell, das der Laden führte – scharren. Die Geräusche, die folgten, machten deutlich, dass Mr. Cats Verdauung funktionierte.

Der Gestank, der Alys' Nase traf, trieb ihr die Tränen in die Augen. Gute Güte, was hatte Mr. Cat im Tierheim nur zu fressen bekommen? Oder war er etwa krank? Sie riss alle Fenster auf und suchte nach dem Raumspray, das sie irgendwo im Schrank wusste. Der Kater beobachtete ihre Bemühungen, wie es ihr schien, mit angewidertem Gesichtsausdruck.

»Einen besseren Namen brauchst du noch.« Grübelnd betrachtete Alys den dicken Stubentiger, mit dem sie nun Cottage und Leben teilen würde. Ein hübscher Kerl war er schon, mit dem runden Kopf und den großen hellgrünen Augen. »Gar nicht so leicht.«

Ohne sie eines Blickes zu würdigen, stand er auf und ging. Das fing ja gut an. Da hätte sie gleich weiter mit Craig zusammenleben können.

Nachdem Mr. Cat die Wohnung erkundet hatte, nahm er auf dem roten Sofa Platz. Alys musste mit dem Sessel vorliebnehmen, da es dem Kater gelungen war, sich über die gesamte Länge des Sofas auszubreiten.

Nur gut, dass ich eine Tagesdecke aufliegen habe, dachte Alys, während sie ungläubig beobachtete, mit welch rasender Geschwindigkeit sich Mr. Cats Fell auf dem Sofa verteilte. Ob der Kater die Räude hatte? Sie musste dringend mit Chesten telefonieren.

»Also wie soll ich dich nennen?« Alys schaute den Kater an. Was fiel ihr auf Anhieb ein? Dicki, vielleicht? »Mr. Cat finde ich … langweilig. Und Kater ist ebenso einfallslos. Schließlich bin ich nicht Audrey Hepburn. Wie wäre es mit Picard?«

Der Kater starrte Alys an, so intensiv, dass er ihr unheimlich wurde. Gab es nicht diesen Uralt-Gruselfilm mit Katzen?

»Na ja, vielleicht bist du kein Trekkie.« Alys beobachtete den Stubentiger, der die Augen wieder geschlossen hatte. Irgendwie kam ihr das verdammt bekannt vor. Vielleicht sollte sie den Kater Craig nennen.

»Han Solo oder Chewbacca. Haarig genug bist du ja. Chewbacca ist doch toll, oder nicht?«

Ein klares »Mörgh« als Antwort brachte Alys ins Grübeln. Gandalf, der Graue? Nein, zu platt. Frodo war ganz eindeutig ein Hundename. Und die Elbennamen klangen zu kompliziert für das alltägliche Zusammenleben.

»Legolas, nicht auf den Teppich kotzen!«

Nein, das ging nicht.

Alys rieb sich die Stirn. Ein Name für einen großen Kater mit mieser Laune. Warum war sie da nicht früher draufgekommen? Sie grinste die sechsundzwanzig grellfarbigen Bücher an, denen sie einen Ehrenplatz in ihrem Regal zugedacht hatte.

»Ich taufe dich …« Bevor sie den Namen aussprechen konnte, sprang der Kater auf und rannte an ihr vorbei in Richtung Flur. Von dort aus hörte sie ein würgendes Geräusch. Ihr Zusammenleben fing gut an.

KAPITEL 6

Als ein lautes Scheppern erklang, gefolgt von einem sich überschlagenden »woffwoffwoff«, fragte sich Jory zum wiederholten Mal, ob er die richtige Entscheidung getroffen hatte. Nachdem seine Eltern ihm gesagt hatten, dass sie Kittos Hund ins Tierheim gegeben hatten, war er ohne zu zögern und leider auch ohne nachzudenken, dorthin gefahren.

Gerade zwei Monate hatten seine Eltern Buddy behalten. Warum hatten sie Kittos Hund nicht noch eine verdammte Chance gegeben, sondern ihn einfach abgeschoben? Wie sie alles wegschoben, was ihnen zu viel wurde. Wie so oft in den vergangenen Monaten endete sein Besuch bei ihnen mit einem Streit.

»Ihr könnt Buddy nicht einfach aus euerem Leben streichen, nur weil er euch Arbeit macht.«

»Jory, wir haben uns alle Mühe gegeben.« Seine Mutter, die bei jedem Zusammentreffen winziger und niedergedrückter wirkte, hielt die Hände an ihr Herz gepresst. »Der Hund …«

Wieder einmal sprang sein Vater ihr bei. »Kitto hat den Hund nie erzogen. Buddy gehört nach draußen, nicht in ein Haus.«

»Dad«, flehte Jory. »Wir haben Buddy gegenüber Verantwortung. Ich stehe in der Pflicht.«

Der Blick, mit dem sein Vater ihn bedachte, rief das schlechte Gewissen mit Macht hervor. All die Schuldgefühle, die Jory seit dem verhängnisvollen Tag begleiteten.

»Junge.« Wie konnte sein Vater nur so gelassen bleiben? »Wir haben es wirklich versucht. Wegen Kitto.«

Seine Mutter nickte bestätigend. »Kitto hat den armen Hund vernachlässigt. Er braucht jemand, der sich mit … schwierigen Charakteren auskennt.«

»Dann hole ich ihn eben zu mir.« Mit diesen Worten war er davongestürmt und hatte seine Eltern in ihrem leblos wirkenden Wohnzimmer zurückgelassen.

Die Vorstellung, dass Buddy bei einer fremden Familie landete, konnte er nicht ertragen. Warum konnten seine Eltern nicht begreifen, wie wichtig der Hund für Jory war?

Buddy hatte ihm vor Freude das Gesicht abgeleckt. Das schien die kritischen Tierheimfrauen zu überzeugen, ihm den Hund mitzugeben. Tja, und hier waren sie nun. In seiner Wohnung, von der Jory gedacht hatte, dass sie minimalistisch und damit hundetauglich eingerichtet wäre. Jedenfalls bis zu dem Moment, als Buddy per Schwanzwedeln die Kaffeetasse vom Tisch gestoßen hatte. Und das war erst der Anfang.

Der Hund gab dem Begriff »tollpatschig« eine völlig neue Dimension. Alles, was Jory nicht in Sicherheit brachte, betrachtete Buddy als eine Gelegenheit, seine Zähne daran zu erproben. Als wäre das nicht schlimm genug, schien er keines der Worte »nein«, »pfui« oder »aus« zu verstehen, sondern begriff sie allerhöchstens als anfeuernde Begeisterungskundgebungen seines neuen Menschen.

Nach einem halben Tag mit Buddy verstand Jory nur zu gut, warum seine Eltern den Hund abgegeben hatten. Ein so temperamentvolles und verspieltes Tier passte einfach nicht zu ihnen. Seine Eltern hatten immer Hunde gehabt, bis sein Vater in Rente gegangen war. Nun reisten beide durch die Welt und genossen ihre Freiheit. Bis dahin hatten sie Welsh Corgis begleitet, die sie durchnummeriert hatten. Alfred I bis V hatten ihr Leben geteilt. Keiner von denen hätte auch nur in seinen kühnsten Träumen daran gedacht, wild auf und ab zu hüpfen und dabei lauthals zu kläffen. Alle Alfreds waren wohlerzogen gewesen und hatten aufs Wort gehört.

Wenn es seinen Eltern nicht gelungen war, Buddy auch nur die Grundformen hündischen Gehorsams beizubringen, wieso meinte er, dass ihm Erfolg beschieden wäre?

Immerhin hatte Jory sich zur Vorbereitung auf das Leben mit Hund ein Buch gekauft, das allerdings ungelesen auf dem Regal lag. Nein, korrigierte er sich, gelegen hatte. Inzwischen befand es sich auf dem Fußboden und zeigte deutliche Bissspuren.

Notiz an mich. Nichts mehr in Hundeerreichbarkeit liegenlassen. Jory schaute sich um. Da war einiges in seiner Wohnung, was genau auf Sicht- und Beißhöhe von Buddy lag. Auf jeden Fall musste er Buddy aus seinem Arbeitszimmer fernhalten. Hier lagerte er seine Notebooks, alle Unterlagen für die App und den gesammelten Finanz- und Steuerkram. Jory konnte sich ausmalen, was für ein Zerstörungswerk der Hund dort anrichten würde.

Auch das Badezimmer würde eine No-go-Area für Buddy bleiben. Nicht auszudenken, was dessen eifriges Schwanzwedeln mit Jorys Afters-Shaves und Eaux de Toilettes anrichten würde. Ob Buddy pfiffig genug war, Türen zu öffnen?

Ein lautes Klappern, gefolgt von einem zufriedenen Grunzen ließ Jory alle Überlegungen zur Seite stellen und in die Küche laufen. Dort sah er das, was er befürchtet hatte. Buddy war es gelungen, die Tür des Spülschranks zu öffnen und den Mülleimer umzureißen. Schmatzend hatte der Hund seine Schnauze in den Abfall vertieft und fraß die Reste der gestrigen Pizza. Wenn Jory Buddys Schwanzwedeln richtig interpretierte, schmeckte es ihm.

»Pfui! Lass das!« So wenig wie der Mischlingsrüde auf seine Rufe reagierte, hätte Jory auch »Super. Weiter so, Buddy« sagen können. Also blieb ihm nichts anderes übrig, als den Hund am Halsband zu greifen und vom Müll wegzuziehen. Glücklicherweise war Buddy zwar verfressen, aber gutmütig.

»Auf deinen Platz, Buddy.« Jory führte ihn ins Gästezimmer, wo nur ein Futonbett und Regale mit Taschenbüchern standen, und deutete auf das Hundekissen, das ihm seine Eltern mitgegeben hatten.

Gehorsam legte sich der Mischling hin. Man sah Buddy an, dass er eine bunte Reihe von Vorfahren hatte. Von der Größe und Statur her ähnelte er einem kleinen Jagdhund. Sein dichtes, schwarzes Fell, das an Beinen, Bauch und Kopf mit grauen Flecken durchzogen war, wies allerdings eher auf Terrierahnen hin. Auch die langgestreckte Schnauze und die zierlichen Ohren erinnerten Jory an den Terrier eines Freundes. Die dicke schwarze Nase und die seelenvollen dunklen Augen hingegen sprachen für Pointer oder Setter.

»Wer immer sie waren, Buddy …« Jory strich dem Hund über das drahtige Fell. »… deine Eltern waren bestimmt eigensinnig und durchsetzungsfähig.«

Jory drehte den Schlüssel im Schloss und blieb noch etwas stehen, um zu lauschen, ob Buddy nicht doch etwas fand, das er zerstören konnte, aber es blieb ruhig. Vielleicht war es die neue Umgebung, die dazu führte, dass der Hund so aufgedreht war. Für Buddy waren die letzten Monate sicher nicht leicht gewesen. Erst hatte er sein Heim verloren, dann hatte er sich an Jorys Eltern gewöhnen müssen, nur um diese auch zu verlieren.

Wenn man das alles in Betracht zog, war der Hund erstaunlich lebensfroh. Jory erinnerte sich an einen Bericht, den er gelesen hatte. Forscher aus Bristol hatten herausgefunden, dass es auch bei Hunden Optimisten und Pessimisten gab. Buddy gehörte auf jeden Fall zu denjenigen, deren Fressnapf immer halb voll war.

Warum nur hatte Kitto sich nicht eine Katze anschaffen können? Die waren weniger verfressen und zerstörerisch als Hunde im Allgemeinen und Buddy im Besonderen. Als hätte Kitto jemals etwas getan, das vernünftig war. Spontaneität hätte Kittos zweiter Vorname sein können. Und alle anderen mussten sehen, wie sie damit klarkamen, oder aber aufräumen, was er ins Chaos gestürzt hatte. Trotzdem vermisste Jory ihn, immer noch. Er presste die Faust an den Mund und schloss die Augen. So sehr er sich bemühte, der Kloß blieb in der Kehle stecken und raubte ihm Luft und Mut.

Ich muss mich ablenken. Jory ließ seine Gedanken zum gestrigen Nachmittag wandern. Ob die hübsche Frau, mit der er sich viel zu kurz unterhalten hatte, Mr. Cat – wer hatte dem Kater nur so einen einfallsreichen Namen gegeben? – adoptiert hatte? Sie war ihm gar nicht wie eine Katzenperson vorgekommen, obwohl Jory nicht sagen konnte, wie eine Katzenperson aussehen musste. Hätte ihm jemand vor ein paar Monaten gesagt, dass er Hundebesitzer sein würde, hätte Jory nur gelacht. Seine Freiheit war ihm viel zu wichtig gewesen. Die Möglichkeit, jederzeit seine Sachen zu packen und zu einer Reise rund um die Welt aufzubrechen. So wie er früher gelebt hatte, vor Kitto.

Stopp!

Er wollte nicht wieder daran denken, wollte nicht wieder in den alten Kreislauf aus Vorwürfen und Entschuldigungen zurückfallen.

Und jetzt hockte er in seiner Küche und sammelte Müll ein, den sein Hund verstreut hatte.

Der Gestank der Pizzareste und des vergammelten Tees brachten Jory zum Husten. Zukünftig würde er den Müll entweder einschließen oder auf dem Balkon lagern müssen. Letzteres würde ihm garantiert die immerwährende Feindschaft seiner Nachbarn einbringen – und die immerwährende Dankbarkeit der Möwen, die es auf Futtersuche bis nach St. Bartholomew verschlug.

Nachdem er den Fußboden gewischt hatte, kochte Jory sich einen Tee, den er länger ziehen ließ, damit dieser die dringend notwendige beruhigende Wirkung entfaltete.

Er seufzte und öffnete sein Notebook, um eine Liste all dessen zu erstellen, was sich dank Buddy in seinem Leben ändern musste:

- Hundeschule suchen
- Wohnung hundesicher gestalten: Schlösser anbringen? Alles nach oben stellen. Wie hoch kann Buddy springen?
- Mich über Hundefutter informieren: ist Müll gesundheitsschädlich?
- Tierarzt suchen
- Hundenotfallbetreuung organisieren – gibt es Dogsitter?
- Informationen über das Leben mit Hund suchen und lesen!!!!
- Recherchieren nach Ratgebern über das Leben mit hyperaktiven Hunden

Rums! Das war eindeutig aus dem Arbeitszimmer gekommen. Buddy schien sich schnell zu langweilen. Katzen hingegen schliefen fünfzehn oder sechzehn Stunden am Tag. Außerdem hätte ein Kater, so ein lockiger Cornish Rex, perfekt zu Kitto gepasst, dessen Haare sich ebenfalls gelockt hatten.

Ruuuuuums!

Jory ergänzte seine Liste um einen weiteren Punkt;

- Beruhigungsmittel für Hunde mit kurzer Aufmerksamkeitsspanne recherchieren. (Ist das okay? Oder muss ich mich dann mies fühlen?)

Dann klappte er das Notebook zu, stellte es auf dem Küchenschrank ab und ging ins Gästezimmer, wobei er sich gedanklich für den schlimmstmöglichen Anblick wappnete.

Buddy gelang es, ihn zu überraschen.

KAPITEL 7

Als es klingelte, setzte Alys das Teewasser auf. Vorher hätte es sich nicht gelohnt, da Chesten nie pünktlich war. Wenn man mit ihr befreundet war, musste man eine gewisse Zeittoleranz bei Verabredungen in Kauf nehmen.

»Love!« Chesten strahlte sie an. So glücklich und ansteckend, dass Alys ihr die Verspätung einfach nicht übelnehmen konnte. »Ich bin so neugierig auf ihn.«

»Komm rein.« Alys umarmte ihre Freundin. War Chesten noch schmaler geworden?

Der Teekessel gab ein Pfeifen von sich. Alys eilte in die Küche, gefolgt von Chesten. »Wo ist er denn nun? Mr. Cat, nicht wahr?«

»Ich habe ihn umgetauft.« Alys hängte einen pyramidenförmigen Teebeutel von PG Tips in die Teekanne und übergoss ihn mit heißem Wasser. Eine andere Teesorte wäre Grandma nicht ins Haus gekommen – und Alys hielt an dieser Tradition fest. »Ihn Mr. Cat zu nennen, fand ich zu langweilig.«

»Mach es nicht so spannend.« Chesten setzte sich an den nussbaumbraunen Küchentisch und stibitzte sich einen *Fairing*, den kornischen Ingwer-Keks. »Wie heißt er und wo ist er?«

Genau in dem Augenblick stolzierte der Kater in die Küche

wie ein Gutsherr, der nachschauen wollte, wer sich in seinem Herrenhaus breitmachte. Den Schwanz hielt er gerade in die Luft gestreckt, den Kopf hocherhoben.

»Ach, bist du ein Hübscher«, gurrte Chesten und streckte ihm ihre Hand entgegen. Er ließ sich dazu herab, mit seinem Kopf daran entlang zu streichen.

»Er heißt Helyer«, sagte Alys. Sie nahm die Teebeutel heraus und stellte die Kanne auf den Tisch. »Das erschien mir am passendsten.«

»*Wie* hast du ihn genannt?« Chesten bückte sich und kraulte ihn am Kinn, worauf er die Augen schloss und genießerisch den Hals reckte. Chesten musste die Stimme erheben, um gegen sein lautes Schnurren anzukommen. »Helyer? Nach dem treuen Gefährten von Jezebel Bligh?«

»Es passt.« Alys schmollte. Sie hatte erwartet, dass ihre Freundin begeisterter von dem Namen wäre. Schließlich hatten sie gemeinsam als Teenager die Bücher verschlungen, weil Alys ihre Freundin dazu überredet hatte. »Ich wollte ihn *Ross Poldark* nennen, aber das schien ihm nicht zu gefallen.«

»Das meinst du nicht ernst, oder?« Tadelnd schüttelte Chesten den Kopf. »Der arme Kater.«

»Ich fand's witzig«, verteidigte sich Alys. Wenn man Chesten zuhörte, klang ihre Idee ziemlich … dämlich.

»Du darfst ihm nicht seine Würde nehmen.« Chesten schüttelte erneut den Kopf. »Katzen sind sensibel und eitel. Und verstehen mehr, als man denkt.«

»Hugh und Grant sind die Bringer, ja?«, schnappte Alys zurück. »Schauspielernamen sind nicht das Höchstmaß von Kreativität.«

»Richard und Gere wäre noch eine Möglichkeit gewesen, aber ich wollte lieber einen englischen Schauspieler. Der Name muss zu dem Kater passen.« Erneut schüttelte Chesten den Kopf. »Nicht wahr, du Hübscher. Mein Schatz, wie kann sie nur?«

»Du bist echt ein Katzenmensch. Mir ist der Kater bisher nie auf den Schoß geklettert.« Die Eifersucht in ihrem Ton war ihr peinlich. Aber schließlich war sie es, die den Kater aus dem Tierheim gerettet hatte, ihm Futter gab und sein Klo saubermachte. War ein bisschen Dankbarkeit und Freundlichkeit zu viel verlangt?

»Na ja, vielleicht mag er seinen Namen nicht.«

»Ja, ja, ich hab's verstanden. Ich werde ihn beobachten und ihn dann neu benamsen. So lange muss er eben mit Helyer vorliebnehmen. Ich kann ihn Hely nennen, wenn dir das besser gefällt.«

»Glaub mir, das findet sich schon.« Chesten war schon wieder versöhnt. Das schätzte Alys sehr an ihrer Freundin: Sie war niemals beleidigt, wenn jemand anderer Meinung war. »Wahrscheinlich weiß der Kater nicht einmal, wer Helyer ist.«

»Während deinen beiden Hugh Grant ein Begriff ist, so oft wie du *Notting Hill* schon gesehen hast. Von *Bridget Jones* und *Vier Hochzeiten und ein Todesfall* will ich gar nicht erst reden.«

»Warum war er eigentlich im Tierheim?« Chesten schien das Thema wechseln zu wollen. Schließlich kannte sie es zur Genüge, dass Bree und Alys sie mit der Vorliebe für Liebesromane und -filme aufzogen. Sie kraulte den Kater, der wild zu pföteln begann. »Er ist so ein Süßer.«

»Seine Besitzer haben sich getrennt. Und keiner wollte ihn mitnehmen.« Alys deutete auf Chestens Hose. »Pass auf, er zieht Fäden.«

Vorsichtig zog Chesten die Katerkrallen aus dem Stoff. »Ach du Armer. Eine Scheidungswaise also. Ich würde keines meiner Tiere jemals aufgeben. Weder für einen Mann noch für einen Job.«

»Helyer würde ich auch nicht zurückgeben, obwohl er mich gestern attackiert hat.« Alys krempelte den Ärmel hoch, damit Chesten den Anblick der vier blutigen Punkte würdigen konnte. Ohne Vorwarnung hatte der Kater sie in den Unterarm gebissen. »Ich habe bestimmt einen Fehler gemacht.«

»Damit würde ich auf jeden Fall zum Arzt gehen. Das sieht ganz schön fies aus.« Chesten beugte sich zu Alys' Arm und blinzelte. »Da könnte eine Blutvergiftung im Anmarsch sein.«

Argwöhnisch musterte Alys ihren Arm. Ja, da war ein bedrohlich aussehender kräftig-roter Streifen, der sich auszudehnen schien. »Wie gefährlich ist das?«

»Geh damit zum Arzt!«, befahl Chesten mit ihrer Wage-es-nicht-auf-mich-nicht-zu-hören-Stimme. »Wann kommt Bree an? Sie hat eine tolle Idee gehabt.«

Ihre Freundin zappelte herum, was den Kater zu einem empörten Maunzen veranlasste. Alys musste lächeln. Chesten war grundehrlich. Selbst bei Geburtstagsüberraschungen verplapperte sie sich jedes Mal. Wie es ihrer Freundin gelang, eine Affäre mit einem verheirateten Mann zu leben, blieb Alys unbegreiflich.

»Eigentlich wollte ich dir's nicht sagen.« Chesten lächelte wie eine Katze, die den Milchtopf gefunden hatte. Passend dazu schnurrte Helyer, als ob er im siebten Katzenhimmel gelandet wäre. Untreues Biest. »Aber du kennst mich ...«

»Na was?« Alys erwiderte das Lächeln. »Hat es mit Brees Besuch zu tun?«

»Bree hat mich gezwungen, ihr zu schwören, nichts zu sagen.« Chesten schaukelte von rechts nach links. Helyer bewegte sich mit. »Ich hab's versprochen.«

Auf ihren ebenmäßigen Gesichtszügen konnte Alys lesen, dass ihre Freundin hin und her gerissen war zwischen dem Versprechen an Bree und dem brennenden Wunsch, Alys alles zu erzählen.

»Pass auf, wir lösen es so. Ich stelle dir Fragen und du antwortest nur mit ja oder nein.«

Sofort glitt Erleichterung über Chestens Gesicht. »Okay.«

»Ein Blind Date mit dem garantiert Richtigen für mich?« Alys seufzte leise. Brees Vorstellung von dem Mann, der zu Alys passte, und ihre eigene Ideen kamen nicht unbedingt überein. »Jetzt habe ich Helyer. Das reicht mir.«

»Aber du warst so glücklich mit Craig. Ich dachte, du suchst einen neuen Seelenverwandten.«

Chesten war die einzige, die es traurig fand, dass Alys und Craig kein Paar mehr waren. Bree hatte eine kleine Feier veranstaltet, während Alys sich immer noch fragte, wie sie so blind hatte sein können. Obwohl die Trennung mehr als ein halbes Jahr zurücklag, wechselten sich bei ihr Zorn und Traurigkeit ab, so wie Ebbe und Flut des Meeres.

»Ach Chesten.« Alys konnte ihrer Freundin einfach nicht böse sein, sondern beneidete sie beinahe um ihren unverbrüchlichen Glauben an die Liebe, auch wenn diese es nicht gut mit ihr meinte. »Es wird seine Zeit brauchen, um über den Betrug hinwegzukommen.«

Schweigend tranken sie Tee und aßen *Fairings.* Helyer versuchte auf den Tisch zu klettern, um sich einen Keks zu angeln, aber Chesten hielt ihn auf. Von ihr ließ der Kater sich widerstandslos am Essen hindern. Alys hingegen fauchte er an und grollte noch Stunden später.

»Bree meint, etwas Unverbindliches täte dir gut«, sagte Chesten schließlich. »Eine Affäre, ein One-Night-Stand, ein charmanter Mann, eine heiße Nacht. Kuss und Schluss.«

Alys konnte nicht anders: Sie musste lachen, weil diese Worte so typisch Bree waren und so gar nicht zu Chesten passten, für die es die große, die einzige Liebe sein musste.

»Vielleicht hat Bree recht.« Gedankenverloren strich Alys dem Kater über den Rücken, der sie zum Dank anknurrte. »Ich fühle mich vollkommen aus der Übung, wie man flirtet. Wahrscheinlich würde ich mich furchtbar peinlich anstellen.«

»Siehst du.« Chesten nickte eifrig. »Dank Brees Idee bekommst du die Gelegenheit, dich im Flirten zu üben. Und wenn dann der Richtige vor dir steht, schwupps, kannst du ihn an die Kandare nehmen.«

Manchmal ging das Reitertemperament mit ihrer Freundin durch.

»Verrätst du mir, wie genau Brees Plan aussieht?« Alys gingen etliche unerfreuliche Gedanken durch den Kopf wie beispielsweise Online-Dating oder Blind Dates mit dem Freund eines Freundes. »Habe ich die Chance, mich zu verweigern?«

»Bree gegenüber?« Als wäre dieser Gedanke völlig vermessen, schüttelte Chesten den Kopf. »Mehr verrate ich nicht. Du musst dich schon gedulden, bis wir Bree treffen.«

KAPITEL 8

Als Alys die Tür zu *Nanni's Cup of Tea* öffnete, bimmelte die Glocke eine freundliche Melodie. Nanni schaute auf. Wie immer saß sie hinter dem Tresen, wo unterschiedliche Kuchen, Kekse und Scones präsentiert waren, und blätterte durch ein Buch oder eine Zeitschrift, manchmal auch einen Comic. Je nachdem, ob sie ihre Kunden mochte oder nicht, dauerte es kürzer oder länger, bis Nanni sich von ihrem Barhocker erhob.

Nanni stürmte auf sie zu. Sie war kleiner als Alys und rundlicher. Die blonden Haare trug sie schulterlang und manchmal mit rosafarbenen Strähnen. Sie musterte die Ankommenden aus blauen Augen, in denen Humor aufblitzte.

»Alys! Bree! Chesten!« Sie umarmte Alys und Chesten stürmisch, aber nur Bree bekam zwei Küsschen auf die Wangen gehaucht. »Bree, Sugarplum, wie lange bleibst du, backst du etwas für mich?«

Alys kicherte. Nanni war selten so überschwänglich, aber sie stimmte ihr zu. Bree war eine großartige Bäckerin, der es gelang, selbst einem simplen Rhabarber-*Crumble* neue Seiten abzugewinnen. Alys, die sonst einen großen Bogen um Rhabarber machte, liebte Brees Kuchen und nahm drei Tage Diät in Kauf, nur um sich davon zwei oder sogar drei Stücke gönnen zu können.

»Ja, Bree, du solltest Bäckerin werden«, schlug Chesten vor, bestimmt zum hundertsten Mal. »Dann könntest du in St. Bart bleiben.«

»Backen macht mir Freude, weil es ein Hobby ist«, wehrte Bree ab, so wie jedes Mal. »Wenn ich es zum Beruf mache, verliere ich bestimmt den Spaß daran.«

»Aber für *mich* machst du eine Ausnahme?« Nanni klimperte mit den Augenlidern, um Bree zu überreden. »Ein oder zwei deiner Meisterwerke würden mir reichen.«

»Morgen bringe ich dir ein paar *Crumbles* vorbei.« Bree erwiderte Nannis Lächeln. »Ist unser Tisch frei?«

»Für euch immer.« Nanni deutete auf den Tisch am Fenster, vor dem ein rotsamtenes Sofa und taubenblauer Sessel standen.

Seitdem Alys zurückgekommen war, hatte sie *Nanni's Cup of Tea* zu ihrem Stammlokal erkoren. Auch früher schon, wenn sie in St. Bart zu Besuch gewesen war, hatten sich die Freundinnen hier getroffen, weil sie mochten, was Nanni aus dem ehemaligen Fischrestaurant gemacht hatte. Einen gemütlichen Ort mit Charakter und dem besten Kuchen Cornwalls, jedenfalls wenn Bree nicht im Land weilte.

»So, was gibt es Neues, meine Lieben?« Bree, die ein Hauch von *Cosmopolitan* umwehte, schaute von Alys zu Chesten und lächelte. »Es tut so gut, euch zu sehen.«

»Ich habe einen neuen Kater«, antwortete Chesten. Ihre schlanken Finger malten Muster auf dem roten Tischtuch. »Tiefschwarz und winzigklein, obwohl er bereits vier Jahre alt ist. Ich überlege, ihn Rhys zu nennen oder Orlando.«

»Und was macht dein Liebesleben?« Bree konnte unerbittlich sein, wenn sie erst einmal ein Thema aufgenommen hatte. »Bitte, bitte, sag mir, dass du *ihm* endlich den Laufpass gegeben hast. Er ist einfach nicht gut für dich.«

Chestens Schweigen war Antwort genug. Bree seufzte und

wandte sich Alys zu. »Und du, Darling, kommst du klar? Ist es nicht … unheimlich, so allein in dem Haus? Oder beschützt dich dein Kater?«

Alys überlegte einen Moment. Sie redete ungern über ihre Gefühle, aber wenn sie nicht einmal ihren Freundinnen gegenüber offen sein konnte, würde sie alles in sich hineinfressen und unglücklich werden.

»Letzte Woche habe ich alle Unterlagen von Grandma sortiert.« Mit den Worten kamen die Tränen. Es hatte sich falsch angefühlt, Grandmas Papiere zu durchwühlen, wie Grabräuberei. »Sie hat jedes Bild aufgehoben, das ich jemals gemalt habe.«

Ihre Bilder zu sehen, die kraftvollen Farben, die Lebensfreude, die aus den zarten Aquarellen mit Küstenszenen strahlte, das hatte sie zum Weinen gebracht. Wo war das Mädchen hin verschwunden, das Stunden am Meer verbracht hatte, um den richtigen Farbton der Brandung einzufangen? Wie oft war sie durchgefroren nach Hause gekommen, weil sie vom Glitzern der Sonne auf den Wellen fasziniert gewesen war. Warum nur hatte sie ihre Malerei aufgegeben?

»Ich vermisse sie immer noch. Und der Kater …«

Sie hob die Schultern. Wie sollte sie Bree erklären, wie viel der muffelige, grummelige Kater ihr inzwischen bedeutete? Obwohl Helyer eher am Futter als an ihr interessiert schien, fand Alys es tröstlich, dass er bei ihr wohnte. Außerdem hatte er sich in den vergangenen Tagen zu ihr aufs Sofa gesetzt und freundlich geschnurrt.

»Er hat bestimmt eine schwere Zeit hinter sich«, warf Chesten ein, die immer bereit war, ein Tier zu verteidigen, selbst wenn es sich noch so sehr daneben benahm. »Ganz zu schweigen davon, dass er sich noch an dich gewöhnen muss. Stell dir vor, wie du dich fühlen würdest, wenn du von einem Tag auf den anderen dein Zuhause verloren hättest. Oh, entschuldige.«

»Schon okay.« Alys lächelte. Inzwischen schmerzte sie der Gedanke an ihre hübsche Londoner Wohnung und an das Zusammenleben mit Craig kaum noch. Letzte Woche hatte sie nicht nur Grandmas Unterlagen sortiert, sondern auch ihre. Sie hatte nahezu alle Bilder von Craig ins Altpapier geworfen oder von ihrem PC gelöscht, was Alys ein tiefes Gefühl der Befriedigung verschafft hatte. »Bree, was gibt es Neues bei dir?

»Mehr Jobs, schlechter bezahlt, ein paar nicht weiter bemerkenswerte Männer und viel Reiserei.« Bree fuhr sich mit der Hand durch das volle dunkle Haar, um das Alys sie schon in der Schulzeit glühend beneidet hatte. »Das Übliche.«

»Und du?« Alys musste die Frage einfach stellen. »Hast Du im Land der unbegrenzten Möglichkeiten deinen Traumprinzen gefunden?«

»Mehrere.« Bree grinste. Geheimnisvoll, so wie nur sie lächeln konnte. »Ladys, ihr habt zu viel Disneyfilme in eurer Kindheit gesehen.«

»Ich glaube einfach an die große Liebe.« Chesten, die in ihrer zierlichen Blondheit selbst ein wenig an eine Disney-Prinzessin erinnerte, blickte versonnen in ihren Tee. »An den Seelenverwandten. An das ›Happily Ever After‹.«

»Du bist ein hoffnungsloser Fall.« Bree zerzauste ihrer Freundin den hellen Pony. »Romantisch und für allen Spaß verdorben. Aber du, Sugar, was ist mit dir?«

Nun wandte sie sich Alys zu, was diese befürchtet hatte.

»Ich glaube nicht an die große Liebe. Nicht mehr.« Noch immer schmerzte es, daran zu denken, wie naiv sie gewesen war. »Aber ich kann auch nicht allein leben wie du. Ich brauche jemanden an meiner Seite.«

»Na, du hast doch jetzt den dicken Kater. Der gilt zwei Männer.« Bree schmunzelte. »Ich halte es mit Virginia Woolf. Eine Frau braucht ein Zimmer für sich allein und 500 Pfund im Jahr.«

Alys lachte laut auf.

»Davon könntest du gerade mal ein Paar Schuhe kaufen.« Sie

schüttelte den Kopf. »Außerdem wette ich, dass du nie etwas von Virginia Woolf gelesen hast.«

»Doch.« Bree schob schmollend die Unterlippe vor. »Ich habe dieses Leuchtturmbuch angefangen, weil es mit St. Ives zu tun haben soll, aber da passiert nichts.«

»Ich muss ihr recht geben«, mischte sich Chesten zu Alys' Überraschung ein. »Ich habe die Geschichte über den Spaniel gelesen. Fluff oder so. Davon ist mir nichts in Erinnerung geblieben.«

»Flush«, sagte Alys und imitierte den Sprachstil ihrer Lehrerin. »Haben die jungen Damen überhaupt nichts im Kopf?«

»Liest du etwa die Wuff?«, zog Bree sie auf. »Irgendwie habe ich andere Erinnerungen an deine Bibliothek.«

»Jetzt nicht mehr«, musste Alys eingestehen. »Aber früher habe ich sie gern gelesen. Es war … herausfordernd.«

»Da ich, wie du so schön erkannt hast, nichts im Kopf habe, bin ich Model geworden«, konterte Bree. »Leider kann ich darum nicht lang bleiben. Meine Agentin hat mir zwei Jobs in Hamburg und Paris organisiert.«

»Du arbeitest mehr als früher«, warf Alys ein. »Wolltest du nicht das Leben genießen?«

Bree rührte in ihrem Tee, dann nahm sie sich ein Scone, das sie dick mit Erdbeermarmelade bestrich. Ein gewaltiger Klacks *Clotted Cream* rundete das Ganze ab. Als Bree das Kunstwerk zu ihrem Mund führte, fiel ein Brocken Erdbeere auf ihren Teller.

»Die Bezahlung wird immer mieser«, antwortete sie schließlich, nachdem sie mit geschlossenen Augen genüsslich gekaut hatte. »Die Konkurrenz immer größer. Vor allem die jungen Mädels sind bereit, für wenig Geld zu arbeiten, um einen Fuß in die Tür zu bekommen.«

Brees Gesicht verdüsterte sich einen Moment. Bevor eine von ihnen etwas dazu sagen konnte, ging deren Moment der Schwäche vorüber. Bree lächelte.

»Vorhin habe ich den Earl gesehen. In einem Auto, das so

klapprig ist wie er selbst.« Bree schüttelte den Kopf. »Lebt er immer noch allein in dem Riesenhaus?«

»Allein mit Butler und Köchin und Reinigungsfrau«, antwortete Alys ihrer Freundin.

»Ich habe gehört, er verhandelt mit dem *National Trust*«, warf Chesten ein. »Dann würde Branok Manor für die Öffentlichkeit freigegeben.«

»Wisst ihr noch, früher wollte ich dort wohnen.« Bree grinste breiter. »In meiner glücklicherweise kurzen Prinzessinnenphase. Aber lasst uns nicht über mich reden. Jetzt, wo Alys ihren Kater hat, müssen wir ihr einen Mann suchen, nicht wahr?«

Unvermittelt brach Chesten in Tränen aus. Tiefe, dunkle Schluchzer schüttelten ihren feingliedrigen Körper. Ihr Weinen wirkte so herzzerreißend, dass Nanni hinter ihrem Tresen in hektische Aktivitäten verfiel. Nach viel Klappern und Zischen kam sie zu ihnen und stellte Chesten eine cremige Flüssigkeit hin, die nach heißer Schokolade roch. In einem Glasschälchen daneben stand ein großer Klecks Sahne.

»Mein Kakao hilft gegen alles.« Nanni nickte ihnen zu und ging zurück zu ihrem Tresen, so wie ein Dachs in seine Höhle zurückkehren würde.

»Chesten, was ist denn?« Alys strich ihrer Freundin über den Rücken. Deren Schluchzen war in einen Schluckauf übergegangen, sodass ihr Rücken unter Alys‘ Hand ab und zu hüpfte. »Können wir etwas für dich tun?«

Chesten nahm eine Serviette, schnäuzte sich, steckte die Serviette in die Tasche ihrer Jeans und wischte sich dann mit beiden Händen die Tränen vom Gesicht.

»Tut mir leid.« Sie schniefte einmal. »Ich wollte uns nicht den Nachmittag verderben. Es ist nur …«

»Er hat seine Frau immer noch nicht verlassen.« Alys hätte Bree schütteln können für diese harschen Worte. Wollte sie etwa einen weiteren Tränenschwall hervorrufen? »Chesten, ich sage das jetzt nur, weil ich dich liebe. Er ist schlecht für dich.«

»Ihr könnt mich *Waity Katey* nennen. Nur bin ich mir inzwischen nicht mehr sicher, ob es bei mir ein Happy-End gibt und ich am Ende den Prinzen bekomme.«

»Verlass ihn«, sagte Alys zu ihrer Überraschung. Wer war sie, dass sie Ratschläge in Liebesdingen erteilen konnte? »Lieber ein Ende mit Schrecken und so weiter …«

»Aber ich liebe ihn doch.« Erstaunlicherweise gewann Chesten nun ihre Fassung zurück. »Ich will ihn und keinen anderen Mann. Und ich will nicht darüber reden.«

Sie schniefte erneut, schaufelte Sahne auf ihren Kakao und nahm einen großen Schluck. Es muss an den Pferden liegen, dass sie trotzdem so schlank bleibt, dachte Alys mit einer Spur von Neid. Sie hatte nur einen Hauch von *Clotted Cream* und Erdbeermarmelade auf ihren Scone gestrichen. Die Pralinen, die auf dem obersten Rund der Etagere thronten, zogen ihren Blick an. Warum hatte Bree den noblen *Afternoon Tea* bestellen müssen? Wie sollte Alys nur der Versuchung widerstehen? Warum sollte sie der Versuchung widerstehen? Helyer war es vollkommen egal, wie sie aussah, solange sie ihn pünktlich fütterte.

Alys griff nach der *Clotted Cream* und strich sie dick auf den verbleibenden Scone.

»Erde an Alys«, sagte Bree, so laut, dass die anderen Kunden sich nach ihnen umschauten. »Ich frage dich jetzt ein drittes und letztes Mal: Bist du dabei?«

Chesten kicherte. Wie so oft konnte Alys ihre Freundin nur dafür bewundern, dass düstere Stimmungen bei ihr nie lange anhielten.

»Wobei? Tut mir leid. Ich bin der Verführung der Scones erlegen.«

Ich sollte mehr wie Bree sein und mein Leben genießen.

»Ich habe heute Collie getroffen.« Bree grinste. »Seine kleine Schwester feiert ihren 25. So richtig groß. Er hat uns eingeladen.«

»Collie?« Alys musste kurz überlegen. »*Der* Collie?«

Der Collie, eigentlich Colan Feix, war Bree in ihrer Schulzeit gefolgt wie ein Hündchen, bis sie ihn endlich erhört hatte. Nur um dem armen Kerl das Herz zu stehlen und zu brechen, weil sie sich kurz darauf einem anderen zuwandte.

»Ja. Inzwischen gutsituierter Anwalt, verheiratet, aber immer noch mit dem Blick von Lassie.« Bree schien in Erinnerungen versunken. »Am Samstag in zwei Wochen gibt Metheven eine Party im Jugendhaus.«

»Da bist du doch schon in Hamburg oder Mailand oder Rom?« Chesten sprach aus, was Alys als erstes in den Sinn gekommen war. »Dann wird Colan ganz schön enttäuscht sein.«

»Von verheirateten Männern lass ich die Finger«, begann Bree. Dann biss sie sich auf die Unterlippe. »Sorry, Chesten.«

»Schon okay. Du hast ja recht …« Chesten nahm nur äußerst selten etwas krumm. »Kennt Metheven uns überhaupt?«

»Wer kennt uns nicht?« Bree schien über die Frage ernsthaft verwundert.

Bevor ihre Freundinnen ihr Leben für sie verplanten, mischte Alys sich ein. »Danke, aber nach dem Craig-Desaster bin ich erst einmal bedient.«

»Alys, Liebes, mach dir nichts vor. Du bist nicht wie deine Grandma, die allein glücklich leben konnte. Chesten und du, ihr braucht einen Mann, um euch vollständig zu fühlen. Ist einfach so.«

Alys überlegte kurz. Ihre Großmutter war ständig unterwegs gewesen, fürs Ehrenamt oder auf Feiern, weil sie ganz St. Bart kannte. Für Alys jedoch klang diese Art zu leben nicht erstrebenswert. Vielleicht, weil sie als Kind zu viele Disneyfilme geschaut hatte und noch auf den Prinzen wartete.

»Auch du wirst dich eines Tages verlieben«, prophezeite sie Bree. Dann stibitzte sie ihrer Freundin die letzte Praline vor der Nase weg. »Warum glaubst du, dass ausgerechnet auf Methevens Feier der Richtige für mich dabei sein könnte?«

KAPITEL 9

Sie hätte auf ihren ersten Impuls hören sollen, dachte Alys. Rund fünfzig Menschen standen in dem großen Raum verteilt, der mit bunten »Happy-Birthday«-Girlanden und grünen Luftballons geschmückt war. Fünfzig Menschen, von denen sie vielleicht vier flüchtig kannte. Na ja, sie musste nur die obligatorische halbe Stunde bleiben, der Gastgeberin ihr Geschenk in die Hand drücken und unauffällig verschwinden.

Nur Höflichkeit hatte Alys dazu gebracht, zu der Party zu gehen, obwohl Chesten im letzten Moment abgesagt hatte. Ein Notfall in der Praxis. Alys war so ärgerlich gewesen, dass sie beinahe gefragt hätte, ob der Notfall zweibeinig und verheiratet war. Dann jedoch hatte sie sich entschieden, kurz bei Metheven vorbeizuschauen, weil sich das eben gehörte. Schließlich würde sie auch erwarten, dass ihre Gäste Bescheid gaben, wenn sie den Abend etwas Besseres vorhatten. Und absagen konnte Alys nicht, weil sie nicht einmal Methevens Telefonnummer hatte.

Das Ganze war eine Idee, geboren aus zu viel Gin Tonic, wie sie nur von Bree kommen konnte. Warum sollte sich einer der Männer hier für Alys interessieren, wo es doch unglaublich viele jüngere Frauen gab, die alles gaben, um Aufmerksamkeit auf sich zu ziehen? In ihrer schlichten schwarzen Hose und der kirschroten Bluse kam sich Alys alt und spießig vor. Die anderen Frauen trugen kurze Röcke und knappe Oberteile in schrillen, auffälligen Farben.

Gab es einen Tisch, auf dem sie das Geschenk abstellen und sich dann unauffällig aus dem Staub machen konnte? Oder sollte sie Metheven das Geschenk persönlich übergeben? Hoffentlich gefiel es ihr überhaupt. Bree hatte Colan angerufen und gefragt, was seine kleine Schwester sich wünschte.

»Keine Ahnung. Parfüm oder so was?«, hatte seine wenig hilfreiche Antwort gelautet.

Da sich Chesten, Bree und sie nicht in der Lage sahen, ein Parfüm für eine ihnen fremde Frau auszuwählen, hatten sie sich für den sicheren Weg eines Gutscheins entschieden. Um dem Geschenk einen Touch Persönlichkeit zu geben, suchte Alys nach einer Jahrgangs-CD, die sie im Internet kaufte. Das Cover von *Birthday Star 1992* zeigte Schlagzeilen aus Methevens Geburtsjahr: Bill Clinton und Mike Myers grinsten um die Wette.

In dem Moment, als Alys sich entschied, Höflichkeit Höflichkeit sein zu lassen, kam eine junge Frau freudestrahlend auf sie zu. In den vergangenen zehn Jahren hatte sich Collies kleine Schwester sehr verändert. Nur die Fülle langer kastanienbrauner Locken verriet Alys, dass sie es mit ihrer Gastgeberin zu tun hatte. Sie trug ein smaragdfarbenes Cocktailkleid, das ihre Kurven betonte, und hatte nicht viel Ähnlichkeit mit der schüchternen, leicht dicklichen Fünfzehnjährigen mit einer gewaltigen Zahnspange, an die Alys sich erinnerte.

»Alys! Wie schön, dass du gekommen bist. In der Schule fand ich euch drei immer so toll. Und als du dann nach London gezogen bist, boah, da habe ich dich beneidet. Endlich eine, die hier rauskam und was erlebte. Du musst mir alles erzählen. Ich kann es kaum erwarten, von deinen Abenteuern in der großen Stadt zu hören. Kommen Bree und Chesten noch?«

»Hallo Metheven. Alles Gute zum Geburtstag«, antwortete

Alys, die sich von dem Redeschwall und dem Übermaß von Informationen, mit denen Colans kleine Schwester sie überschüttete, überfordert fühlte. Sie streckte die Hand aus, die ihr Gegenüber ergriff, schüttelte und weiterschüttelte und noch einmal schüttelte, bis es Alys gelang, sich aus ihrem Griff zu lösen. »Du siehst ganz anders aus.«

»Danke. Pilates.« Das Lächeln wurde noch breiter. Ihre braunen Augen mit einem ungewöhnlichen grünen Kreis um die Pupillen glitzerten vergnügt. »Ich nenne mich jetzt übrigens Janine. Mein zweiter Vorname.«

»Janine«, antwortete Alys, überrascht von der begeisterten Begrüßung. »Was für ein ungewöhnlicher Name.«

»Hat mir meine Mutter verpasst. Nach so einer alten französischen Psychotante. Ist auf jeden Fall besser als Metheven. Wie kommt jemand nur auf die Idee, sein Kind so zu nennen?«

»Ich soll dich von Bree und Chesten herzlich grüßen«, log Alys, da keine ihrer Freundinnen so etwas gesagt hatte. »Bree musste leider kurzfristig nach Paris. Chesten … hat einen Notfall in der Praxis.«

»Och schade.« Janine griff nach dem Geschenk und zog Alys hinter sich her zu einem langen Tisch, auf dessen weißem Tischtuch sich buntverpackte Geschenke und Blumensträuße in leuchtenden Farben stapelten. Colans kleine Schwester war beliebter, als Alys es gedacht hätte. Ob so viele Menschen auch zu ihrem Geburtstag kämen, fragte sie sich.

»Ich muss dir unbedingt jemanden vorstellen. Daveth hat auch in London gearbeitet und ist erst vor ein paar Wochen bei Pendarves & Lawry eingestiegen. Ihr habt euch bestimmt viel zu erzählen.«

Musste Janine eigentlich nie Luft holen, wenn sie redete? Hatte Bree Colans Schwester geimpft, dass sie einen Mann für Alys suchte? Oder vermutete sie überall Verschwörungen?

Pendarves & Lawry – den Namen kannte sie. Die Kanzlei in St. Ives kümmerte sich auch um Grandmas Angelegenheiten. Zu

Alys' Erleichterung kam ein schlaksiger Mann, dessen rote Haare mit seinen Sommersprossen harmonierten, auf sie zu. »Honeybunch, der Wodka ist alle.«

»Im Kühlschrank ist noch welcher«, antwortete Janine. Sie küsste ihn auf die Wange.

»Ich habe keinen gesehen«, erwiderte er, während sich sein Arm um ihre Hüfte stahl. »Vielleicht hilfst du mir suchen?«

»Das ist Alys, von der ich dir soooo viel erzählt habe.«

»Hi, ich bin Nick.« Er nickte ihr zu, bevor er seine Aufmerksamkeit wieder auf Janine richtete. »Jani, Zeus will nach draußen. Gehst du mit ihm oder soll ich?«

»Zeus?« Alys schaute sich um, auf der Suche nach einem Dobermann oder Rottweiler, aber der einzige Hund, den sie entdecken konnte, war ein niedlicher Jack Russell Terrier, der schwanzwedelnd auf sie zukam. »Was für ein gewaltiger Name.«

»Im Herzen ist er eine Dogge.« Janine hob den Hund auf.

Alys nutzte die Chance, um sich mit einem Murmeln, das von »Muss mal auf Toilette« bis »Geh nur« alles bedeuten konnte, rückwärts in die Menge zu schieben.

Dabei stieß sie gegen jemanden, der sich anscheinend ebenso fehl am Platze fühlte wie sie. Irgendwie kam er ihr bekannt vor. Vielleicht lag es daran, dass sie sich – trotz Craig – zu diesen jungenhaften Männern hingezogen fühlte. Nachdem sie den Mann gemustert hatte, stellte Alys erfreut fest, dass er sich mit den dunklen Haaren und ebenso dunklen Augen doch deutlich von dem blonden Craig mit seinen wasserhellen Augen unterschied.

Auch der Mann studierte sie nachdenklich. »Wir haben uns schon irgendwo gesehen.« Ein Grübchen erschien auf seiner linken Wange. Ein äußerst attraktives Grübchen. »Sorry. Das klingt wie eine blöde Anmache, aber ...«

An dem Grübchen erkannte sie ihn. »Im Tierheim«, platzte sie heraus. »Du hast deinen Hund gesucht, ich wollte einen Kater holen. Mr. Cat.«

Seine Verwirrung wich einem Lächeln. »Ja, genau. Wie ist das Leben mit Mr. Cat?«

»Er heißt jetzt Helyer. Ich bin übrigens Alys – mit ›y‹ und ›s‹, nicht mit ›ce‹.«

Wenn sie jedes Mal zehn Pfund bekommen hätte, wenn sie diesen Satz sagte, könnte sie sich eine Südsee-Insel kaufen. Danke, liebe Eltern, dachte Alys wieder einmal.

Vor lauter Nervosität plapperte sie weiter: »Ein kornischer Name. Das war wohl modern. Aber ich habe Glück gehabt. Meine beste Freundin heißt Bryluen, aber wir alle nennen sie Bree.«

Oh, nein, was quasselte sie für einen Blödsinn? Wo war ein Maulwurfshügel, um darin zu versinken? Puuh, sie war einfach vollkommen aus der Übung. Ob es Kurse gab: »Flirten für Dummies und Wiedereinsteigerinnen«?

Er grinste, was sein Grübchen vertiefte. »Ich kenn das. Wenn die Lehrerin in der *Primary School* unsere Namen vorgelesen hat, hörte es sich an, als säßen da Nachfahren der Elben aus ›Der Herr der Ringe‹. Immerhin haben mir meine Eltern den Gefallen getan, mir einen Namen zu geben, den man auch in anderen Teilen unseres Landes kennt: Jory.«

»Du Glücklicher. Ich musste die Schreibweise meines Namens ständig erklären. An der Uni war das kein Spaß.«

»Wo warst du an der Uni? Woher kennst du Janine?«

»In London. Sie ist die Schwester von Colan, der während unserer Schulzeit unglaublich in Bree verschossen war. Ich glaube, er ist es heute noch, und als Bree ihn in der Stadt getroffen hat …« Alys hob die Hand vor den Mund, um ihren Wortschwall einzudämmen. Sie schwadronierte beinahe so viel und so schnell wie Janine. »Nur Bree ist jetzt leider in Paris oder Rom und Chesten, meine andere Freundin, hat abgesagt. Und du?«

»Ich habe nicht abgesagt.« Er lächelte. Wieder mit diesem Grübchen. Sexy. »Ich bin von einem Freund mitgeschleift worden, weil er nicht allein herkommen wollte. Seine Freundin hat ihn vor zwei Wochen verlassen ...«

Beinahe hätte Alys geantwortet: »Das kenne ich. Ich habe mich im letzten Jahr getrennt«, doch glücklicherweise rettete sie ihr gesunder Menschenverstand. Garantiert kein Mann – selbst wenn er noch so nette Grübchen hatte – wollte etwas vom Ex der Frau hören, mit der er sich gerade unterhielt.

»Dann geht es dir wie mir und du kennst hier kaum jemanden?«

»Nur Tomas. Und dich natürlich.« Er zuckte mit den Schultern. Meine Güte, war sie so verzweifelt, dass diese Geste in ihr den Wunsch weckte, ihn zu küssen? »Ich hatte andere Pläne für heute Abend.«

»Was hattest du vor?« Sicher wäre er lieber mit seiner Freundin ausgegangen ... Wollte sie das wissen?

»Wenn ich das sage, hältst du mich bestimmt für einen Nerd.« Wieder das Grübchen. Täuschte sich Alys oder war er ihr näher gerückt? »*Wonder Woman* läuft im Kino.«

»Den wollte ich auch anschauen«, antwortete Alys. »Obwohl ich fürchte, dass er mich enttäuschen wird. Als Kind habe ich die Comics geliebt. Die aus den Siebzigern.«

»Die mit dem unsichtbaren Flugzeug?« Jorys Augen leuchteten auf. »Und dem Lasso der Wahrheit?«

Alys nickte. Wenn sie mehr über ihn erfahren wollte, wechselte sie besser das Thema. »Was machst du, wenn du nicht ins Kino oder auf fremde Geburtstage gehst?«

»Ich studiere.« Er zuckte mit den Schultern und zeigte wieder das Grübchen, das Alys so küssenswert fand. »Zum Leidwesen meiner Eltern. Irgendwie habe ich noch nichts gefunden, was mich mehr als ein Jahr interessiert.«

»Aha.« Alys überlegte, was für eine unverfängliche Frage sie stellen konnte. »Was studierst du aktuell?«

Ihr Blick schweifte durch den Raum, auf der Suche nach einer Alternative zu Jory. So ein Mist. Einen Jungen, der nicht wusste, was er wollte, konnte sie auf keinen Fall brauchen. Obwohl er süß aussah mit dem Grübchen und den verwuschelten Haaren.

Ach was, sie musste ihn ja nicht heiraten. Sie sollte entspannter an den Flirt herangehen, so wie Bree es ihr dringend ans Herz gelegt hatte, bevor sie abgereist war.

»Alys-Darling, such dir einen Mann, der dir guttut. Versuch einen One-Night-Stand mit einem netten Typen.«

»So bin ich nicht«, hatte Alys abgewehrt. »Das kann ich nicht.«

»Hast du es schon mal probiert?«, hatte Bree gesagt und Alys ins Ohr geflüstert. »No risk, no fun.«

»Oh, verdammt.« Jory schaute auf sein Smartphone und zog die Augenbrauen zusammen. Dann schaute er Alys an. »Ich muss nach Hause. Mein Hund ... die Hundesitterin hat mir eine SMS geschickt.«

Wann war ihre Unterhaltung ins Surreale abgedriftet? Irgendwie war er schnuckelig, aber ein bisschen schräg, oder? Warum brauchte er für einen Abend einen Hundesitter? Sie wäre nie auf die Idee gekommen, eine Betreuung für Helyer zu organisieren.

»Aha«, sagte sie daher nur. »Hundesitterin?«

»Buddy kann nicht allein bleiben.« Jory seufzte. »Er hat etwas Falsches gefressen und kotzt ...«

Er kratzte sich am Hals, eine Geste, die Alys seltsam liebenswert fand.

»Ich kenn das«, sagte sie, um ihm die Verlegenheit zu nehmen. »Mein Kater spuckt auch gern und viel.«

Erneut ertönte das Piepen, das eine SMS anzeigte. Irgendwie klang es drängend und dringend. Jory seufzte noch einmal.

»Ich muss los. Tut mir leid.« Er holte tief Luft. »Ich weiß, wir kennen uns kaum, aber ... magst du mitkommen?«

Zu einem kotzenden Hund? Wie romantisch! Andererseits war sie neugierig, wie gut sie sich verstehen würden. Bevor sie antworten konnte, stand Janine neben ihr.

»Hier bist du ja.« Sie griff nach Alys' Arm und zerrte sie hinter sich her. »Komm mit, ich wollte dir doch jemanden vorstellen.«

Alys versuchte, sich aus dem Griff zu winden, aber Janine war überraschend kräftig. Noch eine Veränderung zu früher. Eine weitere SMS kündigte sich an. Jory schaute auf sein Handy, blickte Alys an und hob die Schultern. »Vielleicht sieht man sich mal wieder. Ciao.«

Er rannte aus dem Raum, als handelte es sich um einen Notfall. Nein, mit ihm wäre es nie etwas geworden. Ein Mann, der sich so für seinen Hund interessierte, hatte sicher keinen Platz für eine Frau mit Katze in seinem Leben.

»Würd' mich freuen«, rief Alys ihm nach, während Janine sie in die Küche bugsierte, an drei in ein Gespräch vertieften Männer vorbei. Sie griff nach zwei Cocktailgläsern mit giftgrüner Flüssigkeit.

»Prost.« Sie drückte Alys eines in die Hand, nahm ihren Arm und führte sie zu den Männern, die intensiv über unterschiedliche Spieler diskutierten, deren Namen Alys vage bekannt vorkamen. Sie interessierte sich nicht für Fußball, aber kannte immerhin – dank Craig – die Aufstellung von Arsenal.

»Das, was der neue Spieler leistet, könnte ich auch«, höhnte einer von ihnen. Oha, der war attraktiv. Ein schmales Gesicht mit einer kräftigen Nase und ausdrucksvollen Lippen. Der Bartschatten auf seinen Wangen und dem kantigen Kinn ließ ihn verwegen aussehen. Die kurzen braunen Haare hatte er mit Gel glatt nach hinten gekämmt, was Alys eigentlich nicht mochte, aber bei ihm gut aussah. »Warum der Club so viel Geld für ihn ausgegeben hat, gehört zu den großen Rätseln der Weltgeschichte.«

»Auf jeden Fall«, stimmte ihm der kleine Dicke zu. Eifriges Nicken begleitete seine Worte.

»Ich sehe das nicht ganz so«, warf der dritte, ein hagerer Mann mit auffallend großer Nase ein. »Meiner Ansicht nach …«

»Wer von uns konnte sich letzte Woche das Mannschaftstraining ansehen, du oder ich?«, unterbrach ihn der Attraktive mit einer wegwerfenden Armbewegung.

Keiner der Männer nahm Notiz von ihnen. Innerlich stieß Alys einen Seufzer aus. Hätte Jory nicht noch fünf Minuten warten können, bis sie sich aus Janines Griff befreit hatte? Dann müsste sie hier nicht stehen wie ein ungewünschtes Geschenk.

Das wird mir jetzt zu doof. Alys stürzte die eklig süße Flüssigkeit herunter und entzog sich Janines Griff. In dem Moment schaute einer der Männer auf.

»Daveth, das ist Alys«, sagte Janine mit stolpernder Zunge. »Du wolltest sie kennenlernen.«

»Hi. Entschuldige, die Diskussion hat uns mitgerissen.« Er lächelte. Kein Grübchen, aber dennoch ein nettes Lächeln. »Schön, dich kennenzulernen.«

Er wandte sich von den Männern ab, die ihn verblüfft anschauten. Der Blick aus seinen auffallend grauen Augen kreuzte ihren und sie leckte sich über die Lippen. Mist. Hoffentlich verstand er das nicht falsch, aber er hatte etwas an sich, das Alys äußerst anziehend fand.

»Hallo«, antwortete sie, überrascht und gefangen von seinem Charme. Wenn Jory ein Junge war, wirkte Daveth erwachsener und selbstsicherer. Außerdem ließ er sie nicht wegen eines Hundes stehen. »Lasst euch von mir nicht stören. Ich geh tanzen.«

»Ich begleite dich«, sagte Daveth ganz selbstverständlich. Er zwinkerte ihr zu. »Wenn du mich lässt …«

KAPITEL 10

Alys schreckte aus dem Schlaf hoch, weil sie das Gefühl hatte, erdrückt zu werden. War Helyer wieder ins Bett gesprungen und hatte sich auf ihren Rücken gelegt? Vorsichtig öffnete sie ein Auge. Der Lichtstrahl, der durch die halbgeöffneten Vorhänge drang, schmerzte in ihren Augen. Autsch. Sie hatte gestern eindeutig zu viel getrunken. Sie richtete den Blick auf die unverputzte Steinmauer, die ihrem Zimmer ein rustikales Aussehen verlieh. Immerhin war sie zu Hause, wenn sie auch nicht wusste, wie sie zurückgekommen war. Sie kniff die Augen zusammen und kämpfte gegen die Übelkeit an. Langsam drehte sie sich und erkannte überrascht, dass nicht Helyer auf ihrem Rücken lag, sondern der Arm eines Mannes, der ihr vage bekannt vorkam.

Daveth.

Genau, Daveth hieß er. Janine war der festen Überzeugung gewesen, dass Daveth wunderbar zu Alys passte. Mit der Einschätzung lag sie wohl richtig. Dumm nur, dass Alys so überhaupt keine Erinnerung an die vergangene Nacht hatte. *Das* war ihr schon seit Jahren nicht mehr passiert. Sie hatte nur aus Frust und Nervosität so viel getrunken. Frust, weil ihre Freundinnen sie im Stich gelassen hatten. Frust, weil der süße Typ namens Jory so früh gegangen war. Nervosität, weil Daveth so selbstsicher und bestimmend gewirkt hatte. Hatte sie sich dem Erstbesten an den Hals geworfen? Hoffentlich wachte er bald auf und ging. Musste sie ihm ein Frühstück machen? Was erwartete er von ihr?

Bevor sie sich weiter in diesen Gedanken verrennen konnte, hörte sie das bekannte maulende Quäken vor der Tür, das sichere Anzeichen, dass Helyer erwartete, dass sie sein Bedürfnis nach Essen erfüllte. Wo war der Kater gestern Abend gewesen?

»Määääääh!«, erklang es erneut. So laut und nachdrücklich, dass sich der Mann neben ihr bewegte.

Auf keinen Fall wollte Alys Daveth ungewaschen gegenübertreten. Mit der Zunge fuhr sie sich über die Zähne, die sich pelzig anfühlten. Ja, sie brauchte dringend eine Dusche und mindestens dreimal Zähneputzen, bevor sie sich dem Mann in ihrem Bett stellte.

»Miähh!«

»Pscht«, flüsterte Alys, die sich unter Daveths Arm hervorgewunden hatte. Hastig griff sie nach Slip und T-Shirt, in die sie hineinschlüpfte, bevor sie die Schlafzimmertür vorsichtig hinter sich schloss. »Sei ruhig. Oder du bekommst überhaupt nichts zu fressen. Warum klingst du wie ein schlecht gelauntes Schaf? Müsstest du nicht miauen?«

Helyer würdigte sie keiner Antwort, sondern trabte mit hochgerecktem Schwanz vor ihr in die Küche. Eigentlich musste Alys auf Toilette, aber sie wollte nicht riskieren, dass der kreischende Kater den Mann in ihrem Bett weckte. Beneidenswert, dass er einfach weitergeschlafen hatte.

Ein Mann in ihrem Bett – sie blieb abrupt stehen, als ihr die Dimension des gestrigen Abenteuers deutlich wurde. Ein Kichern stieg in ihr auf, das sie nicht unterdrücken konnte. Wow, Bree würde Augen machen – die brave Alys hatte sich einfach so einen Fremden in ihr Bett eingeladen. Natürlich würde sie Bree niemals erzählen, dass sie sich leider an nichts aus der vergangenen Nacht erinnerte.

Sie war tanzen gegangen, mit Daveth, hatte mehrere Cocktails getrunken, weiter getanzt und dann … tja, dann fehlte ihr leider ein großes Stück des Geschehens.

»Ab heute lebe ich wild und gefährlich«, flüsterte sie Helyer zu, der sich jedoch mehr für die Futterdose in ihrer Hand als für ihre Worte interessierte. »Du wirst mich nicht wiedererkennen, Kater.«

Helyer warf sich ihr an die Beine, sodass Alys ihre Gedanken auf das Hier und Jetzt richtete und nicht weiter zu ergründen versuchte, wie der gestrige Abend verlaufen war. Hoffentlich hatte sie oder er an Verhütung gedacht.

Der Geruch von Fischpampe am Morgen war eine echte Herausforderung. Alys atmete flach durch den Mund ein und aus, um dem Gestank zu entgehen.

»Hier, du Vielfraß. Lass es dir schmecken.«

Endlich konnte sie auf die Toilette gehen, unter die Dusche und sich die Zähne putzen. Im Bad befand sich ein halbhohes Regal aus Holz mit Weidenkörbchen, die all das verbargen, was normalerweise in Badezimmern auf Oberflächen herumstand: Shampoos, Damen-Hygieneartikel, wie es so schön hieß, Kosmetika und zwei Föhne, einer davon seit Jahren kaputt. Sie kramte zwei Handtücher für Daveth heraus und legte eine Zahnbürste darauf.

Dann gönnte sie sich die wohlverdiente Dusche und ausgiebiges Zähneputzen. Sie genoss das warme Wasser und vor allem das Gefühl, den Pelzbelag von ihren Zähnen verschwin-den zu lassen. Gerade, als sie ihre Haare ausspülte, hörte sie einen zornigen Schrei. Einen eindeutig nicht-kätzischen Wut-schrei.

Alys drehte das Wasser ab, griff nach ihrem Bademantel und schlang sich ein Handtuch um die Haare.

»Was ist das?« Daveths Stimme klang zornig, was von einem

ebenso angepisst klingenden Fauchen beantwortet wurde. »Alys! Komm her! Sofort!«

Was sollte das denn? Sie hatten vielleicht eine einzigartige Nacht voll wunderbarem Sex miteinander verbracht, aber das gab ihm noch lange nicht das Recht, ihr in diesem Ton Befehle zu erteilen.

Nachdem Alys in die Küche getreten war, musste sie eingestehen, dass Daveth einen guten Grund für seinen Kommandoton hatte. Helyer hatte seine Krallen in Daveths teuer aussehendes Jackett geschlagen, das er wohl als Kratzbaumersatz betrachtete. Daveth hielt sich die linke Hand, auf der Alys einen ziemlich langen und ziemlich blutigen Kratzer erkennen konnte. Anscheinend hatte er versucht, dem Kater seine Beute zu entreißen, was Helyer nicht sehr witzig fand.

»Sorry«, sagte er, wobei er mit den Händen herumfuchtelte. »Ich wollte dich nicht anbrüllen, aber … aber …«

Er deutete auf den Kater, der sich weiterhin in das Kleidungsstück krallte.

»Tut mir leid.« Alys kniete sich neben den Stuhl, über dessen Lehne Daveth seine Jacke gehängt hatte. »Ich bin versichert.«

»Er hat mich gekratzt.« Als wolle er sichergehen, dass sie die Wunde nicht übersah, schlenkerte er seine Hand vor ihrem Gesicht auf und ab, was Alys irritierte. »Das mit der Jacke ist nicht so schlimm.«

»Habe ich dir nicht von meinem Kater erzählt?«, sagte sie defensiv, während sie versuchte, Helyers Krallen aus Daveths Jacke zu lösen, was er mit einem Grollen bedachte. Mist, Faden gezogen. Noch einer. Das Jackett war wohl nicht mehr zu retten. »Gestern Abend muss er sich verkrochen haben.«

»Als du Katze gesagt hast«, antwortete Daveth und grinste, »da erwartete ich etwas Hübsches, Zierliches, nicht so einen Brocken!«

Mit dem Zeigefinger deutete er auf den Stubentiger, dessen

Schwanz von einer Seite zur anderen peitschte. Ein sicheres Zeichen, dass seine Laune sich ihrem absoluten Tiefpunkt näherte. Wenn der Kater so mies gestimmt war, wagte Alys es nicht, sich mit ihm zu streiten.

»Bist du sicher, dass das kein Tiger ist?«

»Er ist aus dem Tierheim«, fühlte sich Alys bemüßigt, Helyer zu verteidigen. »Ich kenne seine Vorgeschichte nicht. Bestimmt hat er es nicht leicht gehabt.«

»Na, mit *den* Krallen kann er sich bestimmt gut verteidigen.« Daveth begutachtete die Schäden an seinem Jackett. »Ich würde mich nicht mit ihm anlegen wollen. Danke für die Rettung.«

»Dass ich mir Helyer aus dem Tierheim hole, war der letzte Wunsch meiner Grandma.« Dieses Argument klang schräg. Eine beinahe dreißigjährige Frau, die sich auf ihre Großmutter berief.

»Helyer? Was ist das für ein Name?« Daveth hörte auf, die Fäden seines Jacketts zurecht zu zupfen. »Warum hast du ihn nicht umbenannt? In Fluffy oder Buster oder Tom, so einen typischen Katzennamen.«

Konnte es sein, dass Daveth noch nie von der Buchreihe gehört hatte? Kannten nur Grandma, sie und ihre Freundinnen noch die alten Romane?

Ihr erster Impuls war es, sich zu entschuldigen, weil sie ihrem Kater einen Namen gegeben hatte, den Daveth nicht kannte. Rechtzeitig bemerkte sie, dass sie in das Schema verfiel, nach dem ihre Beziehung mit Craig abgelaufen war. Alys hatte sich ständig schuldig gefühlt, selbst wenn es Craigs Fehler gewesen war. Nein, das würde sie nicht wiederholen.

»*Ich* habe ihn Helyer genannt«, sagte sie daher mit kühler Stimme. Daveth sollte ohnehin nur ein One-Night-Stand bleiben, also musste sie nicht allzuviel Rücksicht nehmen. »Nach einer wichtigen Figur meiner Lieblingsbuchserie ›Jezebel Bligh‹.«

Aber es musste einen Grund gegeben haben, dass sie mit Daveth im Bett gelandet war. Seine Selbstsicherheit? Im

Vergleich zu Jory war er ihr viel erwachsener und reifer erschienen.

»Tut mir leid, die Serie kenne ich nicht.« Daveth legte das Jackett zur Seite und überraschte Alys mit einem Kuss. »Ich arbeite zu viel und hab kaum Zeit zum Lesen. Erzähl mir von den Büchern. Ich möchte alles über dich erfahren.«

KAPITEL 11

Das Zuschlagen der Wohnungstür weckte Jory auf. Blinzelnd schaute er auf den Wecker. Noch nicht einmal zehn Uhr! Wer überfiel ihn an einem Sonntagmorgen um diese unerfreuliche Uhrzeit? Allzu groß war die Auswahl derer nicht, denen er einen Schlüssel für seine Wohnung gegeben hatte. Die Reinigungsfrau war es sicher nicht, also blieb nur …

»Hier sieht es aus, als hätten dich Einbrecher heimgesucht«, sagte seine große Schwester, als er ins Wohnzimmer stürzte. Lowenna betrachtete die Zerstörung, die Buddy mit Wonne angerichtet hatte. »Hast du der Polizei Bescheid gesagt?«

Jory stöhnte auf. Wie so oft fragte er sich, was seine Eltern dazu gebracht hatte, ihr erstes Kind Lowenna zu nennen, was Glück bedeutete. Ausgerechnet seine Schwester, die die ganze Welt kritisch musterte.

Selbst so früh am Morgen sah Lowenna aus wie einem Laufsteg entsprungen: Sie trug ein helles Kleid, das ihre Sonnenstudiobräune und ihre sportstudiotrainierte Figur betonte. Ihre hellbraunen Haare, die ihn an Kittos erinnerten, hatte sie mit dezenten Strähnchen aufgepeppt. Lowenna sah Kitto unglaublich ähnlich. Von der schmalen Nase über die ausgeprägten Wangenknochen bis hin zu den großen dunkelbraunen Augen. Man hätte sie für Zwillinge halten können, wäre da nicht der Altersunterschied gewesen. Als Kind hatte Jory geglaubt, dass er im Krankenhaus vertauscht worden war, weil er weder Lowenna noch Kitto glich. Seine Haare waren so dunkelbraun, das sie beinahe schwarz aussahen. Während Lowenna braune Augen hatte, mit winzigen grünen Einsprengseln, waren die von Jory von einem tiefen, dunklen Blau.

Auch sonst fiel Jory aus der Reihe: Seine Eltern und Lowenna legten sehr viel Wert auf Kleidung, auf einen seriös wirkenden Stil, während Jory sich kleidete wie ein Student. Besonders liebte er seine T-Shirts mit Comic-Motiven, die sowohl Lowenna als auch seine Mutter aus tiefstem Herzen hassten.

»Das war der Hund«, presste Jory heraus. Er spürte Kopfschmerzen aufsteigen, wie stets, wenn er sich ihre Vorwürfen stellen musste. »Das kannst du dir ja denken.«

Warum hatte Lowenna nicht angerufen, bevor sie ihn besuchte? Sicher, er liebte seine Schwester, aber sie waren wie Microsoft und Apple, sodass es besser war, einen Sicherheitsabstand zwischen sich zu lassen. Einen Sicherheitsabstand aus Höflichkeit und klaren Regeln. Wie die, nicht unangemeldet an einem Sonntagmorgen zu erscheinen. Sie wusste genau, dass er da bis Mittag schlief.

»Ich koche uns erst einmal einen Tee, damit du wach wirst.« Elegant glitt Lowenna an ihm vorbei in Richtung Küche, wo Buddy nur sein Futter verstreut hatte. »Oder hat den der Hund gefressen?«

Jory wünschte sich nichts mehr, als weiterschlafen zu können. Doch Buddy, der fröhlich wedelnd vor ihm saß, die Leine im Maul, und Lowenna würden ihm den Sonntagmorgen ruinieren.

»Kaffee, verdammt«, zischte er ihr zu. »Ich trinke morgens keinen Tee.«

Als ob sie das nicht wüsste. Außerdem war die teure Kaffeezubereitungseinheit (das Wort ›Kaffeemaschine‹ wurde dem Gerät nicht gerecht) Indiz genug.

»Was willsten hier?«

Ihr antrainierter Oberschicht-Akzent klingelte in seinen Ohren. Automatisch verfiel er daher in einen Slang, als wäre er in einer Sozialbausiedlung und nicht in einem braven Reihenhaus in St. Ives aufgewachsen. Mist, erst einmal brauchte er Kaffee, um einen klaren Kopf zu bekommen. Dann musste er aufräumen und dann könnte er sich seiner Schwester und dem Hund stellen. Moment, *das* war ein glorreicher Einfall.

»Low«, flötete er, weil er wusste, wie sehr seine Schwester den Spitznamen verabscheute. »Ich habe eine wunderbare Idee.«

»Ja?« Sie drehte sich zu ihm um, Misstrauen in Stimme und Miene. »Aber nein, ich gehe nicht. Wir müssen reden.«

»Meinetwegen.« Jory seufzte. Er hatte nicht einmal zu hoffen gewagt, dass er seine Schwester einfach so loswerden könnte. Aber vielleicht ließ sich die Konfrontation verschieben. »Erst muss der Hund raus. Mein Vorschlag: Du gehst eine Runde mit Buddy, ich koch Tee für dich und Kaffee für mich und räume auf.«

Noch immer musterte seine Schwester ihn misstrauisch. Jory lächelte, als könnte er kein Wässerchen trüben. Das Zusammenleben mit ihr hatte ihn dieses Unschuldslächeln perfektionieren lassen. Lowenna, die fünf Jahre älter war als er, hatte sich immer aufgespielt als wäre sie seine Mutter. Nur strenger. Also hatte Jory schon als Kind eine Reihe von Strategien entwickelt, wie er ihren Argusaugen entgehen konnte.

»O-kay«, antwortete sie schließlich. »Ich habe aber nur bis elf Zeit.«

»Du musst nur eine kleine Runde drehen.« Jory grinste voller Vorfreude. »Ach, bevor ich es vergesse. Hier, das muss sein. Verordnung vom *Cornwall County Council.*«

»Nein!« Angeekelt stierte Lowenna auf die schwarze Plastiktüte, die Jory ihr entgegenstreckte. »Das kannst du vergessen. Das mache ich garantiert nicht.«

»Gut, dann gehe ich jetzt meine lange Runde und wir verlegen unser Gespräch auf einen anderen Tag.« Jory lächelte sanft. »Mit Vorankündigung.«

»Gib schon her!« Lowenna riss ihm die Plastiktüte aus der Hand, Todesverachtung zeichnete sich auf ihren klaren Gesichtszügen ab. »Das wirst du mir büßen.«

»Wenn du die Tüten nicht nutzt«, sagte Jory und grinste breit, »kostet dich das mindestens 25 Pfund. Der *Penwith District Council* hat bis zu 1.000 Pfund als Höchststrafe festgelegt.«

»Ich halte mich an Gesetze.« Lowenna legte Buddy die Leine an.

»Viel Spaß!«, rief Jory ihr nach. »Ich hoffe, Buddys Durchfall ist besser geworden.«

Ihre gemurmelte Antwort klang nach einem derben Fluch, was ihm einen Heidenspaß bereitete. Allerdings verging ihm das Grinsen, als der das Ausmaß der Zerstörung betrachtete, die Buddy gestern angerichtet hatte.

Diese Hundesitterin war ein Misserfolg auf ganzer Linie gewesen. Nicht nur, dass Buddy während ihrer Anwesenheit die Wohnung zerlegt hatte, nein, sie hatte Jory auch noch in dem Moment von der Party geholt, als diese interessant zu werden versprach.

Alys. Ob Tomas ihre Telefonnummer kannte? Jory holte einen großen Müllsack, in den er all das hineinwarf, was nicht mehr zu retten war: angekaute Schuhe, ein Sandwich, noch in der Plastikverpackung, allerdings mit deutlichen Zahnspuren, Hundefutter – nass und trocken – und schließlich einen Kanister Milch, den Buddy aufgebissen hatte, sodass sich der Inhalt über den Fußboden ergossen hatte.

Freude mit Haustieren!

Alys hatte auch einen pelzigen Mitbewohner. Helyer. Beinahe

hätte er sich verraten, als sie dessen Namen genannt hatte. Auf der Fahrt nach Hause war Jory das Gespräch im Kopf noch einmal durchgegangen und hatte sich geärgert, dass er Alys nicht seine Telefonnummer gegeben hatte. Er war einfach aus der Übung …

So. Nun noch die Milchpampe aufwischen und es sähe hier wieder wohnlich aus. Bis zu Buddys nächster Attacke.

Dringend um eine Hundeschule kümmern, notierte er sich im Kopf. Das zehnte oder zwanzigste Mal, seitdem er Buddy aus dem Tierheim geholt hatte. Hielt ihn etwa die Furcht ab, dass er Kitto verlöre, wenn Buddy sich änderte?

Nein, dieser Frage wollte er sich nicht stellen. Lieber beschäftigte er sich noch einmal mit Alys. Er hatte ihren Humor gemocht, ihr Interesse an Comics und US-Fernsehserien. Zum ersten Mal seit Langem hatte Jory sich entspannen können, hatte einfach Spaß gehabt, ohne ständig an die vergangenen Monate denken zu müssen. Wäre der verfluchte Anruf nicht gewesen, dann hätte sich mehr daraus ergeben können. Er musste ihre Adresse herausfinden.

»Wir sind wieder da.« Lowennas Stimme war nicht zu überhören. Warum hatte er ihr nur einen Schlüssel für Notfälle gegeben?

Jory setzte Teewasser auf und warf die Kaffeezubereitungseinheit an, die pfeifende Geräusche von sich gab.

»Buddy, leg dich auf deine Decke!«, befahl Lowenna, als sie die Küche betrat. Buddy gehorchte ihr brav, was Jory ärgerte.

Das laute Zischen der Maschine gab ihm Zeit, sich auf ihre Angriffe vorzubereiten. Er stellte ihr einen Becher und die Teekanne auf den Tisch und setzte sich zu ihr.

»Jory.« Lowennas Stimme klang weich, was bei ihm sofort roten Alarm auslöste. Seine Schwester war vieles, aber sanft gehörte nicht dazu. »Unsere Eltern machen sich Sorgen. Wie geht es dir?«

»Schon okay.« Jory schaute sie nicht an, weil er wusste, dass sie seine Lüge sofort durchschauen würde. »Ich komm auf die Beine. Alles gut.«

»Darum hast du auch das Chaos auf Pfoten aus dem Tierheim geholt.« Lowenna seufzte, was Jory verdammt an ihre Mutter erinnerte. Auch die beherrschte die Kunst des ausdrucksvollen Seufzers in Perfektion. »Du versuchst nicht einmal, den Hund zu erziehen, oder?«

»Doch«, entgegnete Jory. »Er ist schon viel ruhiger.«

Dumm nur, dass Buddy, der miese Verräter, in dem Augenblick aufsprang, um eine Fliege wild anzukläffen und hinter ihr herzujagen, wobei er einen Stuhl umriss.

»Buddy, lass das!«, rief Jory, was überhaupt keine Konsequenzen nach sich zog. »Buddy!«

Der Hund stellte sich taub, so wie immer.

»Aus! Leg dich auf deinen Platz«, sagte Lowenna mit ruhiger Stimme, was Jory nur ein Lächeln abrang. Jedenfalls bis Buddy mit gesenktem Kopf zu seinem Hundekissen schlich und sich hinlegte. Nachher würde Jory ein ernstes Wort mit dem Hund reden müssen.

»Na also. Geht doch.« Mehr als nur ein Hauch von Triumph war in Lowenna Stimme zu hören. »Wenn du dein Studium schon vernachlässigst, erziehe wenigstens den Hund. Was mit Kitto passiert ist …«

»Mein Studium. Mein Leben.« Obwohl Jory sich vorgenommen hatte, ruhig zu bleiben, war es wie immer. Wenn er mit Lowenna redete, klang er wie ein trotziger Fünfjähriger. »Buddy und ich kommen schon klar.«

So leicht ließ sie ihn nicht davonkommen. »Studierst du noch oder bist du nur pro forma eingeschrieben? Und welches Fach ist es jetzt? Wirtschaftsinformatik hast du ja hingeworfen.«

»Ja, Mama, ich gehe brav zur Uni.« Jory beugte sich vor, um sie zu umarmen. »Mach dir keine Sorgen um mich.«

Erst blieb sie steif und ablehnend, dann erwiderte sie seine Umarmung. Jory konnte spüren, wie sie langsam entspannte.

»Ich bin die Älteste, ich muss mir Sorgen machen.« Lowenna rümpfte die Nase. »Vor allem …«

Sie musste es nicht aussprechen, dachten sie doch beide an Kitto. Das Schweigen zwischen ihnen drohte sie hinunterzuziehen.

»Ich habe eine Frau kennengelernt«, platzte Jory heraus, um etwas zu sagen. »Und ich studiere, aber nur Teilzeit. Fotodesign in Penryn.«

»Wenn es dich glücklich macht …«, seufzte sie, „aber …“ Ein Blick in sein Gesicht hielt sie davon ab, fortzufahren. Sie seufzte nur noch einmal und legte ihre Hand auf seine.

KAPITEL 12

Vielleicht komme ich heute Nacht nicht nach Hause.« Alys musste über sich selbst lachen, als sie mit dem Kater ihre Pläne besprach. Vielleicht hatte Grandma recht gehabt: Tiere halfen gegen Einsamkeit. Selbst wenn es ein missgestimmter, grollender Kater wie Helyer war. »Drück mir die Daumen, dass es nicht zu peinlich wird.«

Sie fühlte sich völlig aus der Übung. Wann hatte sie ihr letztes Date gehabt? War Flirten wie Fahrradfahren und man verlernte es nie? Oder war es eher wie Gitarre spielen – wenn man nicht übte, verlernte man es unheimlich schnell? Hätte sie bloß nicht so viel getrunken – beim besten Willen konnte Alys sich nicht mehr daran erinnern, wann und wie Daveth und sie den Schritt vom Reden zum Küssen vollzogen hatten. Hastig sah sie auf die Uhr: Noch blieb ihr genügend Zeit, sich zu schminken, umzuziehen und den Kater zu füttern.

Ob Daveth sie nur aus Höflichkeit eingeladen hatte, fragte sich Alys, während sie zum vierten Mal ansetzte, sich einen Lidstrich zu ziehen. Heute wollte irgendwie gar nichts klappen. Der dicke Kater, der sich ihr punktgenau immer dann an die

Unterschenkel warf, wenn sie den Eyeliner ansetzte, war keine Hilfe.

»Helyer, verschwinde aus dem Badezimmer. Ich kann dich hier nicht brauchen.«

Er ignorierte sie und putzte sich demonstrativ die Krallen. Das Geräusch, mit dem er an ihnen knabberte, zerrte an ihren Nerven. Ein letztes Knacken, dann beförderte er eine Krallenhülle auf den Badezimmerboden.

»Sag mal, wie schnell wachsen die eigentlich nach?«, fragte Alys den Kater. »Du verteilst deine alten Krallen im gesamten Haus. Selbst im Bett habe ich gestern eine gefunden.«

Als hätte er ihren Vorwurf verstanden, schaute der Kater sie aus seinen großen runden Augen an. Dann gähnte er. Ihre Meinung zu seiner Körperhygiene war ihm anscheinend egal.

»Komm, mein Dicker, du bekommst etwas zu essen und ich meine Ruhe.« Wenn Alys sich erfolgreich schminken wollte, musste sie ihren Mitbewohner ablenken. »Pädagogisch wertvoll ist das nicht, aber es muss sein.« Großzügig verteilte sie Leckerlis auf dem Geschicklichkeitsbrett.

Na endlich. Jetzt war der Eyeliner perfekt. Alys ging in die Küche. Der Kater stand auf der Bank unter dem schmalen Fenster und schaut hinaus in den Vorgarten. Wie viele Cottage-Gärten war er von einer halbhohen Mauer aus den gleichen Steinen gesäumt, aus denen auch das Haus erbaut war. Alys hatte überlegt, ob sie den Kater in den Garten hinter dem Haus lassen könnte. Aber sie fürchtete, dass er in den Vorgarten entwischen und auf die Straße laufen würde. Außerdem kannte Helyer bisher nur das Leben in einem Haus und vermisste es daher nicht, Gras unter den Pfoten zu spüren. Jedenfalls hoffte sie das. Als sie ihn dort stehen sah, voller Sehnsucht und Interesse, fühlte sie sich schuldig, dass sie ihm den Garten verwehrte.

»Vielleicht kaufe ich dir eine Leine und wir gehen zusammen nach draußen.« Alys schüttete Trockenfutter in eine Schale, was ihr die Aufmerksamkeit des Katers brachte. »Tschüs, mein Dicker. Benimm dich. Guck nicht so lange fern.«

Ein letzter Blick in den Spiegel. Ja, sie sah okay aus. Nicht so auffallend wie Bree, nicht so feenhaft wie Chesten, aber okay. Ob Daveth auffallen würde, wie viel Mühe sie sich beim Styling gegeben hatte? Warum hatte sie überhaupt so viel Zeit investiert? War Daveth das wert?

Alys schnitt sich eine Grimasse. Eigentlich, so war der Plan gewesen, wollte sie nur einen One-Night-Stand, damit sie Craig endlich hinter sich lassen könnte. »Beziehungen sind wie reiten«, hatte Bree in der ihr eigenen Art gesagt. »Wenn du nicht wieder aufsteigst, nachdem du runtergefallen bist, hast du immer Angst davor.« Alys hatte sich jeden Kommentar erspart, vor allem, nachdem auch Chesten Bree zur Seite gesprungen war. Also hatte Alys es versucht, hatte sich in ein Abenteuer für eine Nacht stürzen wollen. Tja, das hatte nicht funktioniert.

Mit dem Abstand eines Tages und dem Verschwinden des Alkohols aus ihrem Blut stellten sich nun die üblichen Fragen und Zweifel ein. Ob Daveth es ehrlich meinte? Sie hörte sich an wie die Mutter der Heldin eines Jane Austen-Romans: Ob der junge Mann ehrbare Absichten hegte … Außerdem, woran sollte er sonst interessiert sein? An dem vielen Geld, das sie nicht hatte?

Wieder einmal verfluchte sie Craig, der dazu beigetragen hatte, dass Alys den Glauben an die Männer eingebüßt hatte. Wenn sie jetzt allerdings Daveth anriefe, um den Abend abzusagen, hätte Craig ein für alle Mal gewonnen.

Wohin war die Zeit nur verschwunden? Eben noch hatte sie fast eine Stunde gehabt, jetzt war sie verdammt knapp dran. Alys zog sich die Jacke über und griff sich die große Handtasche von Desigual. Vorsichtshalber hatte sie eine Zahnbürste und Unterwäsche zum Wechseln eingepackt.

»Helyer, sei brav, sonst setze ich dich auf Diät.« Alys schloss die Tür hinter sich ab, vergewisserte sich durch Rütteln noch einmal, dass die Tür verschlossen war und eilte mit schnellen Schritten zur Bushaltestelle. Sie hätte die High Heels nicht anziehen sollen. Schon jetzt schmerzten ihre Zehen und bei jedem dritten Schritt drohte sie umzuknicken.

Aber ihr erstes Date nach so langer Zeit erforderte das volle Programm: das kleine Schwarze, Föhnfrisur, Make-Up und eben die hohen Schuhe, auch wenn die eher zum Sitzen als zum Gehen geeignet waren.

»Alys.« Daveth öffnete und beugte sich zu ihr, um ihr einen flüchtigen Kuss zu geben. »Willkommen in meinem bescheidenen Heim. Komm herein. Ich muss zurück in die Küche.«

Damit drehte er sich um und ließ sie im Türrahmen stehen. Widersprüchliche Gefühle stritten in ihr: Nervosität, Irritation und Anziehung. Selbst mit der weißen Schürze war er attraktiv. Aber was hatte es zu bedeuten, dass er so schnell weggegangen war? Sein Kuss war eher freundschaftlich als leidenschaftlich gewesen.

Möglicherweise war Daveth ein verrückter Serienkiller, der sie als Hauptmahlzeit vorgesehen hatte. Vielleicht wäre es am besten, einfach umzudrehen und den nächsten Bus nach Hause zu nehmen. Eigentlich ging es ihr doch gut: sie hatte Bree und Chesten und Helyer. Warum also sollte sie sich auf dieses Dating-Spiel einlassen, dass ihr Unbehagen bereitete?

»Alys. Kommst du?« Ein Hauch von Ungeduld schwang in Daveths Tonfall mit. Verständlich, schließlich hatte sie sich noch keinen Millimeter bewegt. »Die Nudeln sind gleich gar.«

Was konnte schlimmstenfalls passieren? Er hatte sie bereits nackt gesehen – jedenfalls war das zu erwarten, nachdem sie miteinander aufgewacht waren.

Ich trinke nie wieder so viel, dass ich einen Filmriss habe und nicht weiß, ob der Sex gut oder mies war, schwor sich Alys. Fragen konnte sie Daveth deswegen schlecht.

Ihren Mantel hängte sie an die Garderobe, ein Designerstück aus Aluminium oder Edelstahl. Die Wohnküche, die sie betrat, war offen, eingerichtet mit einem Tresen, vor dem schick, aber unbequem aussehende Stühle standen. Alles erschien Alys wie aus einem Prospekt eines luxuriösen Möbelhauses. Grandmas Cottage wirkte gegen Daveths gestylte Wohnung wie ein Sammelsurium bunter Dinge.

»Setz dich. Schön, dass du da bist.« Auch Daveth schien etwas nervös. »Was möchtest du trinken? Einen Prosecco als Aperitif?«

»Ja, gerne.« So viel zu ihren guten Vorsätzen, weniger zu trinken. Aber je länger sie hier war, desto angespannter fühlte sie sich. Wenn sie sich nur an die gestrige Nacht erinnern könnte. »Schön hast du es hier.«

Alys setzte sich auf einen der Barhocker, die an dem Küchentresen standen. Das Ding erwies sich als genauso unbequem, wie es aussah.

»Danke.« Daveth öffnete die Flasche so geschickt, dass Alys ihn nur dafür bewundern konnte. »Eine Wohnung sagt viel über einen Menschen aus.«

War das jetzt ein Angriff auf ihr gemütliches Zuhause, das mehr von Grandmas Geschmack als von Alys' widerspiegelte? Oder war sie einfach so kribbelig, dass sie jedes Wort nach allen Seiten drehte, um nach einer verborgenen Botschaft zu fahnden?

»Auf Janine.« Er hob sein Glas. »Ohne sie hätten wir uns nicht kennengelernt, was ich sehr schade fände.«

»Auf Janine«, antwortete Alys, deren Wangen brannten. Solche Komplimente war sie nicht gewöhnt. »Was gibt es Schönes?«

»Tagliatelle al tartufo.« Daveth goss das Nudelwasser ab. »Du magst Trüffel, oder?«

»Ja.« Alys lächelte. Mit so einem edlen Essen hatte sie nicht gerechnet. Ihr Puls stieg, ihre Handinnenflächen schwitzten, als

Daveth einen Trüffel über die Nudeln hobelte. Bei ihm wirkte alles durchdacht, geplant und perfekt.

»Bitte sehr.« Mit eleganter Geste stellte er ihr einen duftenden Teller hin. »Ich habe uns einen Rotwein dazu dekantiert. Magst du?«

»Sehr gern.« Zur Hölle mit den guten Vorsätzen. Sie musste sich Mut antrinken, um Souveränität vorzutäuschen. »Das riecht verführerisch.«

»Ich war besorgt, dass du mich und mein Essen sitzen lässt.« Daveth lächelte sie an, was Alys warm ums Herz werden ließ. »Es ist das erste Mal, dass ich vegetarisch koche. Um ehrlich zu sein, koche ich eher selten.«

»Ich auch.« Langsam entspannte sie sich. »Ich könnte einen Führer zu den besten Bringdiensten in St. Bart schreiben.«

»Schmeckt es dir?«

»Danke, sehr lecker.« Also hatte sie ihm gestern gesagt, dass sie kein Fleisch aß. Worüber hatten sie noch gesprochen? »Das war echt eine Party. Ich war schon ewig nicht mehr so spät unterwegs.«

»23 Uhr ist für dich spät?« Daveth schenkte ihr noch Wein nach. Sein Rasierwasser roch frisch und holzig, ein starker Männerduft. »Als wir gingen, legte Janines Clique erst richtig los.«

Das mussten die giftgrünen Cocktails gewesen sein, dass sie sich überhaupt nicht mehr an das Ende des Abends erinnern konnte. Daveth und sie hatten getanzt – er bewegte sich gut -, sie hatten getrunken und dann …

»Danke, dass du mich nach Hause gebracht hast.« Irgendwie musste sich herausfinden lassen, was gestern Nacht geschehen war. Konnte sie sich auf die Straße trauen oder hatte sie sich furchtbar blamiert?

»Das Angebot konnte ich nicht ablehnen.« Er griff nach ihrer Hand und küsste ihre Fingerspitzen. Seine Lippen fühlten sich warm und weich an. »Was für ein glücklicher Zufall, dich getroffen zu haben.«

Moment, hatte Janine nicht gesagt, dass er sie kennenlernen wollte? Hatte sie etwas missverstanden?

»Erzähl mir von dir«, bat sie ihn daher, um diese Frage zu klären. Was hat dich aus London hierhergebracht?«

KAPITEL 13

Die Türklingel riss Alys aus einer Folge von *Game of Thrones,* gerade als es richtig spannend wurde. Wer konnte das sein? Ein Überraschungsbesuch von Daveth?

»Bree!« rief sie. »Ich wusste nicht, dass du kommst!«

Bree grinste. »Ich auch nicht bis gestern Abend.« Sie stellte sich auf die Zehenspitzen und schaute in den Flur. »Ist dein Daveth da? Da du dich weigerst, ihn mir vorzustellen, dachte ich, ich erwische ihn vielleicht, wenn ich unangemeldet bei dir auftauche.«

Helyer drängelte sich an Alys vorbei und starrte Bree fordernd an. »Mack!« Er beschnupperte die ihm hingehaltene Hand und verschwand in Alys' Schlafzimmer. Besuch ohne Futter interessierte ihn nicht.

»Lass uns in die Küche gehen«, schlug Alys vor. »Ich koche uns einen Tee, wenn du magst. Oder lieber etwas anderes?«

Sie liebte den Raum. Grandma hatte die Wände einreißen lassen, um aus zwei winzigen Zimmern ein großes zu machen. Aus einer schmalen Küche, in der man sich kaum bewegen konnte – Alys hatte Fotos gesehen – war ein großer offener Raum entstanden. Die Küchenzeile war aus hellem Holz mit einer zum Tisch passenden Arbeitsplatte. Grandma hatte die Wand hinter der Küchenzeile in einem kräftigen Lindgrün gestrichen. Als sie Alys die Farbe gezeigt hatte, hatte diese nur »Igitt« gesagt. Jetzt allerdings musste sie zugeben, dass das Grün mit dem Weiß der Möbel und den Holzdielen einen freundlichen Eindruck vermittelte.

»Dein Kater ist ein charmanter Geselle«, spöttelte Bree. »Ist dein Daveth ähnlich und du hältst ihn deshalb geheim?«

»Ich weiß noch nicht, wo das mit uns hinführt.« Alys zog die Nase kraus. »Er arbeitet viel. Wir haben uns in den vergangenen vier Wochen nur sechsmal gesehen. Mit Craig war das anders.«

Als sie Craigs Namen nannte, zog Bree die Augenbrauen zusammen. Aber statt einer Predigt über Craigs Nachteile verblüffte Bree sie.

»Lass uns nach St. Ives fahren. Mir ist nach Touristen und Kunst.«

»Oh nein«, wehrte Alys ab. »Bei dem schönen Wetter wird es überbordend voll sein. Du bist nur wenige Tage hier …«

Doch wenn Bree sich etwas in den Kopf gesetzt hatte, konnte man sich ihr nur fügen.

»Aly, bitte, büüütte.« Ihre Freundin setzte ihren besten Dackelblick auf. Alys seufzte und nickte. Bree gab ihr einen Kuss. »Du bist ein Schatz. Schade, dass Chesten arbeiten muss.«

»Ja, schade«, versuchte Alys leichthin zu antworten, aber Brees Worte hatten sie stärker getroffen, als sie erwartet hätte. Bree hatte Arbeit, wenn auch ungewöhnliche, Chesten liebte ihren Beruf – und nur sie war ohne Job, ohne Zukunft.

»Aly, es tut mir leid.« Bree biss sich auf die Unterlippe, was bei ihr sexy und cool aussah, während es bei Alys nur leicht dümmlich wirkte. Sie hatte es einmal vor dem Spiegel probiert. Aber man musste Bree sein, um das hinzubekommen. »Tut sich irgendetwas an der Jobfront? Kannst du dir das Haus leisten?«

»Dank Grandma ist das Cottage bezahlt.« Alys bemühte sich, Zuversicht auszustrahlen. »Mit meinen Ersparnissen komme ich noch eine Weile hin. Aber ich fühle mich … nutzlos.«

»Du könntest mit mir nach Mailand kommen«, schlug Bree vor. »Ich könnte dich ein paar Leuten vorstellen und möglicherweise ergibt sich da etwas?«

»Danke, aber ich kann Helyer nicht allein lassen«, entschlüpfte es Alys, bevor sie noch nachgedacht hatte. Chesten würde das verstehen, aber Bree? Ihre Freundin hatte noch nie ein Haustier gehabt, wie also sollte sie Alys' Sorge um dessen Wohlergehen begreifen? »Und ich passe nicht in deine Modewelt.«

»Ich auch nicht.« Einen Moment lang schien es Alys, als wollte Bree sich ihr offenbaren, doch dann lächelte sie. »Auf ins Abenteuer St. Ives im Sommer.«

Alys fand die eng aneinander gedrängten Häuser St. Ives', die sich bis zum Wasser zogen, nicht annähernd so pittoresk, wie sie von Touristen beschrieben wurden. Nur ein schmaler Steinweg trennte Häusermeer und Wassermeer. Malerisch nannten die Touristen den Hafen , der dem Bild entsprach, das Menschen aus aller Welt in Cornwall erwarteten: schmale Gassen, verwinkelte Wege, urige Pubs und Kopfsteinpflaster. Wenn St. Bartholomew am Meer läge, würde ihre Heimatstadt ebenso vom Tourismus profitieren wie St. Ives, Penzance oder Marazion.

Jedoch verirrten sich nur selten Touristen nach St. Bart. Die wenigen jedoch lobten die Stadt für ihre Ursprünglichkeit und ihre Echtheit, was auch immer das zu bedeuten hatte. Wenn sie die Auswirkungen des Tourismus auf St. Ives betrachtete, das mehr wie eine Kulisse als ein Ort wirkte, an dem man lebte, war Alys für die Lage von St. Bart dankbar.

Gemeinsam mit Bree schlenderte sie die enge und, wie befürchtet, überfüllte Straße am West Pier entlang. Neben dem Krach vielsprachiger Stimmen zogen Gerüche durch die klare

Luft: Schweiß und Sommerparfüms mischten sich mit dem Duft von Pasteten und Süßigkeiten. Ein *Cornish Pasty*-Laden reihte sich an den anderen, unterbrochen von Eiskremgeschäften, Souvenirshops und kleinen Galerien, die gefällige Drucke von Segelbooten und dem Meer anboten. Auch hier in St. Ives fand sich das Schild von *Warrens Bakery. The Oldest Cornish Pasty Maker in the World.*

»Hmm, schade, dass wir erst gefrühstückt haben«, sagte sie zu Bree. »Schau, hier gibt es eine vegetarischen Thai-*Pasty*.«

Bevor Bree antworten konnte, stieß ein Mann Alys zur Seite, der die Welt nur durch den Sucher seiner Kamera sah und sie nicht bemerkte.

»Sieh nur.« Bree stupste Alys an und deutete auf eines der Häuser. »Das nenne ich weltabgewandt.«

Alys' Blick folgte Brees Finger. Sie lächelte. Keine drei Meter von den Touristen entfernt saß eine Frau auf ihrem Balkon, halb verborgen hinter einem Blumentopf mit einer rot blühenden Pflanze. Die Frau war in ein Buch versunken, und schien die Menschen nicht zu bemerken, die an ihr vorbeizogen. Die Füße in hellgrünen Clogs hielt sie elegant gekreuzt wie die Queen bei hochoffiziellen Anlässen.

Gemeinsam mit Bree lehnte sie an der Mauer und schaute auf die See hinaus, so wie früher die Frauen der Fischer. Alys fiel das ausdrucksstarke Gemälde *Waiting for the Boats* von Walter Langley ein. Eine Gruppe von Frauen an der Mole, die auf das Meer hinausblickte, auf das ihre Ehemänner, Brüder und Söhne am Morgen hinausgefahren und noch nicht zurückgekehrt waren. Der Maler hatte jede Frau mit einer Individualität und Kraft ausgestattet, die einen aus dem Bild ansprang. Bei aller Unterschiedlichkeit von Lebensalter, Haarfarbe und Kleidung war ihnen eines gemeinsam – ein Ausdruck von Sorge auf den Gesichtern. Angst um die Lieben auf See, eine Angst, die weder Gespräche noch die Konzentration auf Wolle und Nadeln in ihren Händen abmildern konnte.

Durch die Ebbe hatte sich das Meer zurückgezogen und den hellen Sandstrand freigegeben. Der Anblick der Boote, die sich wie gestrandet vor der Mole verteilten, irritierte Alys jedes Mal aufs Neue. Sie fragte sich, warum die kleinen Schiffe nicht untergingen, wenn das Wasser zurückkam. Einige Boote dümpelten weiter draußen im Meer. Dunkelblau, rot, weiß – all diese Farben zeigten sich bei den Schiffen, die auf die Rückkehr der Flut warteten. Möwen flogen über ihnen, die nur darauf lauerten, dass jemand so unvorsichtig war, Essen auszupacken.

Alys rümpfte die Nase, als der typische Geruch des Meeres bei Ebbe aufkam: Algen, Salz, Fisch. Sie wechselte einen Blick mit Bree, die ihr zunickte. Langsam schlenderten sie weiter.

Von Weitem wirkte der Leuchtturm am Ende der Mole strahlendweiß. Beim Näherkommen jedoch sah Alys, dass sich braune Streifen von der Krone nach unten zogen, als hätte der Regen ihre Farbe abgespült. Obwohl es ein sonniger, beinahe windstiller Tag war, schimmerte das Meer vor den braunen Steinen der Mole hellgrau, als hätten sich Regenwolken in ihm abgelagert.

Die Sonne spiegelte sich auf der glatten Oberfläche der See. Der dunkle Sand, den das ablaufende Meer zurückgelassen hatte, hob sich vom Strand deutlich ab. Alys und Bree schauten einander an, lächelten und blieben stehen, um die Schuhe auszuziehen.

Trotz der ruhigen See peitschte das Wasser gegen die Mole und sprühte weiß auf. Vor den moosbewachsenen Felsen, die durch die Ebbe freilagen, jagten sich zwei große braune Hunde. Eine Frau warf einen Tennisball ins Meer, was den schwarzen Hund, der sie begleitete, in Panik versetzte. Wild kläffend jagte er am Rand des Wassers auf und ab, war aber nicht dazu zu bewegen, sich in die grauen Wellen zu werfen. Bree grinste Alys an, raffte ihr gelbes Kleid und versuchte, den Tennisball zu fangen. Als hätte sie nur auf sie gewartet, rollte eine Welle heran, entzog Bree den Ball und durchnässte ihr Kleid. Bree lachte laut auf. Alys fiel in das Lachen mit ein.

Der Wind, der vom Meer her wehte, ließ die Luft kühler wirken. Alys war ihrer Freundin dankbar, dass sie sie aus ihrem Alltagstrott gerissen hatte. Sie genoss das sommerliche Wetter und den malerischen Anblick, den St. Ives im Sonnenschein bot.

Langsam schlenderten sie weiter zu dem versteckt gelegenen Strand von Porthgwidden, den man nur fand, wenn man sich auskannte. Von der grauen Straße aus führte eine steile Treppe mit hohen Stufen an den Strand. Die ohnehin enge Stiege wurde durch kräftiggrüne und silbrige Büsche, die sie zu erobern suchten, noch schmaler. Die Büsche hatten bereits den metallisch glänzenden Handlauf verschlungen.

Badehäuschen mit Türen und Fenstern in kräftigem Rot, Gelb und Blau vor weißen Mauern brachten Farbe an den Strand. Langsam näherten sich flache Wellen dem Sand und liefen in weißen Schaumkronen ruhig aus. Zwei Angler hofften auf ihr Glück.

Sie genoss das Gefühl des weichen, überraschend warmen Sands unter ihren Füßen, erschnupperte den Geruch nach Algen und Fisch und raffte ihren Mut zusammen, um ins Meer zu treten. Eiskalt traf die Brandung ihre Schienbeine und sie hüpfte zurück.

Bree lachte laut auf, aber auch sie sprang weg, als die Wellen nach ihr griffen. Salzig legte sich die Seeluft auf ihre Haut.

»Meine Haare sträuben sich in alle Richtungen«, beschwerte sich Alys und fuhr sich mit der Hand durch ihre Frisur. Wind und Seeluft hatten Salz dorthin getragen, ihre Haare fühlten sich steif und kratzig an. »Gut, dass ich sie kurzgeschnitten habe.«

»Es steht dir übrigens gut«, sagte Bree. Sie grinste. »Neuer Mann, neue Frisur? Was sagt er denn dazu?«

»Daveth hat es nicht bemerkt.« Alys zuckte mit den Schultern. »So sind Männer.«

Oder waren es nur die, an die sie geriet?

Ihr Weg führte sie am St. Ives Museum vorbei nach St. Ives Head, die Spitze der Halbinsel. Graue Felsbrocken durchbrachen an etlichen Stellen die grünlich-braune Erde, als wollten sie sich daraus befreien. Alys und Bree erkletterten einen grünen Hügel, von dem aus sie weit übers Meer sehen konnten.

»Es ist wunderschön hier«, sagte Bree versonnen. »Millionen von Menschen kommen her, um Cornwall zu sehen und ich bin weggelaufen.«

So nachdenklich kannte Alys ihre Freundin kaum. Andererseits war Bree immer schon jemand gewesen, die ihre innersten Gedanken zurückhielt.

KAPITEL 14

Alys drehte sich um, als ein Hund laut kläffend auf Bree und sie zulief. Ein schriller Pfiff ertönte, der den Terrier stoppte. Er dreht sich um und lief zurück zu seinem Frauchen, die auf einer Bank vor der gemauerten winzigen Kapelle, der St. Nicholas Chapel, saß. Ihr Hund hüpfte die Steintreppe hinauf und legte sich zu ihren Füßen. Den Kopf bettete der struppige Terrier auf die Pfoten. Erschien Bree und Alys zu beobachten. So also benahm sich ein gut erzogener Hund aus, nicht wie der von Jory. Schon wieder musste sie an ihn denken. Dabei war sie doch mit Daveth zusammen.

»Schau hier.« Bree deutete auf eine verwittert aussehende Holzbank. »Die hat Chesten noch nicht. Soll ich ein Foto für sie machen?«

»Auf jeden Fall. Sie wird sich darüber freuen.« Alys wartete, bis ihre Freundin zwei Bilder geschossen hatte und zog Bree am Arm weiter. »Komm, wenn wir schon einmal hier sind …«

»Müssen wir da wirklich rein?« Bree rümpfte die Nase. »Das Wetter ist viel zu schön, um seine Zeit drinnen zu verbringen.«

Alys verdrehte demonstrativ die Augen.

»Wenn ich dich schon nach St. Ives begleite, dann kannst du

mir auch den Gefallen tun.« Da Bree ihr mit einem lautstarken Seufzer antwortete, gab Alys nach. »Gut, ein Kompromiss. Wenn es zu voll ist, gebe ich den Plan auf.«

Treppen führten zur Tate Gallery hinauf. Alys mochte das moderne Gebäude: Der offene Kreis ließ es luftig und nahezu schwerelos wirken.

Vor der Kasse wartete bereits eine Menschenschlange auf Einlass, sodass sie sich gegen einen Besuch entschieden und sich einfach treiben ließen.

»Malerisch«, »romantisch« und »idyllisch« lauteten die Worte, die Alys heraushörte, als sie neben ihrer Freundin durch die schmalen Gassen ging, deren Kopfsteinpflaster bei Regenwetter extrem rutschig war.

Alys mochte die farbigen Türen und Fensterrahmen, die das Einerlei der braunen Steinhäuser aufbrachen. Blau und rot waren vorherrschend. Bree blieb stehen, um ein Foto von einem Haus zu machen, bei dem eine blaue Bank neben einer roten und einer blauen Tür stand. Unter der Bank lagen Plastiksäcke, ebenfalls in blau.

Anschließend bummelten sie über die Fore Street. Auf dieser kurzen Straße gab es alles, was die Herzen der Besucher aus aller Welt begehrten: Fudge aus *Clotted Cream*, Eiscreme aus kornischer Herstellung, Postkarten, Aschenbecher, T-Shirts, Schneekugeln mit St. Ives-Motiven. Möwen flatterten über ihre Köpfe und Alys duckte sich in Sorge, dass die Vögel etwas verlieren könnten.

Bree kaufte zwei Eis, bevor sie die Fore Street hinter sich ließen und in Richtung des Hepworth Museums gingen. Hier in der Avri Lane fanden sie eine Oase der Ruhe.

»Ich habe genug.« Bree gähnte. »Wollen wir zurück?

»Lass uns noch ein paar Galerien anschauen«, bat Alys ihre Freundin. Obwohl sie seit Ewigkeiten nicht mehr gemalt hatte, interessierte sie sich immer noch für Kunst. Vor einem Schaufenster blieb sie stehen und betrachtete die farbenfrohen Bilder.

»Ich habe immer gedacht, dass du zurückkehrst«, sagte Bree, als hätte sie Alys' Gedanken gelesen. »Nicht unbedingt nach St. Bart, aber nach Cornwall. Irgendwie habe ich dich immer mit einer Ausstellung gesehen, in deiner eigenen Galerie. Vielleicht hier, in St. Ives.«

Alys spürte einen Kloss im Hals, als Bree diesen Traum ansprach, den sie bereits vergessen geglaubt hatte. Aber als Malerin Geld zu verdienen, erschien ihr zu schwer. Also hatte sie Wirtschaft studiert und das Malen erst zu einem Hobby erklärt, um es dann ganz sein zu lassen. Stattdessen hatte sie sich auf ihre Karriere konzentriert, Fortbildungen besucht, Überstunden gemacht – und wofür?

»Hallo, was starrst du uns so an?«, hörte sie Bree mit scharfer Stimme sagen. »Wir wollen hier in Ruhe bummeln und nicht angeglotzt werden.«

»Sorry. Ich wollte euch nicht belästigen …« Die Stimme kannte sie. Alys schaute sich um, um herauszufinden, mit wem Bree sich streiten wollte. Ihr dummes Herz meldete sich mit schnellen Schlägen, als sie in die dunkelblauen Augen sah.

»Wir kennen uns, nicht wahr?« Sein Lächeln brachte das Grübchen hervor, an das Alys sich nur zu gut erinnerte. »Auf Janines Party. Ich musste weg. Wegen Buddy.«

»Stimmt. Diese kämpferische Lady«, mit dem Daumen deutete sie auf ihre Freundin, »ist Bree, meine Beschützerin seit der Schulzeit.«

»Hey«, Bree streckte ihm die Hand entgegen und lächelte ihr Millionen-Pfund-Lächeln, das sie auf die Titelseite etlicher Frauenzeitschriften gebracht hatte. »Das konnte ich nicht wissen. Du ahnst nicht, wie oft man von seltsamen Gestalten angequatscht wird.«

»Mich zählst du also dazu.« Jory grinste, als Bree abwehrend die Hände hob. »Schon okay, ich hätte gleich Hallo sagen können. Ich war mir nur nicht sicher, ob du dich an mich erinnerst.«

Obwohl sich Alys neben Bree immer blass und unscheinbar, nahezu unsichtbar fühlte, schaute Jory nur sie an. Selbst Craig drohten immer die Augen aus dem Kopf zu fallen, sobald er Bree sah. Jorys ungeteilte Aufmerksamkeit war eine willkommene Abwechslung.

»Was treibt dich nach St. Ives?« Na prima, eine bessere Frage hätte ihr nicht einfallen können, oder? Small-talk war noch nie ihre Stärke gewesen, aber das – das war selbst für ihre Verhältnisse unterirdisch. »Wir wollen uns Touristen anschauen.«

Autsch! Das war nicht besser.

»Meine Eltern leben hier. Ich muss noch eine Flasche Wein kaufen.« Jory deutete auf ein Geschäft vor ihnen. »Meine Schwester Lowenna hat mich zu einem Familienessen verdonnert. Im Gegenzug passt sie drei Tage auf Buddy auf.«

»Langsam glaube ich, dass Buddy dein Harvey ist.« Das war ihr unbedacht herausgerutscht. »Äh, du weißt schon. Unsichtbarer großer weißer Hase.«

»Pooka.« Jory zwinkerte ihr zu. »Ich habe den Film schon ein Dutzendmal gesehen – und war sogar im Theaterstück.«

»Ihr habt euch gesucht und gefunden«, warf Bree ein, was ihr einen bösen Blick von Alys einbrachte. »Also, ich mein ja nur. Wer in unserem Alter kennt schon *Mein Freund Harvey*?«

»Ich«, sagten Jory und Alys gleichzeitig und zwinkerten sich zu.

»Das ist ein Klassiker«, sagte Jory.

»So wie *Ist das Leben nicht schön?* zu Weihnachten«, ergänzte Alys. »Oder *Arsen und Spitzenhäubchen.*«

»*Leoparden küsst man nicht.*« Jory nickte bestätigend. »Eigentlich alles mit Katherine Hepburn oder Cary Grant.«

Bevor Alys etwas sagen konnte, erklang die Titelmelodie von *Game of Thrones*. Bree kicherte, Alys lächelte, Jory suchte verlegen nach seinem Handy.

»Hallo, ja, ich bin gleich da.« Entschuldigend lächelte er schief. »Anscheinend kommt mir immer mein Hund dazwischen, wenn wir uns treffen. Er hat gerade den Kuchen vom Küchentisch geholt.«

»Das klingt, als ob er gut zu meinem Kater passen würde. Für den ist Fressen sein Leben. Obwohl sich Hunde und Katzen nicht verstehen sollen.«

»Vertragen Hunde überhaupt Kuchen?« Bree mischte sich ein. »Ist Schokolade nicht Gift für sie«?«

»Es war zum Glück eine Cremetorte.« Jory winkte ihnen zu. »Jetzt muss ich zurück, meine Mutter beruhigen. Bis irgendwann …«

Kaum war er verschwunden, fragte Alys sich, warum sie ihm nicht ihre Telefonnummer gegeben hatte. Weil sie mit Daveth einen wunderbaren Mann an ihrer Seite hatte, oder etwa nicht?

»Wow«, sagte Bree und blickte Jory hinterher, bis der in den Weinladen gegangen war. »Und *den* hast du für deinen Daveth stehen lassen. Jetzt bin ich erst recht neugierig auf ihn.«

»Jory ist jung. Zu jung für mich. Und sein Hund war ihm wichtiger als das Gespräch mit mir.« Alys zuckte mit den Schultern. »Außerdem hat er das Studienfach gewechselt. Kommt dir das bekannt vor?«

»Vielleicht hat er einen guten Grund, warum er noch auf der Suche ist.« Bree musterte sie. »Manchmal muss man etwas Neues wagen.«

»Ich nicht.« Alys tat, als ob sie scherzte. »Ich stehe auf Sicherheit. Auf Stabilität und einen Mann, mit dem ich mir etwas aufbauen kann.«

KAPITEL 15

Du kannst ihn mir nicht länger vorenthalten«, hatte Bree zum Abschied gesagt. »Schließlich habe ich euch zusammengebracht. Mehr oder weniger jedenfalls.«

»Daveth ist viel unterwegs.« Selbst in ihren Ohren hörte sich diese Ausrede halbherzig an. »Also gut, ich versuch's.«

Drei Tage später, als Daveth und sie gemeinsam in seiner Wohnung frühstückten, schien ihr ein passender Zeitpunkt. Wollte sie es wirklich noch einmal probieren? Schließlich hatte Daveth schon mehrfach abgelehnt, sich mit ihren Freundinnen zu treffen.

»Du hast deine Mädels, ich habe meine Freunde«, hatte er bisher immer gesagt. »Vielleicht später einmal. Jetzt käme ich mir vor, als wolltest du mich präsentieren.«

Ein wenig befremdlich fand sie seine Meinung in dieser Hinsicht schon. War es denn so ungewöhnlich, dass sie ihren neuen Liebsten ihren besten Freundinnen vorstellen wollte? Für Alys waren dies die wichtigsten Menschen in ihrem Leben und sie wünschte sich, dass diese ebenfalls gut miteinander auskamen.

Auch Daveths Freunde hätte sie gern einmal kennengelernt.

»Familie hat man, Freunde sucht man sich aus«, war einer von Grandmas Sprüchen gewesen. »Schau dir die Freunde eines Menschen an. Sie sagen viel über ihn aus.«

Bree würde morgen St. Bart verlassen, aber kam in zwei Wochen wieder. Alys fiel es schwer, ihrer Freundin einen Wunsch abzuschlagen, und sie ärgerte sich, dass ihr Freund sich dermaßen anstellte. Schließlich verlangte sie nicht von ihm, dass er mit Chesten, Bree und ihr in den Urlaub fuhr, sondern sie auf einen Kaffee oder Drink traf.

Möglicherweise musste sie es einmal sehr deutlich sagen: Alys gab es nur im Dreierpack mit ihren Freundinnen. Ein Mann, der sich damit nicht arrangieren konnte, passte einfach nicht zu ihr. Obwohl sie Daveth mochte, obwohl er eine sichere Zukunft bedeutete. Wenn es eben nicht sein sollte, dann war es besser, dass so früh wie möglich zu entscheiden. Alys schluckte. Noch scheute sie davor zurück, diese Konsequenz zu ziehen, aber …

»Daveth.« Er schaute von den Papieren auf, die er vor sich auf dem Wohnzimmertisch ausgebreitet hatte. Selbst am Wochenende brachte er sich Arbeit mit nach Hause. »Ich war vor ein paar Tagen mit Bree in St. Ives.«

Das Treffen mit Jory verschwieg sie ihm lieber. Obwohl da nichts gewesen war als ein paar flüchtig gewechselte Worte. Warum also meinte sie, Daveth nicht davon erzählen zu können? Es war nicht gut, Geheimnisse voreinander zu haben. *Das* wusste Alys nur zu gut. Andererseits musste sie Daveth nicht jede flüchtige Begegnung berichten, die sich ereignete, oder? War das möglicherweise nur eine billige Ausrede, um ihm die Begegnung zu verschweigen? Warum eigentlich musste sie alles so verkomplizieren? Es war nicht so, dass sie eine Verabredung mit Jory getroffen hatte. Reiner Zufall, aber ein Zufall, über den sie sich gefreut hatte.

»Da fahren doch nur Touristen hin und Pilcher-Fans«, murmelte er abwesend. »Was hast du da zu suchen?«

»Wir waren bummeln.« Alys hasste es, wenn sie das Gefühl hatte, sich erklären oder verteidigen zu müssen. »Bree möchte dich unbedingt kennenlernen.«

»Können wir nachher darüber reden.« Daveth stand auf und gab ihr einen schnellen Kuss. »Das muss ich heute noch fertigmachen. In einer Stunde bin ich durch, okay?«

Obwohl sie enttäuscht war, dass ihm seine Arbeit anscheinend wichtiger war als sie, nickte Alys. »Ja. Das kann warten.«

Und womit sollte sie die Stunde füllen? Fernsehen konnte sie nicht, weil Daveth das Wohnzimmer für seine Unterlagen okkupiert hatte. Alys schaute wieder auf ihr Notebook. Bree hatte ihr eine Nachricht geschickt: »Wann sehen wir Wonderboy?«

»Ich arbeite dran«, schrieb Alys zurück. Vielleicht sollte sie Daveth endlich erzählen, warum ihr ihre Freundinnen so viel bedeuteten. Ohne Bree und Chesten hätte Alys es sicher nicht geschafft, sich an ihr neues Leben zu gewöhnen.

Mit zwölf Jahre war sie nach St. Bartholomew gekommen. Das einzig Kornische an ihr war ihr Name gewesen, als sie kurz nach dem Millennium bei Grandma leben musste. Obwohl Alys' Eltern ihr diesen ungewöhnlichen Namen verpasst hatten, hatte sie nur wenig mit Cornwall verbunden.

Erst lebte ihre Familie in Cambridge, an das sich Alys jedoch kaum noch erinnerte. Als sie acht Jahre alt war, bekam ihre Mutter das Angebot, eine Professur in Stanford zu übernehmen.

Alys liebte Kalifornien – Sonnenschein, Tage am Strand, das azurblaue Meer, ihr Haus in der Nähe des Campus, selbst die High-School.

Zur Cheerleaderin taugte sie zwar nicht, aber sie spielte Volleyball und fand so Freundinnen. Im Sonnenschein-Staat schien für sie immer die Sonne bis zu jenem verhängnisvollen Tag.

Alys atmete tief ein, als sie den Nachmittag vor siebzehn Jahren dachte.

Gemeinsam mit ihrer zweitbesten Freundin Megan hatte Alys

auf dem breiten, mit einem pink-weißen Überwurf bedeckten Bett ihrer besten Freundin Sarah gesessen. Sie stritten darüber, welches Ferienlager sie im kommenden Sommer besuchen wollten. Als es an der Tür klopfte, ahnte sie nichts Böses, bis Sarahs Mutter ins Zimmer kam. Das dunkle Gesicht der hochgewachsenen Frau sah grau aus, als hätte ein Schock ihm die Farbe entzogen.

»Es tut mir leid.« Mrs. Whitneys Stimme zitterte, ebenso wie ihre Hände. »Alys, ich … ich weiß nicht, wie …«

»Ist etwas mit meinen Eltern?« Das fiel Alys als erstes ein. »Was ist passiert?«

»Komm bitte mit.« Sarahs Mum führte sie ins Wohnzimmer, zu zwei Polizisten, die auf dem Sofa saßen.

Wer von den beiden ihr die Nachricht überbrachte, konnte Alys hinterher nicht mehr sagen. Kurz nachdem der Mann »Es tut mir leid« gesagt hatte, begann sie zu schreien.

Sarah und Megan eilten zu ihr, aber Alys kreischte weiter und weiter, bis ihre Stimme versagte.

Mrs. Whitney holte einen Arzt, der Alys eine Spritze gab, die über alles einen Schleier legte, bis sie vollkommen ins Dunkel glitt.

Am nächsten Morgen erwachte sie im Gästezimmer der Whitneys. Einen winzigen Moment lang hoffte sie, alles geträumt zu haben. Aber die Wahrheit holte sie ein.

Ein unvorsichtiger Autofahrer hatte Alys ihre Eltern geraubt. Die ersten Tage nach dem Unfall stand sie wie in einem bösen Traum durch, unterstützt durch Tabletten. Mit ihrer Großmutter, die aus Cornwall angereist war, weigerte sie sich zu reden, nachdem diese von einem gemeinsamen Leben gesprochen hatte.

Auf der Beerdigung brach Alys weinend zusammen, klammerte sich an den Sarg ihrer Mutter, bis Mrs. Whitney sie sanft wegzog.

Das Schlimmste stand ihr noch bevor: Grandma verlangte,

dass sie mit zu ihr nach Cornwall kam. Alys sollte Kalifornien und alles, was sie kannte und was ihr Sicherheit gab, verlassen.

»Können Sie mich nicht adoptieren«, flehte sie die Whitneys an. »Bitte, ich trage auch Zeitungen aus und verdiene Geld. Ich will hierbleiben, bei meinen Eltern.«

Am Tag der Abreise lief Alys davon, aber sie kam nicht weit – ohne Ausweis und Geld. Also bestieg sie mit ihrer Großmutter das Flugzeug, nachdem sie sich von Sarah und Megan verabschiedet hatte.

Mit Grandma sprach sie kein Wort während des knapp elfstündigen Flugs von Los Angeles nach London. Auch die fast fünfstündige Autofahrt von London nach St. Bart verbrachte Alys damit, demonstrativ zu schweigen und aus dem Fenster zu starren.

Heute konnte Alys ihre Grandma nur bewundern für die Geduld, die sie für sie aufgebracht hatte. Alys hatte nicht in St. Bartholomew sein wollen – und das hatte sie Grandma sehr deutlich spüren lassen. Mit all der Härte und all dem Trotz, den nur eine Zwölfjährige aufbringen kann.

Mit Schaudern erinnerte Alys sich an die ersten Tage in der neuen Schule. Sie hatte einfach nicht hineingepasst, was allen sofort aufgefallen war. Ihr Akzent war amerikanisch, sie kannte keine der bei ihren Klassenkameraden populären britischen Sendungen und noch dazu lebte sie bei ihrer Großmutter. Es hätte übel werden können, wären nicht Bree und Chesten gewesen.

Bereits an Alys' zweitem Tag in der Nancealverne School war Bree aufgestanden, als ein dürrer, hochaufgeschossener Junge Alys' Akzent nachäffte, die in der Cafeteria ihr Essen bestellte. In ohnmächtigem Zorn hielt Alys den Kopf gesenkt, bereit, ihn dem Jungen in den Magen zu rammen, als eine Stimme ertönte.

»Lass sie in Ruhe, wenn du es nicht mit mir zu tun kriegen willst.« Ganz ruhig und klar kamen die Worte, als wäre es fraglos, dass der Junge, dessen Namen Alys längst vergessen hatte, zurückstecken würde. »Halt deine Klappe und verzieh dich.«

Alys hob den Kopf und sah das stämmige Mädchen, das ihr bereits heute Morgen aufgefallen war, weil es so selbstsicher und zufrieden wirkte. An ihrer alten Schule wäre es kaum vorstellbar gewesen, dass ein kräftiges Mädchen so mutig auftrat. Hier jedoch trug die Schülerin einen bunten Schal, als wolle sie alle Aufmerksamkeit auf sich lenken.

»Was willst du, Bree-loo-an?«, spottete der Junge, wobei er jede Silbe des ungewöhnlichen Namens betonte. »Glaubst du, ich lass' mir von dir bange machen?«

»Sie ist nicht allein«, erklang eine zweite Stimme, sehr leise, aber trotzdem hörbar. »Überleg es dir gut.«

Inzwischen waren die Gespräche an den Tischen verstummt und Alys kam es vor, als warteten alle auf den Kampf. Das zweite Mädchen war eine blonde Fee unter den hochgewachsenen kornischen Jugendlichen, die zumeist dunkle Haare und eine sonnengebräunte Haut hatten.

»Is' mir doch egal.« Mit diesen Worten trat er den Rückzug an.

»Hallo, ich bin Bree. Und das ist Chesten.« Brees Lächeln war so ansteckend, dass Alys es erwidern musste, obwohl sie eigentlich schmollen und die Welt hassen wollte. »Kommst du mit zu uns an den Tisch?«

So hatte ihre Freundschaft begonnen, die bis heute hielt.

»Wenn es dir so wichtig ist, dann können wir uns nachmittags mal treffen.« Daveths Stimme zog Alys aus ihren bittersüßen Erinnerungen. Seltsam, dass sie ihm bisher weder von ihren Eltern noch von ihrem Leben in den USA erzählt hatte. »Nur nicht in den nächsten Tagen. Ich muss beruflich nach London.«

»Davon hast du bisher noch nichts gesagt.« Obwohl sie sich freute, dass er bereit war, ihre Freundinnen kennenzulernen, war Alys enttäuscht, dass er seinen Beruf so wichtig nahm. »Bleibst du lange weg?«

»Eine Woche.« Er küsste sie auf die Wange. »Ich bring dir etwas Schönes mit.«

»Dann können wir uns mit Bree und Chesten in zwei Wochen treffen«, überlegte Alys laut. »An einem Samstag. Oder musst du da auch arbeiten?«

KAPITEL 16

Als sie *Nanni's Cup of Tea* betrat, strich Alys sich die Haare aus dem Gesicht. Daran hatte sie sich erst wieder gewöhnen müssen, als sie aus London zurückgekehrt war: an den Wind, der ständig vom Meer her blies und ihr die Haare durcheinanderwirbelte. Selbst hier im Landesinneren presste er Bäume und Büsche in gebeugte Formen.

Ungewohnt pünktlich saßen Bree und Chesten bereits an ihrem Stammplatz und schauten ihr erwartungsvoll entgegen. Nachdem Alys ihre Freundinnen begrüßt hatte, setzte sie sich hin und blätterte durch Nannis Karte.

»Musst du übermorgen fahren?« Chesten sprach aus, was Alys durch den Kopf ging. So wunderbar ihre Frauen-Tea-Time war, es blieb Brees Abschied. »Könntest du nicht hier in der Nähe arbeiten?«

»Bei einem der berühmten Modefotografen in Mousehole oder Land's End?«, antwortete Bree mit gutmütigem Spott. Doch Alys erkannte, dass ihre Freundin einen Augenblick überlegt hatte. »Du fühlst dich hier wohl … mich zieht es nun mal in die Welt. Und außerdem …«

Sie legte eine dramatische Pause ein und grinste Alys an – mit diesem überwältigenden Lächeln, das Bree auf Cover großer Modezeitschriften gebracht hatte. Jedenfalls, seitdem Plus-Size-Models plötzlich chic und hip waren.

Ein Lächeln, auf das auch die beiden Männer reagierten, die zwei Tische entfernt saßen. Einer von ihnen zwinkerte Bree zu, die das jedoch nicht bemerkte.

»… und außerdem«, beendete sie ihren Satz, »habe ich meine *Mission Impossible* erfolgreich erfüllt und unserer Alys zu einem Mann verholfen, mit dem sie alt und faltig werden kann.«

Wenn Bree doch nur recht behielte. Alys lächelte, obwohl ihr zum Heulen zumute war. Warum konnte sie nicht einfach glücklich durchs Leben gehen wie Bree? Warum zweifelte sie an allem, stellte alles in Frage und stand sich damit selbst im Weg?

»Alys? Ist bei dir alles okay?« Chestens Gespür für Stimmungen war schon beinahe beunruhigend. »Was ist los?«

»Ach, vielleicht ist es nichts«, wiegelte Alys ab. Sie fühlte sich unbehaglich, als Bree und Chesten die Blicke auf sie richteten. Sie stand nicht gern im Mittelpunkt der Aufmerksamkeit. »Daveth ist ein toller Mann, nur …«

»Eine Niete im Bett?«, platzte Bree heraus. »Ich ahnte, dass er ihn nicht hochkriegt.«

Die Geschäftsmänner am Nebentisch wandten ihnen synchron die Köpfe zu und musterten Alys. Auch Nanni schaute von der Zeitung auf, in der sie gelesen hatte. Alys' Hals und Wangen fühlten sich schlagartig heiß an. Sie senkte den Kopf und wünschte sich eine Superheldenkraft, mit der sie hier verschwinden könnte. Mit Freundinnen wie Bree brauchte man keine Feinde.

»Bree!«, zischte Chesten. Ihr zartes Gesicht war leicht gerötet, was sie noch mehr wie eine Disney-Prinzessin aussehen ließ. »Wir sind nicht allein.«

»Na und.« Bree zuckte mit den Schultern. »Ich kenn die nicht. Außerdem geht es um Alys' Problem und nicht um mich.«

»Nein, im Bett ist alles in Ordnung.« Konnte es sein, dass sie noch röter anlief? Mit den Handrücken beider Hände betastete Alys ihre Wangen, die glühten, als hätte sie eine fiebrige Erkältung. »Ach, es ist einfach zu doof.«

»Mach es nicht so spannend.« Bree beugte sich neugierig vor. Ihre Augen blitzten. Drama und Herrenhäuser – das war Brees Welt. Das lag sicher daran, dass sie *Downton Abbey* dreißigmal gesehen hatte.

»Uns kannst du alles sagen.« Chesten tätschelte Alys' Hand. Ihre silberblauen Augen musterten Alys so durchdringend, dass diese sich durchschaut fühlte. »Das weißt du doch, oder?«

»Wahrscheinlich liegt es an mir.« Alys stieß ein Seufzen aus. Dieser Gedanke verfolgte sie seit dem verpfuschten Sonntag. »Vielleicht ist es noch zu früh für etwas Neues. Es heißt doch, dass die Trauerphase so lang ist wie die Beziehung vorher …«

»Quatsch!« Typisch für Bree, dass sie zu diesem Thema eine eindeutige Meinung hatte. »Ich würde akzeptieren, dass die Trauerphase so lang ist wie die gute Zeit, die man vorher hatte. Und das war bei Craig und dir nicht allzu lange.«

Alys starrte Bree an. Manchmal war ihre Freundin so direkt wie ein Vorschlaghammer.

»Autsch«, schnaubte Bree jetzt empört. »Kneif mich nicht noch einmal, Chesten, wenn du das Echo nicht vertragen kannst.«

Wie aus dem Boden gewachsen stand Nanni neben ihnen: »Wenn ihr euch prügeln wollt, geht ihr vor die Tür. Noch Tee?«

»Bitte.« Dankbar für die Ablenkung lächelte Alys Nanni an. »Und noch einen Scone für mich. Für euch auch?«

»Nein, ich muss auf meine Figur achten.« Bree zwinkerte Nanni zu. »Schließlich bin ich Model. Für mich bitte ein Stück Schokoladenkuchen. Mit Sahne.«

Bereits bei dem Gedanken an die Vielzahl von Kalorien nahm Alys zu. Sie beneidete Bree um deren Selbstbewusstsein.

»Und du, Kleines?« Nanni blickte Chesten prüfend an. »Du

schaust aus, als ob du Trostschokolade bräuchtest. Ich bringe dir ein Soufflé. Mit Vanilleeis.«

Nachdem Nanni gegangen war, zwickte Chesten Bree noch einmal in den Oberarm. »Sei gefälligst mal mitfühlender. Das, was Craig Alys angetan hat ... Kein Wunder, dass sie zweifelt.«

»Ich bin mitfühlend. Auf meine Art.« Schmollend schob Bree ihre Unterlippe vor. Sie zwirbelte eine Haarsträhne um ihren Zeigefinger, wie sie es immer tat, wenn sie nachdachte. Dann schaute sie Alys an. »Wie soll ich etwas sagen, wenn du ihn immer fernhältst?«

»Wo sie recht hat, hat sie recht.«

Musste Chesten jetzt auch in Brees Kerbe hauen? Glücklicherweise kam Nanni mit dem Essen und den Getränken, was Alys eine Antwort ersparte.

Sehr langsam verstrich sie Erdbeermarmelade auf dem Scone und krönte das Kunstwerk mit einem Klecks *Clotted Cream.* Dann kaute sie jeden Bissen so lange und so intensiv, dass sie einen Brei im Mund hatte, was sich ziemlich eklig anfühlte.

»Okay, Aly!« Bree nahm ihr den Teller weg. »Jetzt hast du lange genug auf dem Gebäck herumgekaut. Rück endlich heraus mit der Sprache.«

»Daveth arbeitet viel. Er muss oft nach London.« Selbst für Alys hörten sich ihre Worte wie die plumpen Ausreden an, die sie waren. »Wir sehen uns viel zu selten.«

Vielleicht sollte sie ihren Freundinnen gleich von dem geplanten Treffen erzählen, um sie abzulenken. Doch was, wenn es platzte? Bree – die würde nicht nachlassen, bis Alys ihr Daveth präsentierte oder zugab, dass Daveth ihre Freundinnen ablehnte.

»Nachdem ich deine zweite Wahl so schnuckelig fand, muss ich deine erste Wahl unbedingt kennenlernen, wenn ich unser schönes St. Bart wieder besuche.« Bree hatte wieder diesen Blick. Wenn ihre Freundin so schaute, wusste Alys, dass sie keine Chance hatte, ihr etwas abzuschlagen. »Zwei Wochen hast du noch, ihn davon zu überzeugen.«

»Zweite Wahl, erste Wahl?« Chesten schaute von einer zur anderen. »Was habe ich verpasst?«

Heute wirkte sie wieder glücklich und zufrieden, als hätte es den Zusammenbruch nie gegeben. Alys konnte nur hoffen, dass ihre Freundin irgendwann einmal die Kraft fände, sich aus der Falle ihrer Affäre zu befreien. So ehrlich sie sonst miteinander umgingen, Chestens Liebhaber blieb für sie alle ein Tabu-Thema. Nicht einmal Bree machte einen ihrer üblichen Sprüche, wenn es um *ihn* ging. Chesten hing an dem Mann mit einer alles verzeihenden, alles übersehenden Liebe, die sie einfach nicht aufgeben wollte. Daher stand das Thema nun bei jedem ihrer Treffen wie ein rosafarbener Elefant im Raum, den sie alle ignorierten.

»Ach, Bree übertreibt«, wehrte Alys ab. Mist, sie hätte nicht erwartet, dass Jory ihrer Freundin in Erinnerung geblieben war. »Als wir in St. Ives waren, haben wir jemanden getroffen, den ich auf Janines Geburtstag kennengelernt habe.«

»Jemanden getroffen?« Bree spuckte Schokoladenkrümel über ihren Teller und den Tisch. »Einen absolut schnuckeligen Mann, der aber leider nur Augen für unsere Alys hatte.«

Alys weigerte sich, auf Brees Anspielung zu antworten.

»Was stimmt mit ihm nicht?«, fragte Chesten. »Warum wolltest du ihn nicht, Aly?«

Als hätte sie es geahnt. Alys seufzte.

»Er war toll, lustig, wir hüpften von einem Thema zum nächsten …« Erneut seufzte sie. »Aber dann musste er abrupt aufbrechen und zu seinem Hund fahren. Daveth hingegen war noch da.«

»Was hatte der Hund? Ist er wieder gesund?«

Jetzt war es an Bree, die Augen zu verdrehen. Auf solche Fragen konnte nur Chesten kommen.

»Er war nicht krank, nur gelangweilt.« Alys presste einen Moment die Lippen aufeinander, dann stieß sie hervor: »Außerdem ist er bestimmt jünger als ich und hat mehrmals das Studienfach gewechselt. Kommt euch das bekannt vor?«

Bree und Chesten wechselten einen Blick. Dann schauten sie auf ihre Teller und schoben mit Löffel und Gabel die letzten Krümel hin und her.

»Also, wann lernen wir Wunder-Daveth endlich kennen?«, fragte Bree schließlich.

»Samstag, wenn du wieder im Land bist.« Alys blickte sie mit triumphierendem Lächeln an. Die Überraschung hatte sie sich bis zum Schluss aufgespart.

KAPITEL 17

Schön, dass du wieder bei mir bist.« Alys' Herz machte einen Salto, als er ihr die Tür öffnete. Auf dem Weg zu seiner Wohnung hatte sie vor sich hin gegrummelt, weil er darauf bestand, sich bei ihm zu treffen. Vor allem erschwerte es ihr Zusammenleben mit Helyer. Der Kater nahm es Alys übel, wenn sie bei Daveth übernachtete. Dabei hatte er ihren Freund vertrieben. Alys musste kichern, als sie an die Szene dachte, die sich bei Daveths letztem Besuch abgespielt hatte.

»Was ist das?« Daveths Tonfall ließ vermuten, dass Helyer wieder etwas angestellt hatte. »Kater, du bist unglaublich.«

Als Alys durch die Küchentür trat, presste sie die Lippen zusammen, um sich das Lachen zu verkneifen. Daveth, der vor dem Tisch stand und die Fäuste empört in die Hüften stemmte, hätte ein Grinsen als unpassend empfunden. Vielleicht wäre er später – so in ein, zwei Jahren – in der Lage, die Komik dieser Situation zu erkennen.

In ihrer dunkelblauen Glasvase standen zehn Stiele wie dunkelgrüne Strohhalme. Die Rosenknospen lagen in einer Reihe vor der Vase, sauber ausgerichtet. Alys konnte sich nicht helfen – das Ganze erinnerte sie an die Pferdekopfszene aus *Der Pate*.

Konnte es sein, dass ihr Kater die Blumen absichtlich zerstört hatte, um Daveth zu verjagen?

»Alys ...« Ihr Freund rang nach Worten. »Alys, irgendwie habe ich den Eindruck, Hely ist eifersüchtig.«

»Wahrscheinlich wollte er die Rosen fressen und hat festgestellt, dass sie ihm nicht schmecken.«

»Dafür hat er zehn Versuche benötigt?«

»Du hast recht.« Alys seufzte. »Du und Helyer, das passt wohl nicht.«

»Lass uns nur noch bei mir treffen.« Daveth beugte sich vor, um sie zu küssen. »Selbst mit Leckerlis kann ich das Herz deines Katers nicht gewinnen.«

Was konnte sie anderes tun als nachgeben? Mit dem Ergebnis, dass der Stubentiger dauerbeleidigt war.

»So etwas steht nie in den niedlichen Katzenbüchern«, hatte sie ihm heute zum Abschied gesagt, aber er hatte es vorgezogen, ihr seinen pelzigen Hintern zu präsentieren.

»Wie war London?« Alys rutschte auf einem der unbequemen Stühle an der Küchenbar hin und her. »Ich vermisse die Großstadt.«

Sie beobachtete, wie geschickt Daveth das Gemüse putzte und schnitt. Ein warmes, heimeliges Gefühl stieg in ihr auf. Das hatte sie sich von Craig immer gewünscht – dass er sie einmal bekochte, dass er sich um sie kümmerte. Nein! Hier und heute wollte sie nicht an ihren Ex denken. Das war lange vorbei. Sie hatte einen neuen Mann gefunden, einen, der sich um sie sorgte, dem sie etwas bedeutete.

»Ach.« Daveth zuckte mit den Schultern. Er hob den Kopf und lächelte sie an. »Ich habe dich vermisst. Außerdem ist die Stadt unglaublich voll und laut und stinkt. Wie waren deine Tage?«

»Nichts Besonderes«, antwortete Alys, abgelenkt von dem Gedanken: Er hat mich vermisst. Das ist doch beinahe so viel wie die magischen drei Worte, oder? »Ich habe mich mit Bree und

Chesten getroffen. Sie sind gespannt auf dich.«

Warum nur war er nicht neugierig auf ihre Freundinnen? Wenn man zusammen war, sollte man sich doch für das interessieren, was der andere tat, oder?

»Erde an Alys. Hallo. Wo bist du mit deinen Gedanken?«

Sie schaute auf und spürte, wie ihre Wangen rot wurden. Die Wahrheit konnte sie ihm nicht mitteilen.

»Ich habe gerade gedacht, was für ein Glück ich habe, so einen wundervollen Mann wie dich getroffen zu haben.« Unbeholfen rutschte Alys von dem Stuhl, um Daveth zu umarmen. Sie legte den Kopf an seine Brust. Es fühlte sich gut an, so als wäre diese Stelle für sie gemacht.

Er küsste ihr Haar. »Danke, dito. So, das Gemüse kommt in den Ofen und wir haben Zeit für uns.«

»Wie viel Zeit?« Alys versuchte sich an einem verführerischen Lächeln und hoffte, dass es nicht allzu peinlich geriet. Sie hatte keine Praxis in diesen Dingen. Ob sie es vor dem Spiegel üben sollte? Oder würde ihr Lächeln dann zu künstlich geraten? »Reicht es für einen Begrüßungs-Quickie?«

Daveth starrte sie vollkommen überrascht an. Alys' Wangen brannten noch mehr. Bree würde vor Lachen umfallen, sollte sie ihr diese Blamage je gestehen. Am besten lächelte sie einfach weiter und hoffte, dass Daveth irgendetwas sagte. Bitte! Egal was, nur nicht dieser Blick und dieses Schweigen.

»Das klingt … gut.« Das war nicht das, was Alys erwartet hatte. Sie wünschte sich, dass er sie an sich zog, wild küsste und ins Schlafzimmer zerrte. »Aber ich habe mir so viel Mühe mit dem Essen gegeben. Da wäre es schade, wenn es anbrennt, nicht wahr?«

»Du verwöhnst mich«, gelang es Alys, ihre Enttäuschung hinter einem Kompliment zu verbergen. Craig und sie hatten in der glücklichen Anfangszeit ihre Hände nicht voneinander lassen können. *Hör auf, jeden Mann mit Craig zu vergleichen!* »Kann ich helfen, den Tisch decken oder so?«

»Nein, für meine Prinzessin tue ich das alles.«

Erneut spürte sie Wärme, die sie von Kopf bis zu den Zehen durchrieselte. So war es mit Craig nie gewesen.

Nach einer viel zu kurzen Phase der Verliebtheit waren ihr Ex und sie bald in den Alltag übergegangen. Genug! Was stimmte nur mit ihr nicht, dass sie hier saß, bekocht wurde von einem äußerst attraktiven Mann und nur an ihren Verflossenen dachte? *Bree würde mir ordentlich den Kopf waschen – zu recht.*

»Dann beobachte ich dich weiter«, antwortete sie mit einiger Verspätung. »Meine Lieblingsbeschäftigung.«

Das war nicht einmal übertrieben. Es bereitete ihr Vergnügen, Daveth dabei zu zusehen, wie er den Tisch deckte. Neidlos musste Alys anerkennen, dass es ihr niemals gelungen wäre, alles so exakt auszurichten und aufeinander abzustimmen.

Alles in seiner Wohnung war perfekt und stilvoll, so wie er. Sie hätte Wetten abgeschlossen, dass sich in seinem Schrank kein angeschlagener Teller befand. Eine Tasse mit lustigem Aufdruck würde es nicht wagen, sich neben dem eleganten Designergeschirr niederzulassen.

Vielleicht kommt er deshalb nie zu mir, überlegte Alys, während Daveth passende Gläser suchte. Sie versuchte, Grandmas Haus und dessen kunterbunte, gemütliche Ausstattung mit seinen Augen zu sehen. Das Sammelsurium an Möbeln, die Grandma nach Bequemlichkeit und nicht nach Aussehen ausgewählt hatte; die Andenken vieler Reisen, die an Wänden und auf Fensterbänken und Tischen verteilt lagen. Mit Daveths kritischem Blick wanderte Alys weiter in Grandmas Küche.

Vor Jahren hatten sie ein Essgeschirr für sechs Personen besessen, von dem jedoch nur wenig übriggeblieben war. Alys errötete, als sie daran dachte, dass zwei der Untertassen Helyer als Futternäpfe dienten. *Ich muss dringend Futternäpfe für den Kater kaufen,* machte sie sich im Geist eine Notiz.

Sie hatte erst zwei Bissen von dem ausnehmend leckeren Gemüseauflauf genommen, als ihr Handy klingelte.

Indigniert schaute Daveth von seinem Teller auf. »Alys. Bitte. Wir essen.«

»Entschuldige. Das können nur Bree oder Chesten sein. Sie rufen nur an, wenn es wichtig ist.« Das musste Daveth doch verstehen. Schließlich traf er sich oft mit seinen Freunden.

»Wenn dir deine Freundinnen wichtiger sind als ich …«, begann Daveth. Alys musste sich auf die Innenseite der Wange beißen, um nicht laut loszulachen. Seine enttäuscht-beleidigte Miene erinnerte sie an Helyers Ausdruck, mit dem er sie heute bedacht hatte, als sie ihren Rucksack gepackt hatte.

»Sind sie nicht«, wiegelte Alys ab. Sie drückte den Anruf weg. »So ein wunderbares Essen würde ich nie stehen lassen. Selbstverständlich weiß ich die Mühe zu schätzen, die du dir gegeben hast.«

Was sagte sie denn da? Sie klang wie eine der vornehmen Damen aus Grandmas Bridge-Club.

Daveth schien glücklicherweise nicht nachtragend zu sein. Trotzdem blieb ein Unbehagen. Bree oder Chesten wussten, dass sie mit Daveth verabredet war. Es *musste* wichtig sein. Das leckere Gemüsegericht schmeckte plötzlich wie Asche. Sie saß wie auf glühenden Kohlen, aber wagte nicht, das Essen in sich hineinzuschaufeln. Stattdessen täuschte sie vor, jeden Bissen zu genießen und gab ab und zu begeisterte Kommentare von sich, während sie Daveth lauschte, der von seinen Geschäften in London redete.

»Das war superlecker, aber ich schaffe leider keinen Bissen mehr.« Alys schob den Teller von sich und tupfte sich mit der Stoffserviette den Mund ab. »Wenn du weiter so wundervoll kochst, werde ich noch dick und rund.«

Daveth musterte sie von oben bis unten. So durchdringend, dass sie reflexartig den Bauch einzog.

»Ich mag dich so, wie du bist.« Er lächelte und stand auf, um ihr einen Kuss zu geben. »Aber zunehmen solltest du wirklich nicht.«

Na danke, dachte Alys. Unsere Honeymoon-Phase scheint vorbei zu sein.

»Ich bin gleich wieder da.« Daveth verschwand in den Tiefen seines Lofts.

Sollte sie versuchen, ihre Freundin jetzt zurückzurufen oder wäre Daveth sauer auf sie? Alys zappelte auf dem unbequemen Stuhl hin und her, während sie versuchte, eine Entscheidung zu treffen, die *richtige* Entscheidung zu treffen.

Daveths Rückkehr nahm ihr die Wahl ab. Er drehte ihren Stuhl, zog sie an den Händen hoch und kniete sich vor sie hin.

Er wird doch nicht. Dafür ist es viel zu früh. Wir kennen uns kaum.

Alys bemühte sich mit aller Kraft um einen neutralen Gesichtsausdruck.

»Keine Sorge.« Daveth grinste. »Ich mache dir keinen Antrag. Ich habe dir nur eine Kleinigkeit aus London mitgebracht.«

Was war es wohl?

Sie öffnete das schmale Paket und stieß einen spitzen Überraschungsschrei aus. Ein roter String-Tanga, abgesetzt mit schwarzer Spitze. Da Daveth sie erwartungsvoll anschaute, lächelte Alys. »Danke … wie schön.«

Sofort fiel ihr die *Coupling*-Folge ein, in der die Männer diskutierten, dass alle Frauen auf der Welt nur zwanzig String-Tangas besäßen, die sie untereinander austauschten, sobald sie sich frisch verliebten. Jetzt würde sie Nummer 21 beitragen. Sie hasste Strings, bei denen sie nur am Herumfummeln war, um das Ding in eine bequeme Position zu ziehen.

»Willst du ihn gleich für mich anziehen?« Daveths Augen leuchteten auf.

»Sofort, aber jetzt muss ich erst mal schauen, wer mich angerufen hat.«

»Wenn es denn wichtig ist …«

Erneut fiel ihr auf, wie sehr sich die beiden neuen Männer in ihrem Leben ähnelten. Auch der Kater hatte so eine Art, ihr durch einen Blick ein schlechtes Gewissen einzujagen.

Einen Moment lang fühlte Alys sich in Versuchung, ihm nachzugeben und ihre Freundin morgen anzurufen. Doch dann siegte ihr besseres Ich. Wenn Daveth nicht damit leben konnte, dass Bree und Chesten einen bedeutenden Part in ihrem Leben einnahmen, dann war er der falsche Mann für sie. Auch wenn ihr das Herz schwer wurde, so würde sie zu diesem Entschluss stehen.

»Ja, es bedeutet mir viel«, sagte sie daher mit fester Stimme und hoffte, dass Daveth nicht bemerkte, wie wichtig ihr seine Reaktion war. Noch liebte sie ihn nicht, aber Alys war sich sicher, dass sie sich in ihn verlieben könnte. Falls er sich nicht zwischen sie und ihre Freundinnen stellte …

KAPITEL 18

Er hat mich verlassen. Für seine Frau, die ihn angeblich nie geliebt hat. Wegen einer Schrankwand.«

»Wie bitte?« Alys hatte Mühe, Chestens Worte zu verstehen, weil ihre Freundin schluchzte, schniefte und schluckaufte. »Chesten, bist du zu Hause?«

»Ja. Kannscht du kommen?« Ein Schluchzer, in dem alle Traurigkeit der Welt sich sammelte. »Bitte. Alys, ich … Sag Bree bitte nichts. Die würde es nicht verstehen.«

Alle folgenden Worte wurden durch einen Tränenfluss erstickt. So verzweifelt hatte sie Chesten noch nie erlebt. Selbst als deren Vater gestorben war, hatte ihre Freundin die Fassung bewahrt. Chesten kümmerte sich um die Beerdigung, organisierte die Trauerfeier und stützte ihre Mutter, die zusammengebrochen war. Erst am Tag der Beerdigung, nachdem alle Gäste gegangen waren, weinte sie um ihren Vater. Lautlos, mit zuckenden Schultern. Bree und Alys umarmten ihre Freundin, bis diese keine Tränen mehr hatte.

»Ich bin gleich da. Mach nichts Unvernünftiges.« Alys lauschte, aber es kam keine Antwort ihrer Freundin. »Chesten!«

»Kann ich doch nicht, wegen der Tiere.«

Nachdem sie aufgelegt hatte, musste Alys lächeln. Natürlich würde Chesten selbst im größten Elend an ihren Zoo denken. Gut, dass es die Viecher gab.

»Daveth, Darling …« Wie brachte man einem Mann bei, dass der geplante sexy Abend einem Freundschaftsdienst zum Opfer fiel? Nun gut, nicht aufgegeben, aber verschoben wurde. »Es tut mir leid, aber ich muss bei Chesten vorbeischauen.«

»Jetzt?«

Erneut biss sich Alys auf die Innenseite ihrer Wange, weil Daveth ein zu witziges Bild bot, wie er da vor ihr stand, den schwarz-roten String-Tanga in der Hand, mit dem enttäuschten Gesichtsausdruck eines kleinen Jungen, dem man gerade die Bonbondose vor der Nase zugeschlagen hatte.

»Alys, das meinst du nicht ernst?«

Sie ging zu ihm, nahm ihm den Tanga aus der Hand und küsste ihn auf die Lippen. Er erwiderte den Kuss nicht.

»Daveth, es tut mir leid, aber Bree und Chesten sind Teil des Gesamtpakets.« Alys holte tief Luft. War sie bereit und willens, ihn vor die Alternative zu stellen?

»Natürlich verstehe ich das …«, sagte er, »nur habe ich mich so auf unseren gemeinsamen Abend gefreut.«

»Ich doch auch.« Sie fühlte sich hin und hergerissen. »Wir holen das nach, versprochen.«

»Meinst du, dass du wiederkommst oder kann ich mich mit meinen Freunden verabreden?«

Allzu viel schien es ihm nicht auszumachen, dass Alys so überstürzt aufbrechen musste. Wie ein Fanal der Anklage lag der schwarz-rote Tanga auf Alys' Stuhl. Vielleicht erwartete sie einfach zu viel. Was wollte sie eigentlich? Wenn Daveth sauer wäre, dass sie ginge, wäre es ihr nicht recht. Nun, wo er sich damit abfand, dass sie ihren gemeinsamen Abend vorzeitig beendete, passte ihr das auch nicht.

»Danke für dein Verständnis.« Alys gab sich Mühe, ein Versprechen für später in ihren Kuss zu legen, aber Daveths

Lippen blieben verschlossen. »Soll ich anrufen, wenn ich Zeit habe?«

»Ich kann dir einen Schlüssel geben.« Daveth stand auf, ging zu seinem Schreibtisch und fischte einen Wohnungsschlüssel aus einer Schublade.

Das war das Unromantischste, was sie sich vorstellen konnte. Anstatt sich zu freuen, dass er ihr seinen Schlüssel gab, verspürte Alys nur Enttäuschung. Hätte er nicht ein wenig liebevoller sein können?

Ach, das war jetzt nicht wichtig. Jetzt musste sie sich um Chesten kümmern, deren Worte Alys kaum verstanden hatte, weil ihre Freundin so sehr geschluchzt hatte. Irgendetwas mit »es ist endgültig vorbei«.

»Bis nachher.« Sie gab Daveth einen Kuss auf die Wange und ging vor die Tür, um auf das Taxi zu warten. Normalerweise gönnte sie sich diesen Luxus nicht, sondern fuhr Bus, aber Chesten hatte nicht so geklungen, als könne sie noch länger warten.

~

Die Fahrt zu Chestens Bauernhof kam ihr ewig vor. Während die Sorge um ihre Freundin wuchs, fragte Alys sich, warum Daveth ihr nicht wenigstens angeboten hatte, sie zu fahren. War das zu viel verlangt?

»Danke, hier sind wir richtig.« Sie reichte dem Fahrer ein paar Pfundnoten und stieg aus dem Wagen. Passenderweise hatte es zu regnen begonnen. Als sie die Haustür erreichte, hatte das Wasser bereits den Weg in ihre Schuhe gefunden.

»Hallo, Süßer«, winkte sie einem Pony zu, das trotz des Regens neugierig am Zaun stand. »Ich habe leider nichts für dich.«

Da öffnete Chesten auch schon die dunkelgrün gestrichene Haustür.

»Ach, Love.« Alys' Herz quoll über vor Mitleid mit der zerzausten, verheulten Gestalt. »Was kann ich für dich tun?«

Chesten warf sich in ihre Arme und schluchzte auf. Ihre Freundin trug etwas, das hoffentlich ein Schlafanzug war. Quietschrot, bedruckt mit hoppelnden Cartoon-Häschen und Möhren in einem giftig wirkenden Orangeton. In dem schlabbrigen Ding wirkte ihre Freundin noch zerbrechlicher. Doch Chestens Statur täuschte, wie Alys wusste. Hinter der Zierlichkeit verbarg sich die Kraft einer Frau, die von Kindheit an auf einem Bauernhof mit angepackt hatte. Auch ihre Hände verrieten, dass Chesten körperlich arbeitete. Sie trugen Schwielen, Risse und Narben. Die Fingernägel waren kurz geschnitten, was für sie am praktischsten war. Was überhaupt nicht ins Bild passte, war Chestens Kleidungsstil. Sie trug gerne Kleidung in bunten Farben und mit wilden Mustern. In den 1970er Jahren wäre sie sicher glücklich gewesen.

»Alys. Wie soll ich das nur aushalten?« Chesten schnäuzte sich in ein übergroßes kariertes Stofftaschentuch, das schon reichlich mitgenommen aussah. »Wie hast du das ertragen?«

Obwohl Alys nachvollziehen konnte, warum ihre Freundin ihr diese Frage stellte, schmerzte es dennoch. Niemand wurde gerne an den größten Fehler seines Lebens erinnert. Nachdem sie ihren Freundinnen nach der Trennung Tag und Nacht alle Details ihrer Gefühle offenbart hatte, wollte Alys dieses Kapitel ihres Lebens am liebsten vergessen. Aber wenn Chesten Hilfe benötigte, dann musste sie eben für sie da sein. Das gehörte zu einer Freundschaft eben dazu.

»Mit Craig war es anders. Komm, ich koch dir erst einmal einen Tee.« Sanft schob Alys ihre Freundin zur Seite, die zusammengesunken in der Tür stand und schniefte und schluchzte. »Dann sehen wir weiter.«

Chesten, den Kopf gesenkt, schlurfte wie eine alte Frau in die Küche, wo sie sich schwer auf den Stuhl fallen ließ. Alys liebte den großen Raum, der aussah, als hätten Generationen von

Chestens Vorfahren hier glücklich zusammen am Tisch gesessen und gegessen, bevor sie sich wieder der Feldarbeit widmeten.

Sie stellte den Wasserkocher an und suchte in Chestens Schrank nach einem Tee, der ihr passend schien. Unglaublich, was für seltsame Sorten ihre Freundin hortete. Nach kurzem Überlegen entschied sie sich für Baldrian, der angeblich eine beruhigende Wirkung hatte.

Sie öffnete die Papierhülle um den Beutel und musste den Kopf zur Seite drehen. Unfassbar, wie das Zeug stank. Als hätte sich jemand bei Chesten in die Küche erbrochen. Mit Todesverachtung schüttete Alys das Zeug in die grüne Steingut-Teekanne.

»Nicht den Baldrian!«, rief ihre Freundin aus. Zu spät. Unvermutet tauchten ein schwarzweißer und ein schwarzer Schatten auf und hüpften auf den Tisch. So gierig streckten sie die Köpfe in die Teekanne, dass Alys fürchtete, sie würden diese herunterstoßen. Aber sie wagte es nicht, den riesigen Katern zu nahe zu treten, die sich aufführten, als stünden sie unter Drogen.

Immerhin führte das äußerst seltsame Benehmen der Kater dazu, dass Chesten aus ihrer Lethargie aufwachte. Ohne zu zögern, griff sie sich die Samtpfoten und setzte sie auf den Fußboden.

»Hugh! Grant!« Zu Alys' Überraschung klang Chestens Stimme klar und deutlich. »Jeder von euch bekommt etwas. Benehmt euch.«

Die Kater, die mustergültig auf ihren pelzigen Hintern sitzen blieben, straften all die Menschen Lügen, die behaupteten, dass man Katzen nicht erziehen könnte. Alys musste ihre Freundin unbedingt fragen, wie ihr das gelungen war. Ob so etwas auch mit Helyer möglich war?

Chesten ging zum Küchenschrank, wo sie einen Stoffbeutel aus einer Schublade nahm. Darin lagen in Cellophan verpackte Kissen.

»Sie lieben das Zeug, aber es stinkt halt wie Hölle.«

»Soll ich uns einen anderen Tee machen?« Fasziniert beobachtete Alys, wie die beiden Kater, die sie als schüchtern kannte, sich mit Verve auf die Kissen stürzten und über die Küchendielen rollten. Aus dem anliegenden Zimmer tauchte ein winziger schwarzer Kater auf, der das Spektakel beobachtete und mit einem hohen Stimmchen maunzte.

»Ja, für dich habe ich auch eins, mein Süßer.« Chesten holte ein drittes Stinkekissen und ging damit nach nebenan, gefolgt von dem kleinen Kater.

»Da muss noch ein Seelentrost sein.« Chesten wirkte gefasster, nun, wo sie sich um ihre Tiere kümmern konnte. »Riecht ähnlich übel, aber wirkt beruhigend.«

Alys suchte nach dem Tee mit dem freundlichen Namen und wurde fündig. Da Seelentrost nie schaden konnte, setzte sie für sich auch eine Tasse auf.

»Hast du irgendwo Schokolade?« Wenn schon Trost, dann richtig. »Oder Kekse.«

»Linke Schublade.« Chesten schniefte. »In der daneben ist Katzenfutter. Pass auf. Gleich bekommen sie ihren Fressanfall. Wegen des Baldrians.«

Alys gab Katerfutter in die Näpfe und nahm eine Tafel Schokolade heraus. Nachdem sie die Kater gefüttert und auch dem schwarzen Kater nebenan einen Napf Katzenfutter hingestellt hatte, setzte sie sich zu Chesten.

»Was hat es mit der Schrankwand auf sich?«

»Er hat mir heute gesagt, dass er sich nicht von seiner Frau trennen kann.« Langsam wirkte Chesten wütend, was Alys nur zu gut verstehen konnte. »Sie haben eine neue Schrankwand anfertigen lassen. Also kann er nicht ausziehen.«

»Das hat er *wirklich* gesagt?«, rutschte es Alys heraus. Bree und sie hatten schon seit Langem erwartet, dass Chestens Chef sich irgendwann von ihr trennen würde, aber mit einer derartig hanebüchenen Begründung?

Chesten brach sich ein großes Stück Schokolade ab, an dem sie herumknabberte.

»Wir sollten professionell damit umgehen, hat er gesagt, weil wir zusammenarbeiten müssen.«

Alys holte tief Luft und zählte bis zehn, damit sie nicht damit herausplatzte, was ihr als erstes einfiel. Beschimpfungen auf Kosten ihres Ex-Liebhabers würden Chesten nicht helfen. Sie brauchte jetzt Unterstützung und kein »Ich hab' es gleich gesagt.«

»Kann ich irgendetwas für dich tun?«, fragte sie. »Wollen wir heute einen Frauenabend machen, mit Eis, Schokolade und einer DVD?«

»Du bist ein Schatz.« Chesten bemühte sich um ein Lächeln, das gnadenlos misslang. »Das Schlimme ist, ich liebe den Scheißkerl immer noch. Alys, was stimmt mit mir nicht?«

»Du bist wunderbar, wie du bist, Love«. Alys umarmte ihre Freundin, die sich an sie lehnte und wieder zu weinen begann. »Lass dir auf keinen Fall etwas anderes einreden. Und jetzt rufen wir Bree an, sonst ist sie mir ewig böse.«

KAPITEL 19

Würden alle ihre Samstagmorgen demnächst so ablaufen, fragte sich Alys knapp zwei Wochen später im Stillen. Daveth und sie am Frühstückstisch, wo er die *Financial Times* oder eine seiner Wirtschaftszeitungen auf dem Tablet las, während sie ihn beobachtete. Attraktiv war er schon, auf eine britische Weise. Schlank, beinahe schlaksig, und eher blass. Allerdings deuteten seine dunklen Haare darauf hin, dass er in der Sonne eine schöne Farbe annehmen würde. Am faszinierendsten jedoch fand Alys seine Augen. Schon oft hatte sie den Begriff »stahlgraue Augen« gelesen, aber bei Daveth nun zum ersten Mal gesehen.

»Musst du das *gerade* jetzt lesen?« Sie erschrak über den nöligen Ton in ihrer Stimme. Genauso hörten sich die frustrierten Ehefrauen in *Hollyoaks* an, Chestens Lieblings-Soap-Opera. Diese Art von Frau, der der arme Ehemann nie etwas recht machen konnte. »Ich meine nur, du hast so selten Zeit für mich.«

Am liebsten hätte Alys die Worte zurückgeholt, sobald sie sie ausgesprochen hatte. War das nicht exakt die Art von Sätzen, mit denen man Männer vertrieb? In ihrem Londoner Leben mit Craig hatte es ihr nichts ausgemacht, wenn sie getrennt frühstückten oder jeder von ihnen seine Zeitungen las. Damals allerdings hatte ihr stressiger Job sie ausgelastet. Jetzt kam sie sich vor wie ein Haustier, das darauf wartete, dass Herrchen nach Hause kam und mit ihm spielte. Sie musste dringend etwas an ihrem Leben ändern, bevor sie Daveth noch mit ihren Anforderungen und Ansprüche davonjagte.

Wahrscheinlich war sie nur nervös, weil heute der große Tag war – der Tag, an dem Daveth und ihre Freundinnen aufeinandertreffen würden. Vielleicht sollte sie ihren gemeinsamen Nachmittag besser verschieben. Er stand unter einem dunklen Stern, nachdem Chestens Liebhaber sich für seine Frau entschieden hatte. Für sie wäre es bestimmt nicht prickelnd, Alys und Daveth als Paar zu sehen.

»Du hast recht.« Daveth hatte das Tablet zur Seite gelegt. »Es tut mir leid, dass ich so viel arbeite.«

Er küsste sie auf die Stirn, als wären sie bereits ewige Zeiten verheiratet und nicht erst seit einigen Wochen miteinander liiert. Irgendwie fühlte ihr Leben sich falsch an, so, als hätte sie ein gebrauchtes bekommen.

»Schon gut.« Alys drehte eine Haarsträhne um den linken Zeigefinger, eine alte Angewohnheit, die sie überkam, wenn sie nervös war. »Wenn du so viel zu tun hast, können wir unser Teetrinken heute verschieben.«

»Babe, ich arbeite nur jetzt, damit das Wochenende uns gehört.« Er setzte sich wieder hin und wischte mit der Hand über das Tablet. »Mir ist schon klar, dass ich dich vernachlässigt habe. Heute und morgen gehöre ich ganz dir.«

Sobald er seine Arbeit erledigt hat, dachte Alys, aber dann empfand sie sich als ungerecht. Bei ihrem letzten Treffen hatte sie ihn für Chesten versetzt. Wieso also nahm sie sich das Recht heraus, beleidigt zu sein, weil er etwas für seinen Job tat? Hatte sie sich nicht einen Mann gewünscht, dem der Beruf und damit seine Zukunft wichtig war?

Gab es nicht ein chinesisches Sprichwort: Wen die Götter strafen wollen, dem erfüllen sie alle Wünsche?

»Oh wie schön«, sagte sie im Versuch, ihren Gedanken eine erfreulichere Richtung zu geben. »Was wollen wir unternehmen?«

Eingeplant hatte er sie, wahrscheinlich in seinen Kalender eingetragen wie jeden anderen Termin. *Wochenende mit Alys.* Wie romantisch. Genauso wie er ihr den Schlüssel aus praktischen Erwägungen übergeben hatte. Was hatte sie erwartet? Ein Schmuckkästchen in hübschem Geschenkpapier mit roter Schleife? Ihr Leben war nun einmal keine romantische Komödie oder ein Liebesfilm. *Wir leben eine erwachsene Beziehung. Zwei Menschen mit eigenem Leben, die sich zusammengetan haben.*

Nach Craig war das Alys' erklärtes Ziel gewesen – einen Mann zu finden, der verlässlich und erwachsen war, nicht wieder einen ewigen Jungen. Warum also fühlte es sich so an, als fehlte etwas Wesentliches? Wollte sie Daveth ihren Freundinnen vorstellen?

Wahrscheinlich fürchtete sie sich nur vor Brees treffsicheren Bemerkungen. Oder sie hatte Angst, dass Chesten in Tränen ausbrechen würde. Ganz zu schweigen davon, wie Alys selbst mit der Situation umgehen würde. Bereits jetzt spielte sie im Kopf alle möglichen Abläufe ihres Treffens durch, als wären Bree und Chesten ihre Eltern, denen sie den neuen Liebsten präsentierte.

»Falls das Wetter schön wird, könnten wir morgen zum Strand fahren«, erwiderte Daveth, ohne den Blick von der Zeitung zu heben. »Falls es regnet, müssten wir uns etwas überlegen.«

Sehr weit sind deine Überlegungen nicht gediehen, dachte Alys. Wenn er wenigstens eine originelle Idee hätte. Ach, was war nur mit ihr los? Heute konnte der arme Daveth es ihr nicht rechtmachen. Sollten ihre Londoner Arbeitskolleginnen recht behalten, die ihr immer vorgeworfen hatten, dass sie zu viel von den Männern verlangte? »Männern musst du geschickt vermitteln, was du möchtest. Schraub deine Erwartungen runter, dann wirst du glücklich«, lautete das Credo ihrer Kollegin Emma.

Bevor Daveth sich wieder in seine Zeitung vertiefen konnte, sprach sie ihn an. »Was würdest du gerne bei Regen unternehmen? Ich habe gelesen, dass es eine neue Ausstellung in der *Tate St. Ives Gallery* gibt. Hättest du Lust darauf?«

Er runzelte die Stirn. »Kunst ist nicht so meins. Jedenfalls nicht die moderne Variante. Farbklekse, die ein Dreijähriger besser hinbekäme.«

Dann eben keine Ausstellung – und zu seiner Einschätzung moderner Malerei sagte sie besser nichts. Diesen Streit zu führen, lohnte sich nicht. Gut, dass sie ihm nicht erzählt hatte, dass sie einmal davon geträumt hatte, Malerin zu werden. Ihr Bedürfnis nach einem geregelten Einkommen hatte sie Betriebswirtschaft studieren und bei der Bank anfangen lassen. Als Human Resources Manager, ein toller Einstieg direkt nach dem Studium, auch wenn der hochtrabende Titel verbarg, wie viel Zeit sie mit Akten und Papierkram verbringen musste.

Nach zwei Jahren war sie in die Personalentwicklung gewechselt. Die Arbeit an Weiterbildungskonzepten und die Schulungen hatten ihr viel mehr Spaß gemacht. Im Nachhinein hatte es sich als falsche Entscheidung erwiesen, weil die Personalentwicklung der Bankenkrise als erstes zum Opfer gefallen war.

»Wir könnten nach Cotehele oder Antony House fahren«, schlug sie vor. »Wenn das Wetter schön ist, schauen wir uns die Gärten an. Wenn es regnet, besichtigen wir die Häuser und bewundern die Antiquitäten.«

»Nää.« Daveth schüttelte den Kopf. »Das ist was, das meine Eltern machen. Was für alte Leute. Guck doch mal, ob nicht irgendwo ein Strandfest, Open Air oder ein Fußballspiel ist.«

Alys presste die Lippen zusammen, damit sie seine Vorschläge nicht kommentierte. *Denk nach, denk nach – irgendetwas wird sich doch finden, was euch beiden gefällt. Fußball auf keinen Fall. Open Air oder Strandfest wäre in Ordnung, aber was machen wir, wenn es regnet?*

Sie öffnete den Internetbrowser auf ihrem Smartphone. Warum guckte er nicht nach, was an diesem Wochenende los war? Auf dem Tablet konnte er besser lesen als sie auf dem kleinen Display.

»*Miss Peregrine's Home of Peculiar Children* läuft im Kino«, sagte Alys, obwohl sie den Eindruck hatte, dass Daveth ihr nicht zuhörte. Aber das Schweigen fand sie unangenehm, sodass sie einfach weiterplapperte. »Ich habe das Buch gelesen und einige Szenen sind in Portholland gedreht.«

»Ich mag keine Fantasy-Filme.« Daveth schaute auf. »Außerdem ist das Wetter zu schön fürs Kino.«

Puuh, das könnte schwierig werden. Alys suchte weiter.

»Hier, in Watergate Bay findet ein Surf-Event statt.«

Daveth grunzte nur zur Antwort. Das Tablet forderte seine ganze Aufmerksamkeit.

»Ich fahr dann zu mir, füttere den Kater und du holst mich nachher ab?« Alys bemühte sich, weder drängend noch fordernd zu klingen. »Meinst du, dass du bis 15:00 Uhr mit deiner Arbeit fertig bist?«

»Wenn ich ungestört bleibe, schaffe ich das auf jeden Fall.« Er schaute nur kurz auf, und vertiefte sich dann wieder in den Artikel. Der musste ja ungeheuer faszinierend sein.

»Also bis später.« Alys stand auf, suchte ihre Sachen zusammen, gab ihm einen flüchtigen Kuss, den er ebenso oberflächlich erwiderte, und ging. Draußen vor der Tür lehnte sie sich an die Wand, spürte deren Härte und wehrte sich nicht mehr gegen die Tränen.

Nein, das konnte doch nicht ihr Leben sein, oder? Was war nur mit ihm los? Bei ihrem letzten Treffen zeigte er sich unglaublich verständnisvoll und heute benahm er sich wie der letzte Hirsch, wie Grandma zu sagen pflegte. Oder lag es an ihr, dass jede Kleinigkeit sie zum Weinen bringen konnte?

Warum konnte die Liebe nicht wie in Romanen oder im Film sein? Warum konnte sie nicht Männerherzen brechen wie Jezebel Bligh oder Bree? Alys beneidete selbst Chesten, die unter ihrer unglücklichen Liebe litt, denn immerhin liebte sie aus vollem Herzen.

Ihr Telefon klingelte. Alys schaute auf das Display.

Bree.

Sie atmete tief durch, zog die Nase hoch und bemühte sich um ein Lächeln. Wenn du am Telefon lächelst, bemerkt es dein Gegenüber, hatte sie in einer Fortbildung in ihrer Bankerzeit gelernt.

»Bree. Ist etwas mit Chesten?« Die Sorge um ihre Freundin überwältigte Alys, die sich sofort mies fühlte, weil sie sich so viele Gedanken um Daveth und zu wenige um Chesten gemacht hatte. »Soll ich vorbeikommen?«

»Hör bloß auf.« Bree klang sauer. »Der Typ hat sie angerufen und sie ist wieder auf ihn hereingefallen.«

»Wollen wir unser Treffen verschieben?«

»Ich werde jetzt Kuchen backen, um mich abzuregen.« Bree stieß ein Schnauben aus. »Nein, ich will deinen Daveth unbedingt sehen.«

»Meinetwegen können wir einen anderen Termin suchen.«

»Schon okay, ich werde mich schon wieder einkriegen. Alles in Ordnung bei dir?«

»Ich bin auf dem Weg nach Hause, den Kater füttern und muss auflegen, damit ich den Bus bekomme. Bis nachher.«

KAPITEL 20

Nervös knetete Alys ihre Hände. Immer wieder verschränkten sich ihre Finger ineinander, als hätten sie einen eigenen Willen. Vielleicht war es doch keine gute Idee gewesen, sich mit ihren Freundinnen und Daveth zu treffen. Vielleicht hätte sie ihren Liebsten besser vorbereiten sollen, ihm mehr von Bree und Chesten erzählen sollen. Vielleicht hätten sie sich nicht bei Nanni verabreden sollen.

In ihrer Aufregung hatte Alys zum Aufbruch gedrängelt, sodass Daveth und sie eine Viertelstunde zu früh dran waren, was ihm ausreichend Zeit ließ, *Nanni's Cup of Tea* ausgiebig zu mustern. Als er die Stirn runzelte, bemühte Alys sich, ihr Lieblingscafé mit seinen Augen zu sehen. Das, was sie als gemütlich und liebenswert ansah, fand ihr Freund wohl abgeranzt und kitschig, wenn sie seinen Gesichtsausdruck richtig deutete. Mit Widerwillen musterte Daveth die abgenutzten Samtsofas und Sessel, deren ehemals poppigbunte Farben ausgeblichen und müde wirkten. Als er das Schaukelpferd mit dünner Mähne und abblätternder Farbe sah, dem ein Ohr fehlte, schüttelte er den Kopf. Dann holte er sein Tablet heraus und widmete sich wichtigeren Dingen.

Um sich abzulenken, stand Alys auf und blätterte durch die Zeitungen, die Nanni ausgelegt hatte. Für jeden Geschmack war etwas dabei. Die *Sun* als das führende Blatt der *Gutter Press*, der Regenbogenpresse, lag einträchtig neben der *Daily Mail*, dem *Guardian* und der *Times*. Ihr Blick flog über die Schlagzeilen, aber irgendwie fand sie keine davon interessant genug, um eine Zeitung aufzuschlagen.

Grandma hatte die *Times* abonniert gehabt, wegen des *Times Literary Supplement*, der literarischen Beilage, die ihre Großmutter nicht gelesen, sondern förmlich studiert hatte.

Statt eine der überregionalen Zeitungen auszuwählen, griff Alys nach dem *Cornish Guardian*, dem regionalen Journal.

Mit der Zeitung in der Hand kehrte sie zurück zu Daveth, der immer noch auf sein Tablet schaute. Wahrscheinlich, um das Sammelsurium um sich herum nicht zu bemerken. Auf einmal war es Alys peinlich, dass sie ihm erzählt hatte, dies wäre ihr – nach ihrem Cottage – der liebste Ort in St. Bartholomew. Dann schämte sie sich, dass sie sich für *Nanni's Cup of Tea* schämte, nur weil es nicht Daveths Vorstellungen entsprach. Wenn er die Atmosphäre hier nicht zu schätzen wusste, dann war es sein Problem, nicht ihres. Kämpferisch streckte sie das Kinn vor, bereit, jede seiner kritischen Äußerungen zu parieren. Doch dazu kam es nicht, weil sich die Tür öffnete und Bree hereinkam.

Natürlich trat ihre Freundin nicht einfach so durch die Tür, sondern legte einen großen Auftritt hin. Typisch für sie eben. Bree stieß die Tür mit Schwung auf, zog die Mütze ab, die sie gegen den Regen aufgesetzt hatte und schüttelte ihre Haare. Die Blicke der vier Männer, Daveth eingeschlossen, folgten jeder ihrer Bewegungen, was Bree nicht zu bemerken schien. Immer schon fragte Alys sich, ob ihre Freundin nicht wusste, wie viel Interesse sie erregte oder ob alles eine durchchoreografierte Show war.

»Alys.« Bree kam an ihren Tisch, zog Alys hoch und umarmte sie. Heute roch sie nach einer appetitlichen Mischung aus frischgebackenem *Crumble* und einem blumigen Duft. Nachdem sie Alys fest an sich gedrückt hatte, streckte Bree ihre rechte Hand aus. »Hey, du musst Daveth sein. Ich bin Bree. Das ist für euch. Ein Apfel-Zimt-*Crumble*.«

Sie drückte dem überraschten Daveth eine Plastiktüte in die Hand. Er schaute das Geschenk an, als hätte Bree ihm eine Handgranate mit gezogenem Sicherheitsstift überreicht. Gerade als Alys eingreifen wollte, damit die ganze Situation nicht zu peinlich wurde, ergriff er das Wort.

»Danke. Schön, dich kennenzulernen«, antwortete Daveth, so wie es von ihm erwartet wurde, aber sein Tonfall sagte etwas anderes aus. Dermaßen distanziert kannte Alys ihn nicht und es gefiel ihr nicht. Überhaupt nicht. »Freunde sagen viel über einen Menschen aus, nicht wahr?«

Was sollte das denn nun wieder heißen? Mochte er Bree nicht? Aber das konnte nicht sein, die beiden hatten erst ein paar Höflichkeitsfloskeln miteinander gewechselt. Wie anders war das zufällige Treffen mit Jory und Bree verlaufen, kam Alys nicht umhin, einen Vergleich zu ziehen. Nein, das sollte sie lassen. Es war typisch für sie, auf so einen Luftikus wie Jory hereinzufallen.

Hatte sie denn aus der elenden Sache mit Craig gar nichts gelernt? Ja, sie mochte diese jungenhaften Männer, aber für eine gemeinsame Zukunft brauchte sie einen Mann, einen erwachsenen Mann, so wie Daveth einer war: zielstrebig, erfolgsorientiert, mit klaren Meinungen und festen Plänen für sein Leben. Keinen Jungen, der ständig sein Studienfach wechselte und noch Jahre benötigte, bis er endlich selbstständig wäre.

Trotzdem – Alys hatte sich den Nachmittag viel, viel angenehmer vorgestellt. Hätte sie Daveth vorher von Brees Eigenheiten erzählen müssen, fragte sie sich und fühlte sich von Minute zu Minute unwohler. Hätte sie Bree vor Daveth warnen müssen? Wer legte eigentlich fest, dass sich die Menschen verstehen mussten, die man selbst schätzte? Möglicherweise war Daveth ebenfalls nervös und wirkte daher etwas stoffelig. Wenn sie sich nicht bald entspannte, würde der Nachmittag noch in einem Desaster enden. Sie konnte nur hoffen, dass Chesten bald eintraf. Der gelang es immer, Situationen zu lockern und Frieden und Ruhe um sich zu verbreiten, aber ihre blonde Freundin war nicht zu sehen.

Stattdessen kam Nanni auf sie zu, umarmte Bree und schnupperte zu der Plastiktüte hin, die Daveth zur Seite gestellt hatte.

»Hmm, wenn das nicht ein frischer Bree-*Crumble* ist, will ich nicht mehr Nanni heißen.« Sie drohte ihr spielerisch mit dem Finger. »Du machst mir noch meine Gäste abspenstig.«

»Niemals kommen meine bescheidenen Backkünste an deinen *Hevva Cake* heran«, wehrte Bree ab, aber ihre Wangen glühten vor Stolz über Nannis Lob. »Davon hätte ich gern ein Stück. Ein großes, mit Sahne. Und einen Kakao, auch mit Sahne.«

Daveths Blick glitt an Brees Rundungen herunter und er sah aus, als ob er etwas sagen wollte. Bevor es dazu kam, griff Alys ein. »Ich hätte gerne *Scones,* mit *Clotted Cream* und Erdbeer-Basilikum-Marmelade. Daveth, die musst du probieren. Es ist Nannis Spezialität.«

»Danke, ich möchte nur einen Tee.« Er legte die Speisekarte zur Seite. »Ich hoffe, Sie brühen ihn aus Blättern und nicht aus Beuteln?«

Nannis Gesicht lief dunkelrot an, als stünde sie kurz vor einer Explosion. Bree zog die Hand vor den Mund, als erwarte sie den großen Knall, und Alys wünschte sich nichts sehnlicher, als dass sie aufwachte und alles nur ein böser Traum wäre.

»Für Feinschmecker«, Nanni betonte das Wort, als wäre es ihr zuwider, »habe ich echten Tee aus Großbritannien im Angebot. Aus Cornwall. Tregothian, um genau zu sein.«

»Der ist bestimmt teurer, nicht wahr?« Daveth schien nicht zu bemerken, dass jedes seiner Worte Nanni nur noch mehr verärgerte. »Außerdem kann ich mir nicht vorstellen, das kornischer Tee schmeckt.«

»Ich nehme ihn«, sagte Alys, bevor er noch weiter nach oben auf Nannis Miese-Gäste-Skala geriet. »Danke.«

Bree schaute Alys an, die verzweifelt überlegte, was sie sagen könnte, um die Situation angenehmer zu gestalten.

»Tut mir leid«, unterbrach zu Alys' großer Erleichterung Chestens helle Stimme die düstere Stimmung, die über ihrem Tisch schwebte. »Hugh und Grant haben Orlando gebissen und ich musste die Wunde desinfizieren.«

Daveth schaute sie an, als spräche sie Kisuaheli. Konnte der Nachmittag noch schlimmer werden? War es ihre Schuld, weil sie Daveth so viel von ihren Freundinnen vorgeschwärmt hatte, dass sie bei ihm große Erwartungen geweckt hatte? Oder hatte Alys ein zu positives Bild von ihren Freundinnen, weil sie einander schon so lange kannten und ihre Eigenheiten gar nicht mehr wahrnahmen?

»Das ist meine Freundin Chesten«, stellte Alys sie vor. »Sie ist Tierärztin mit Leib und Seele.«

»Hallo Chesten.« Nanni würdigte Daveth keines Blicks mehr. »Was kann ich dir Gutes tun?«

»*Cream Tea* mit deiner Johannisbeer-Thymian-Marmelade, bitte.« Chesten zog ihre Jacke aus und warf sie über Daveths Mantel. Mit angeekeltem Gesichtsausdruck holte er das Kleidungsstück hervor und strich es glatt. »Wie schön, dass wir uns alle sehen. Wo wart ihr gerade?«

Nanni stolzierte davon, ihr Rücken ein stummer Vorwurf. Chestens Lächeln gefror, als sie bemerkte, was Daveth tat.

»Entschuldige«, sagte sie. »Pferde- und Katzenhaare. Ich hoffe, du bist nicht allergisch?«

»Nein. Obwohl es heute chic ist, gegen irgendetwas allergisch zu sein.«

»Vor Branok Manor stand ein Rettungswagen.« Bree ignorierte konsequent, was Daveth eben von sich gegeben hatte. »Wisst ihr etwas?«

Chesten und Alys verneinten, und Daveth schaute desinteressiert. Eine Gesprächspause trat ein, die glücklicherweise von Nanni unterbrochen wurde, die ihnen Kuchen und Getränke brachte.

»Bitte, Earl Grey aus Blättern.« Sie knallte Teekanne und Tasse vor Daveth auf den Tisch. »Wie alle meine Tees.«

Immerhin besaß Alys Freund genug Höflichkeit, sich zu bedanken. Sie schnitt ihren Scone entzwei, obwohl ihr der Appetit vergangen war.

»Möchtest du probieren?« In der Hoffnung, ein unverfängliches Thema zu finden, schob sie Daveth den Teller hin. »Die Kombination aus Erdbeeren und Basilikum ist einzigartig.«

»Danke. Zu viele Kalorien und Kohlenhydrate.«

»Ich für meinen Teil liebe Kohlenhydrate.« Bree lächelte, aber es wirkte bissig. »Und finde es furchtbar, wie diese amerikanische Low Carb-Unsitte um sich greift.«

»Heute hatten wir jemanden in der Praxis, der nach Low-Carb-Food für seinen Hund fragte«, warf Chesten ein. »Was kommt als nächstes?«

KAPITEL 21

Obwohl sich ihre Freundinnen bemühten, blieb die Atmosphäre steif, das Gespräch ähnelte einem Match in Wimbledon: kurzer, heftiger Schlagabtausch – und dann Schweigen. Alys wartete auf die Stimme des Schiedsrichters, der die Punktwertung bekanntgab: love – fifteen.

»Hast du dich bei Pendarves & Lawry auf etwas spezialisiert?«, fragte Chesten.

»Erbrecht«, lautete Daveths knappe Antwort.

»Sicher spannend«, kommentierte Bree mit einem honigsüßen Lächeln.

Dann trat wieder Schweigen ein.

»Nächste Woche spielen *Brothers & Bones* in St. Ives.« Erneut versuchte Chesten, ein Thema zu finden, das sie alle interessieren könnte. »Hättet ihr Lust?«

»Nicht meine Musik.«

Was war seine Musik, fragte sich Alys. *Erstaunlich, wie wenig ich über ihn weiß.*

Mit jeder Minute, die sich kriechend dahinschleppte, fühlte Alys sich unwohler. Am liebsten hätte sie das Desaster unverzüglich beendet, um sich hinterher bei Bree und Chesten zu entschuldigen, doch das traute sie sich nicht. Nicht im Traum hätte sie erwartet, dass diese Begegnung so unerfreulich wäre. Da kam ja Helyer besser mit Daveth aus.

Nachdem sie wieder einmal schweigend dasaßen, klingelte Chestens Telefon.

»Hallo.« Ihre Freundin lauschte konzentriert. »Ja, ich bin gleich da. Bleiben Sie ruhig, wir finden schon einen Weg, die Plastiktüte wieder aus dem Hund herauszubekommen.«

Sie legte auf, erhob sich, küsste Bree und Alys auf die Wangen und reichte Daveth förmlich die Hand. »Tut mir leid. Ich habe Notdienst.«

Bree verdrehte die Augen, was Alys gut nachvollziehen konnte. Chesten war einfach zu gutmütig. Obwohl sie nur eine Teilzeitstelle hatte, übernahm sie jeden zweiten Wochenenddienst, weil sie nicht Nein sagen konnte.

Kaum hatte Chesten sie verlassen, schaute Bree auf die Uhr. »Oh, schon so spät. Ich habe meinen Eltern versprochen, dass ich zum Dinner mit ihnen zu Hause bin. Danke für den … aufschlussreichen Nachmittag.«

»Nett, dich kennengelernt zu haben«, antwortete Daveth in einem Ton, der die Floskel noch floskelhafter wirken ließ. »Einen schönen Abend.«

»Ciao, Love.« Bree zog Alys in ihre Arme. Die hätte am liebsten geweint, weil alles so furchtbar schiefgegangen war. Passenderweise fing es nun auch noch an zu regnen und sie hatten den Schirm im Auto liegen lassen. Schweigend rannte Alys neben Daveth her, ihre viel zu dünne Sommerjacke als Regenschutz über den Kopf gezogen, aber das hielt die Wassermassen nicht davon ab, ihr in den Nacken zu laufen. Was für ein entsetzlicher Tag. Schlimmer konnte es kaum werden, oder?

Daveths Land Rover Discovery wirkte fehl am Platz zwischen all den Familienwagen, den Vauxhall Astras und Renault Méganes. Doch er schien das nicht zu bemerken, so wie er auch nicht bemerkte, wie still Alys war. Vielleicht fand er es normal, dass man sich nichts zu sagen hatte. Achtlos warf er die Plastiktüte mit Brees *Crumble* auf den Rücksitz.

»Hast du nicht erzählt, deine Freundin Bree wäre Model?«, lautete Daveths erste Bemerkung, nachdem sie im Auto saßen. »Die ist doch richtig fett. Da sieht Chesten deutlich appetitlicher aus.«

Es verschlug Alys die Sprache. Sicher, sie konnte nicht erwarten, dass er in ihren Freundinnen das sah, was Alys an ihnen schätzte, aber die beiden nur nach ihrem Äußeren zu beurteilen ... Nein, das war zu viel.

Bree war mollig, aber auf eine gesunde, durchtrainierte Art. Sie war größer als die meisten Frauen, größer als viele Männer, eine Amazone, die sich in die moderne Zeit verirrt hatte. Bree bewegte sich unerschütterlich, als wüsste sie nicht, dass die Welt den Size-Zero-Models gehörte. Alles an ihr war kräftig, groß, ausladend – ihre Gesten, ihre Worte, ihre Haare. Wenn Bree einen Raum betrat, füllte sie ihn mit ihrer Ausstrahlung. Da sie beruflich ständig mit Mode zu tun hatte, kleidete Bree sich in der Freizeit eher lässig, was ihr gut stand. Wie hatte Daveth das nicht bemerken können?

»Bree ist ein Plus-Size-Model. Sehr erfolgreich.« Alys zählte bis zehn, damit sie ihn nicht anschrie. So etwas gehörte sich nicht, selbst bei einer derartig dummen Aussage. »Könntest du mich bitte nach Hause fahren?«

»Und deine Freundin Chesten.« Daveth schüttelte den Kopf. »Mit einer Teilzeitstelle verdient sie doch kaum etwas.«

»Das ist ihre Entscheidung. Nicht jeder sieht sein Seelenheil in der Arbeit.«

Verblüffenderweise schwieg Daveth. Vielleicht sollte sie ihm öfter widersprechen. Er starrte aus der Frontscheibe, als wäre Hauptverkehrszeit. Sooo dicht war der Regen nun nicht. Alys verkrampfte ihre Finger ineinander. Sie konnte das düstere Schweigen zwischen ihnen kaum ertragen und bereute die Schärfe, mit der sie ihre Worte ausgesprochen hatte.

Nein, verflucht. Sie hatte das Recht, wütend und enttäuscht darüber zu sein, wie der Nachmittag verlaufen war. Daveth hatte sich unmöglich benommen, Bree allerdings auch. Da hatte selbst Chestens Freundlichkeit nichts retten können. Auf jeden Fall musste sie viel Zeit vergehen lassen, bis sie ein weiteres Aufeinandertreffen wagen konnte. Wollte sie das denn? Hatte dieser schreckliche Nachmittag ihr nicht zu verstehen gegeben, dass Daveth und ihre Freundinnen nicht zueinander passten?

Wie so oft drehte sich das Wetter von einem Moment zum nächsten, als wollte es sie verspotten. Der Regen, der eben noch vom Himmel herabgestürzt war, machte einer strahlendschönen Sonne Platz. Auf dem nun leuchtendblauen Himmel fanden sich nur vereinzelte zarte weiße Wölkchen, wie hingetupft.

»Wir sind da«, sagte Daveth. Er beugte sich zu ihr und gab ihr einen Kuss auf die Wange, als wären sie ein altes Ehepaar. »Ich treffe mich mit den Jungs im Pub und komm dann später zu dir.«

Hatte er nicht heute Morgen gesagt, dass das Wochenende nur ihnen beiden gehören sollte?

Er hätte mich wenigstens fragen können, ob ich seine Freunde kennenlernen möchte, dachte Alys. Oder ob wir den Abend gemeinsam verbringen wollen. Sie spürte Tränen aufsteigen und bohrte die Fingernägel in die Handflächen. Daveth sollte nicht merken, wie enttäuscht sie war.

»Viel Spaß.« Ihr Tonfall klang leichthin. »Einen Moment noch. Ich hole nur den *Crumble*.«

»Willst du das wirklich essen?« Immerhin zeigte er jetzt mal Gefühl, dachte Alys bitter. »Der kann doch nicht schmecken. *Ich* würde ihn wegwerfen.«

»Zu deiner Information«, antwortete Alys spitz, »Bree ist berühmt für ihre *Crumbles*. Vielleicht solltest du Dinge erst ausprobieren, bevor du sie verurteilst. Tschüs.«

Sie griff sich den Kuchen und warf die Tür zum Range Rover mit Schwung zu. Der Knall, mit dem die Tür zuschlug, klang wie Musik in ihren Ohren.

»Jetzt sei doch nicht gleich eingeschnappt!«, rief Daveth ihr nach. Alys drehte sich um. Er war aus dem Auto ausgestiegen. »Ich melde mich.«

Zur Antwort nickte sie nur. Jedes Wort, das sie gesagt hätte, hätte einen Tränenstrom ausgelöst, ähnlich dem Wolkenbruch vorhin. Wenn er nicht einmal bemerkte, wie sehr seine Worte sie verletzt hatten, wollte sie ihm keine Tränen zeigen. Trost von ihm hätte sie im Moment nicht akzeptieren können.

»Ach, Helyer.« Alys schniefte. Sie wischte sich die Nase am Ärmel ihres Baumwollpullovers ab, weil sie keine Lust hatte aufzustehen, um sich ein Taschentuch zu holen. Dann schaufelte sie sich einen weiteren Löffel des wie erwartet köstlichen Apfel-Zimt-*Crumbles* in ihren Mund. Undeutlich fuhr sie fort: »Ist Daveth der Falsche? Habe ich einen Fehler gemacht? Wenn ich doch nur Telefonnummern mit Jory getauscht hätte.«

Den Kater interessierten ihre Worte überhaupt nicht. Er kaute auf einer Leckerlistange. Wenn sie sich etwas gönnte, dann stand ihm auch das Recht zu. Gemeinsam würden sie beide fett werden, was dem Kater nichts ausmachte, Alys jedoch die Laune weiter verhagelte.

Der Summton, der eine SMS ankündigte, unterbrach ihre düstere Stimmung. Daveth! Hoffentlich hatte er eingesehen, dass er sich dämlich benommen hatte. Er würde sich entschuldigen und sie fragen, ob sie gemeinsam etwas unternehmen wollten. Ins Kino gehen vielleicht. Es lief eine romantische Komödie, die sie gerne gesehen hätte. Doch die Nachricht war von Bree.

Alys, es ist dein Leben, aber – der Satz begann so, dass ein »aber« zu erwarten war – *ist Daveth der Richtige für dich? Sorry, er erinnert mich viel zu sehr an Craig! An dessen schlechte Seiten.*

Alys schaute auf die Worte, während ihre Augen sich wieder mit Tränen füllten. Ärger stieg in ihr auf, weil Bree sich in ihr

Leben mischte und meinte, besser als Alys selbst zu wissen, was gut für sie war. Traurigkeit kam, weil sie erkannte, wie richtig Bree mit ihrer Einschätzung lag.

Ich mag ihn. Du hast ihn kaum kennengelernt.
– Dein Kater mag ihn auch nicht.
Der mag niemanden!
– Mich konnte er leiden.
Daveth ist besser, als er sich heute gezeigt hat.

Lange Pause.

– Ist er wirklich sooo viel besser als alleine zu leben?
Das ist es nicht. Ich mag ihn sehr.
– Okay. Der andere wäre besser gewesen.
Ach, Bree. Sorry, ich muss den Kater füttern.
– Trotz allem: einen schönen Abend.
Dir auch.

Alys aß noch einen großen Löffel vom *Crumble,* der ihr nicht mehr schmeckte, hatte sie doch ihre beste Freundin angelogen.

Früher hatte nur eins geholfen, wenn es ihr elend ging – sie malte. Ob Grandma ihre Farben ebenso aufgehoben hatte wie ihre Bilder? Alys sprang auf und ging zu dem Zimmer, das als Abstellkammer diente. Neben Staubsaugern, Wäschespinnen und Katzenstreu standen hier Kartons mit Büchern, die Grandma Oxfam spenden wollte, sowie Koffer und Kisten mit Erinnerungsstücken.

Sie zerrte die Kisten auf, wühlte darin herum, nur um sie enttäuscht zur Seite zu stellen. Fotoalben fand sie, Tischtücher aus dem vorigen Jahrhundert, den Bauernhof, mit dem sie als Kind gespielt hatte – nur ihre Malsachen nicht. Anscheinend hatte Grandma, so wie sie, die Hoffnung aufgegeben, dass Alys je wieder zum Malen finden würde.

KAPITEL 22

Im November war Grandma gestorben. Friedlich, wie man so sagte, war sie im Krankenhaus eingeschlafen. Leider nicht in ihrem Cottage, so wie sie es sich gewünscht hatte. Noch immer konnte Alys es nicht fassen, dass der Mensch, der sie am besten gekannt hatte, nicht mehr lebte. Die Beerdigung hatte sie wie durch einen Nebel wahrgenommen und war glücklich gewesen, dass Grandmas Freundinnen sich um alles gekümmert hatten. Wie sehr ihr ihre Großmutter fehlte, merkte sie bis heute jeden Tag, wenn sie in das Cottage kam und automatisch »Grandma« rief, um ihrer Großmutter zu erzählen, was am Tag vorgefallen war.

Nach Grandmas Tod hatte Alys überlegt, das Cottage zu verkaufen, das sie so sehr an ihre Großmutter erinnerte. Jeden Tag erwartete sie, dass Grandma in der Tür stünde, um mit Alys über den Garten und die Herbstblumen zu sprechen. Bree hatte vorgeschlagen, dass Alys stattdessen eines der viktorianischen Reihenhäuser kaufte, eines der Schönheiten, deren Erkerfenster viel Licht und Luft ins Haus ließen. Alys hatte sich mehrere angesehen, die ihr jedoch zu groß für sie allein erschienen. Schließlich hatte sie sich eingestanden, dass sie das Cottage nicht aufgeben wollte, *weil* es so viele Erinnerungen an Großmutter barg. Sie hatte das Haus geliebt und immer wieder etwas daran verändert. Die Vorstellung, dass fremde Menschen dort einzogen und das Cottage nach ihren Wünschen umbauten, schnürte Alys die Luft ab. Also blieb sie.

Rosen rankten sich über der Eingangstür empor. Inzwischen waren sie verblüht und hätten beschnitten werden müssen. Doch Gärtnern war nicht Alys' Stärke. Sie mochte Pflanzen und Blumen, aber sie kannte sich überhaupt nicht damit aus, allen Bemühungen Grandmas zum Trotz, die versucht hatte, Alys ihre Liebe zum Garten weiterzugeben.

Sie prüfte den Himmel. Strahlendblau, so wie es nur der Himmel über Cornwall vermochte. Nicht ein Wölkchen war zu sehen. Sicher, dass hatte hier nichts zu bedeuten. In Cornwall konnte das Wetter von einem Moment zum anderen umschlagen. Von freundlichem Sonnenschein zu strömenden Regen, der einen bis auf die Haut durchnässte und frierend zurückließ.

»Wahrscheinlich ist es dieses Wetter, was euch Cornwaller so launisch werden lässt«, hatte Craig ihr einmal vorgeworfen, aber Alys hielt sich für sensibel.

In den vergangenen drei Augusttagen hatten sie einen Traumsommer gehabt, mit Temperaturen, wie es sie schon ewig nicht mehr gegeben hatte. Die wenigen Touristen, die sich nach St. Bartholomew verirrten, gingen mit einem Lächeln auf den Gesichtern durch die Straßen, fotografierten alles, was nur ein wenig pittoresk wirkte und versicherten einander immer wieder, wie wundervoll Cornwall wäre. Durch sie bemerkte Alys erst, wie schön der Ort war, in dem sie lebte. Sie lächelte den Palmen zu, die bei Touristen auf Begeisterung stießen, während sie für Alys ganz selbstverständlich waren.

Selbst zu ihrem Cottage hatten sich einige verirrt, ihr Haus fotografiert und sie mit »A lovely day, isn't it?« angesprochen, als sie vor die Tür getreten war, um nachzuschauen, was die Fremden von ihr wollten. Wer hatte den Touristen nur weisgemacht, dass Engländer sich ständig über das Wetter unterhielten?

Der Friedhof, auf dem Grandma ihre letzte Ruhe gefunden hatte – ein Begriff, den Alys nicht mochte –, beherbergte Gräber aus den letzten drei Jahrhunderten. Ihre Großmutter hatte ihn Alys gezeigt, kurz nachdem diese bei ihr einzogen war.

»Hier möchte ich später liegen. Neben deinem Großvater.« Grandma hatte eine große Geste mit der Hand gemacht, die den gesamten Friedhof einschloss. »Hier bei all den letzten Zeugen vergangener Leben. Schau nur, dieser Grabstein ist von 1887.«

Alys hatte damals nichts mit der Morbidität ihrer Großmutter anfangen können und auch heute ging sie ungern auf den Friedhof. Für sie war er kein Erinnerungsort. Grandma lebte in ihrem Cottage fort, in den Büchern, die sie gelesen hatte, in den Bildern, die sie an die Wände gehängt hatte, in den Küchensachen, die sie benutzt hatte. Der Friedhof hingegen hatte für Alys etwas Offizielles, Unpersönliches, nichts, was sie mit ihrer Großmutter verband.

Aber dennoch musste sie die Grabstelle besuchen, um sich um die Pflanzen zu kümmern. Noch einen sonnigen Tag ohne Wasser würden die Blumen nicht überstehen. Grandma hatte sich ein Grab unter dem grünen Rasen gewünscht, ohne Stein, ohne großes Brimborium, aber der Pastor hatte dies nicht zugelassen. Also hatte Alys das akzeptieren müssen, einen Grabstein aufstellen lassen und das Grab bepflanzt, so wie es sich gehörte. Sie hatte eine Gärtnerei gefunden, die die Aufgaben übernehmen würde, sollte Alys nach London zurückkehren. So wie es ihr Plan gewesen waren.

Jetzt allerdings sah es so aus, als würde sie in St. Bartholomew Wurzeln schlagen. Daveth fühlte sich hier wohl und bestand darauf, lieber ein großer Fisch in einem kleinen Teich zu sein als ein winziger Fisch in dem riesigen Teich London. Aber was sollte sie hier tun, fragte sich Alys mehr und mehr. Jobs waren rar gesät in St. Bart, und Stellen für eine Frau mit einem Wirtschaftsexamen so gut wie unauffindbar. Selbst in Penzance gab es keine Jobs, die ihrer Qualifikation entsprachen. Sie könnte als Sekretärin arbeiten oder in einem Hotel oder Bed and Breakfast, aber nicht als Geschäftsführerin, sondern als Empfangsdame.

Immer wieder stieß Alys bei ihrer Jobsuche auf Inserate der *Newlyn School of Art*, die Kurse für Anfänger, wohl zumeist Touristen, und Fortgeschrittene anbot. Immer wieder überlegte sie, ob sie sich nicht anmelden sollte. Doch jedes Mal schreckte sie davor zurück. Ihren Bildern fehlte die Kraft, die Ausdrucksstärke, die sie auf den alten Gemälden der ersten Freiluftmaler der *Newlyn School* so bewunderte. Alys liebte die Bilder der wenigen Frauen, die in der Künstlerkolonie tätig gewesen waren. Elizabeth Forbes oder Laura Knight, die das alltägliche Leben in Details einfingen und bei aller Schwere der Arbeit der Fischer dennoch eine Leichtigkeit mit sich brachten, die in den Farben und dem Licht lag. Oder an den Motiven. Zu Beginn des 20. Jahrhunderts gab es einfach stärkere Motive zu finden als heute.

Sie brauchte etwas Stabiles, etwas, das ihr eine Perspektive schuf und den Lebensunterhalt sicherte. Helyer würde ohne sie klarkommen. Im Internet hatte Alys Futterautomaten entdeckt, die ihren Kater sicher zufriedenstellen würden. Also stand einem Job nichts im Weg, nichts außer den fehlenden Stellen. Würde sie als Empfangsdame oder Sekretärin glücklich werden? Was wäre die Alternative? Alys beneidete Chesten und Bree, die niemals an ihrer Berufswahl gezweifelt hatten. Chesten wollte immer etwas mit Tieren machen und war in ihrer Praxis, soweit Alys es beurteilen konnte, glücklich. Und Bree? Bree jettete durch die Welt, lebte frei und ungebunden und genoss jeden Tag. Aber für sie wäre das nichts. Weder Chestens Leben, das sich um die Tiere und den verheirateten Tierarzt drehte, noch Brees, das ohne Halt verlief. Sie fühlte sich irgendwie in der Mitte: Alys wünschte sich einen Job, der sie ausfüllte und ihr wichtig war, aber sie wünschte sich auch Freiheit und Freizeit, um das Leben zu genießen.

Vielleicht bot die Sekretariatsstelle in Penzance diese Chance.

Daveth hatte ihr zugeredet, nachdem sie ihm erzählt hatte, dass ihre Ersparnisse beinahe aufgebraucht waren. Alys las die Anzeige zum siebten Mal.

Persönliche Assistentin / Sekretärin (m/w)
Wir besetzen derzeit die Position einer persönlichen Assistentin mit Sekretariats- / Verwaltungsaufgaben. Es handelt sich um eine befristete Vollzeitstelle.
Die ideale Kandidatin verfügt über Berufserfahrung in Sekretariats- und Verwaltungsarbeit.
Die Tätigkeit umfasst:

- *Planen und organisieren von Meetings*
- *Effiziente und effektive Organisation aller Büroprozesse*
- *Verwalten von Reise- und Besprechungsplänen*
- *Unterstützung der Mitarbeiter, um ein effektives Team zu organisieren*

Wir suchen Menschen, die folgende Fähigkeiten und Erfahrungen aufweisen:

- *Büroorganisations- und Sekretariatserfahrung*
- *Ausgezeichnete Kommunikationsfähigkeiten und Kundenorientierung*
- *Herausragende Computerkenntnisse*
- *Teamfähigkeit*
- *Außergewöhnliche organisatorische Fähigkeiten*

Wenn Sie interessiert sind, schicken Sie uns bitte Ihren Lebenslauf!

… und das alles für 8,50 £ die Stunde. Aber ein besseres Angebot gab es leider nicht. Sie klappte ihr Notebook auf, öffnete eine Datei, der sie den Namen »Bewerbung_18« gab und starrte auf die weiße Fläche vor sich. Endlich tippte sie die Adresse der Firma und ihre eigene ein. Dann schrieb sie in die Betreffzeile »Stelle als Sekretärin«. Danach verließen sie Mut und Motivation. Alys schloss die Datei, fuhr alle Programme herunter, fütterte Helyer und suchte nach ihrer Jacke. Erst einmal würde sie zum Friedhof gehen, um die Blumen zu gießen. Vielleicht fiel ihr auf dem Weg dorthin ein, warum ausgerechnet *sie* für ausgerechnet diese Stelle die geeignete Person war. Nachdem sie vor die Haustür getreten war, sandte Alys einen letzten Blick zum Himmel, drehte sich um und holte ihren Schirm aus dem Flur, wo er stets griffbereit stand. Sicher war sicher.

»Ach, Grandma, jetzt könnte ich deinen Rat gebrauchen.« Alys zupfte ein wenig Unkraut aus, das es gewagt hatte, sich neben dem Immergrün anzusiedeln. Der Boden war trocken gewesen, die blauen Blüten wirkten jedoch frisch, als hätte jemand sie erst gestern gegossen. Das konnte gut sein. Eine von Grandmas Freundinnen, die ihre verstorbenen Lieben besuchte, hatte sich sicher erbarmt.

»Hallo Alys«, sagte eine Stimme hinter ihr, die sie gut kannte. Ms. Deane, Grandmas beste Freundin und Alys' ehemalige Kunstlehrerin, die es nicht verwinden konnte, dass Alys sich für das Wirtschaftsstudium entschieden hatte. »Ich komme auch ab und zu her, um mit Rosenwyn zu reden.«

Langsam wandte Alys sich um. Ms. Deane sah noch genauso aus wie Alys sie aus ihrer Schulzeit in Erinnerung hatte. Wie stets war sie bunt und auffallend gekleidet: ein farbenreicher, weitschwingender Rock, eine lilafarbene Bluse, auf der einzelne Farbspritzer zu sehen waren, und zur Krönung ein Tuch in Herbstfarben.

Alys musste lächeln, weil sie daran dachte, was für ein gegensätzliches Paar die beiden Frauen äußerlich gewesen waren: ihre schlanke, stets elegant-gekleidete Grandma, die selbst zum Einkaufen Hosenanzug und Pumps trug, und die verwuschelt wirkende, rundliche Ms. Deane, die oft so aussah, als hätte sie ihrer Kleidung geschlafen. Auch vom Charakter her hätten sie unterschiedlicher nicht sein können: Während Grandma ihre Meinung gerade heraussagte und keinerlei Scheu hatte, bei anderen Menschen anzuecken, gehörte Ms. Deane zu denen, die sich bemühten, ein Klima von Harmonie und Frieden zu schaffen. Aber dennoch waren die beiden beste Freundinnen gewesen, die sich aufeinander verlassen konnten. *Also ziehen sich Gegensätze an. Dann passen Daveth und ich vielleicht besser zusammen, als ich es bisher bemerkt habe.*

»Sie fehlt mir. Immer noch.« Ms. Deane gegenüber konnte Alys das eingestehen. »Immer wieder überlege ich, das Cottage zu verkaufen, weil mich dort alles an Grandma erinnert. Dann wieder will ich es auf jeden Fall behalten, weil mich dort alles an sie erinnert …«

»Das ist ganz normal.« Ms. Deane beugte sich zu ihr, um Alys über die Wangen zu streichen. Der typische Geruch nach Patschuli und Ölfarbe begleitete die liebevolle Geste. »Rosenwyn wäre froh, dass du dich an sie erinnerst. Malst du wieder?«

»Ich habe mir Farben und Leinwand gekauft. Aber noch finde ich nicht die Zeit …«

»Es wird kommen.« Ms. Deane musterte sie prüfend. »Arbeitest du immer noch als … Bankerin?«

Bei ihr klang das, als wäre Alys als Berufskiller tätig.

»Nein, die Krise hat mich meinen Job gekostet.« Alys zuckte mit den Schultern, als wäre das nicht wichtig. »Ich orientiere mich neu.«

»Mach etwas, das du liebst.« Ihre ehemalige Kunstlehrerin nahm Alys Hände in ihre. »Vergeude dein Talent nicht.«

KAPITEL 23

Zwei Tage später verbrachte Alys die Nacht bei Daveth, als hätte es den furchtbaren Nachmittag nicht gegeben. Er hatte angerufen. Alys, die Konflikte scheute, hatte so getan, als wäre alles gut. Nach dem Essen – Daveth hatte Pizza bestellt – hatten sie ferngesehen, bis er eingeschlafen war. Alys weckte ihn, damit sein Schnarchen nicht weiter die Schauspieler übertönte. Gemeinsam gingen sie ins Bett, es gab einen eher keuschen Kuss und dann schnarchte Daveth weiter. Alys hingegen lag lange wach und grübelte.

Morgens weckte sie die Sonne, die durch die Vorhänge schien. Müde tappte sie in die Küche und setzte Kaffee auf. Solange Daveth schlief, setzte Alys sich an ihr Tablet, um ihre Mails abzurufen. Das Übliche: Angebote, sich ihren Penis verlängern zu lassen, Lotteriegewinne und Versprechen guter Altersvorsorge. *Wer hat denen eigentlich gesagt, dass ich bald dreißig Jahre alt werde*, wunderte sie sich.

Bei der fünfzehnten Mail schlug ihr Herz schneller. Tief Luft holen, nicht nervös werden. Mit zitternden Fingern klickte sie auf die Nachricht.

Liebe Frau Nankivell,
vielen Dank für Ihre Bewerbung.
Leider passt eine andere Bewerberin besser in unser Profil.
Bitte betrachten sie dies nicht als Kritik an Ihrer Qualifikation.
Aus ökologischen Erwägungen senden wir Ihnen Ihre Unterlagen nicht zurück.

Na, prima. Das war die letzte noch offene Bewerbung.

»Betrachten sie dies nicht als Kritik an Ihrer Qualifikation«, murmelte sie vor sich hin. »Als was soll ich das sonst begreifen? Als freundlichen Hinweis …?«

Sie schloss das E-Mail-Fach. Ihr war die Lust vergangen, sich weiter mit den Nachrichten zu beschäftigen. Also wieder alles von vorne. Zurück auf Los, keine 2.000 Pfund einziehen, sondern sich direkt ins Gefängnis des Selbstzweifels begeben.

Während Alys überlegte, was schlimmer war: dass sie die Stelle nicht bekommen hatte, obwohl sie deutlich überqualifiziert gewesen war, oder dass ihr langsam die Ideen ausgingen, tappte Daveth auf bloßen Füßen in die Küche.

»Guten Morgen, Babe.« Er küsste ihren Mundwinkel. »Was ist los? Du siehst aus, als wäre dein fieser Kater gestorben. Ist er?«

»Nicht lustig«, antwortete Alys. Ja, Daveth mochte Helyer nicht und vice versa, aber das war kein Grund, dem Stubentiger den Tod zu wünschen. »Schon wieder eine Absage.«

»Das tut mir leid.« Daveth wandte ihr den Rücken zu. »Hast du Kaffee gekocht?«

»In der Thermoskanne«, antwortete Alys automatisch, obwohl sie sich ein wenig ärgerte, wie leichthin er über die Absage hinweggegangen war. Möglicherweise hatte er nicht begriffen, wie wichtig ihr das war. »Das war die allerletzte. Jetzt ist nichts mehr offen. Nada.«

In aller Seelenruhe goss sich Daveth Kaffee ein, während sie es nicht erwarten konnte, dass er sich endlich zu ihr umdrehte.

»Ich weiß, dass es in Cornwall im Moment schlecht aussieht«, sagte er schließlich. Er blies über den Kaffee. »Aber irgendetwas findet man doch immer. Hast du mal in Hotels oder Pubs gefragt?«

»Was soll ich da machen?« Vor Entsetzen blieben Alys beinahe die Worte weg. »Siehst du mich als Zimmermädchen oder Kellnerin?«

»Wenn du deine Uniform mit nach Hause nehmen darfst.«

Ihr war nicht zum Scherzen zumute. Sicher, sie hatte gewusst, dass die Wirtschaftskrise sich auch in Cornwall auswirkte, dass es wenige Jobs außerhalb der Tourismusindustrie gab, aber – verdammt noch eins – sie hatte ein Superexamen und verfügte über beinahe fünf Jahre Berufserfahrung bei einer renommierten Bank. Unfassbar, dass sie selbst für deutlich geringer qualifizierte Stellen eine Absage nach der nächsten erhielt. Was, wenn sie nie wieder einen Job bekäme?

Das Cottage war mietfrei, aber Strom, Wasser und Abwasser musste sie zahlen, ganz zu schweigen von den Reparaturen, die ein altes Haus mit sich brachte. Von Monat zu Monat schmolz ihre ohnehin nicht besonders große Reserve.

»Sieh es als Übergangslösung.« Daveths Worte holten Alys aus ihren Gedanken. Was meinte er denn damit? »Such dir irgendeinen Job. Wenn wir heiraten, musst du sowieso nicht mehr arbeiten.«

Sie musste sich verhört haben! In welchem Jahrhundert lebte er denn? Außerdem: Wer hatte von heiraten gesprochen? Alys kam sich vor wie im falschen Leben. Aber sie wollte nichts sagen, was ihr später leidtun würde. Daher wählte sie den leichtesten Weg.

»Ich gehe duschen.«

Daveth machte nicht einmal Anstalten, sie zu begleiten. Das hatte Craig selbst noch getan, als sie bereits zwei Jahre liiert waren. Irgendetwas lief hier grundlegend falsch. Eben sprach

Daveth von Liebe und dann zeigte er nicht einmal ein minimales Interesse an Sex unter der Dusche …

Während das Wasser auf sie herabprasselte, was Alys wieder darin erinnerte, warum sie lieber badete, grübelte sie über Daveth und dessen ambivalentes Verhalten nach. Lag es an ihr? Sandte sie irgendwelche seltsamen Signale aus, die er falsch verstehen musste? Warum beschäftigte sie sich mit diesen Fragen? Der einzig relevanten Frage war sie bisher aus dem Weg gegangen: Was wollte *sie* von Daveth? Welche Gefühle hegte sie ihm gegenüber?

Seine Ankündigung, dass er sie heiraten wollte, hatte Alys nicht in einen Freudentaumel gestürzt, sondern – wenn überhaupt – in Panik versetzt. Ja, Daveth sah gut aus, er verdiente gutes Geld und hatte eine glänzende Zukunft bei Pendarves & Lawry vor sich. Er war jemand, mit dem man ein Leben und eine Zukunft aufbauen konnte …

»Man« ja, aber sie? Alys rang nach Luft. Wem wollte sie etwas vormachen? So einen Mann wie Daveth hatte sie sich immer gewünscht. Von so einem wie ihm hatte sie geträumt, seitdem Craig sie hatte sitzenlassen. Aber irgendwie reichte das nicht. Alys vermisste das Prickeln, das Herzflattern, die Schmetterlinge im Bauch – all das hatte sie mit Craig erlebt, und mit Daveth eben nicht.

»Und sieh dir an, wohin Craig dich gebracht hat«, stieß sie mit einem Schnauben aus und drehte das kalte Wasser auf. »Zeit, erwachsen zu werden, meine Liebe, und die Cinderella-Prinzessinnen-Träume zu überwinden.«

Nein! Sie hing keinen Märchenvorstellungen nach, sondern wünschte sich einen Partner an ihrer Seite, jemanden, dem sie wichtig war, der mit ihr leben wollte, was auch Helyer und das Cottage einschloss. *Lieber allein als zu zweit einsam*, überlegte sie sich. *Eine letzte Chance gebe ich ihm noch.*

»Magst du mit zu mir kommen?« Alys versuchte die Frage, belanglos klingen zu lassen, aber sie wartete gespannt auf seine Antwort. »Ich wäre gern mit dir bei *mir* Zuhause.«

Daveths elegant und perfekt eingerichtete Wohnung kam ihr leblos vor, wie der Ausstellungsraum eines teuren Möbelhauses. Sie fühlte sich einfach nicht so wohl wie in der gemütlichen Enge ihres kleinen Cottages.

Wie so oft in den vergangenen Wochen wunderte sie sich, was Daveth an ihr fand. Schließlich teilten sie kaum gemeinsame Interessen und ihre Lebensvorstellungen waren mindestens so unterschiedlich wie ihre Wohnungen.

»Damit dein Kater wieder etwas zerstört?« Daveth schaute von seinem Tablet auf. Er war ganz ins Lesen der Tageszeitung versunken. »Mir gefällt es hier gut. Dir etwa nicht?«

»Ich muss mich um den Kater kümmern.« Sie stand auf. »Wenn du den Sonntag lieber allein verbringen möchtest, bitte …«

»Was soll das denn?« Irritiert schaute er auf. Ärger verdüsterte sein Gesicht und ließ ihn weniger attraktiv wirken. »Jetzt mach nicht so ein Drama aus allem.«

Alys verschlug es den Atem. Was stimmte nicht mit ihm, dass er sie dermaßen anfuhr? Sie hätte freundlicher sein können, aber so benahm man sich nicht gegenüber seiner Freundin, Ehefrau in spe oder was auch immer. Möglicherweise meinte er, dass er sie sicher hatte. Da würde er sich gleich wundern.

»Vielleicht ist es besser, wenn wir uns eine Weile nicht sehen …« Alys blieb stehen. Ein Teil von ihr hoffte, dass er sie aufhalten würde, ein Teil hoffte, dass er sie gehen ließe und einem weiteren Teil war es nur wichtig, den dicken Kater zu füttern. »… wenn du kein Drama magst.«

Daveth stand auf und kam auf sie zu. Sie trat zurück. Seine grauen Augen wirkten düster wie der Himmel nach einem Gewitter. Er streckte die Hand aus, aber Alys wich ihm aus.

»Siehst du, genau das meine ich.« Daveth verzog den Mund

zu einem Flunsch wie ein kleiner Junge. »Gib mir eine Chance, ja? Wenn du nachdenkst, passen wir doch super zusammen.«

Das reichte. So etwas musste sie sich nicht gefallen lassen. Ja, er war ein Mann, nach dem sich viele Frauen alle zehn manikürten Fingerchen ablecken würden, aber das Zusammenleben mit ihm hatte echte Schattenseiten.

»Nein. Mir ist nur einiges klargeworden.« Alys wunderte sich, wie ruhig ihre Stimme klang. Ein Zeichen, dass sie richtig sauer war. »Wir brauchen wohl beide eine Auszeit. Tut mir leid.«

Er schaute sie vollkommen perplex an. Sein Gesichtsausdruck erinnerte sie an Helyer, wenn dessen Futternapf leer war: überrascht und zutiefst entsetzt. »Alys, wir können doch darüber reden.«

»Ich will jetzt nicht mehr reden. Sorry. Ich melde mich irgendwann …«

Bevor sie es sich anders überlegen konnte, schlüpfte sie aus der Tür heraus und sprintete die Treppe hinab. Nur schnell weg, bevor Daveth ihr nachkäme.

KAPITEL 24

Alys wälzte sich von einer Seite zur anderen und konnte nicht wieder einschlafen. Helyer hatte Schreie ausgestoßen, bis sie aufgestanden war und ihm den Wasserhahn der Badewanne öffnete, damit er trinken konnte. Normalerweise nutzte der Kater eine der vier Wasserschalen, die Alys im Haus verteilt hatte, doch in letzter Zeit hatte er sich angewöhnt, nachts seinen Schluck aus dem Wasserhahn zu wollen. Kurz, nachdem sie eingeschlummert war. So als wüsste er, dass sie danach schlecht wieder in den Schlaf fand.

Wie heute. Immer wieder gingen ihr dieselben Fragen durch den Kopf: Habe ich einen Riesenfehler gemacht? Werde ich bis zu meinem Lebensende allein bleiben? Hat Daveth recht und ich tendiere zum Drama?

Ruhelos drehte sie sich von einer Seite zur anderen und stand schließlich auf. Vielleicht würde es helfen, wenn sie ein Buch las. Zweifelnd betrachtete sie die Reihen in ihrem Regal ungelesener Bücher. Obwohl sie jedes einzelne davon in der festen Absicht gekauft hatte, es bald zu lesen, konnte heute keines ihr Interesse wecken. Ein Lächeln glitt über ihr Gesicht, als ihr einfiel, was ihr guttäte. Ja, das war das Richtige für den heutigen Abend.

Barfuß, gefolgt von dem dicken Kater, der sicherlich hoffte, dass sie in die Küche ging, wechselte sie das Zimmer.

Vor Grandmas Bücherregal blieb sie stehen. Dort waren sie aufgereiht, die gesammelten Bände von *Mission für M.I.S.T.R.* mit ihrem unverkennbaren Buchrücken: blutrote Schrift auf tiefschwarzem Grund. Von *Aufruhr in Angola* bis *Zoff in Simbabwe* hatte Grandma jeden Roman der Spionageserie um Jezebel Bligh. Schon als Teenager hatte sich Alys gefragt, ob der Autor mit dem schönen Namen T. S. Wild (T. S. stand für Tiberius Scott) die Serie von Beginn an auf 26 Romane ausgelegt hatte oder ob es Zufall war, dass *Mission für M.I.S.T.R.* mit dem sechsundzwanzigsten Band endete. Sie würde es nie erfahren, da T. S. Wild niemals Interviews gegeben hatte, es existierte nicht einmal ein Foto von ihm.

Während ihre Freundinnen Harry Potter oder Liebesromane gelesen hatten, verschlang Alys Jezebel Blighs Abenteuer und die Comicserie *Wonder Woman*.

»Es ist wichtig, Bücher mit starken Heldinnen zu lesen«, hatte Grandma immer gesagt. »Davon gibt es viel zu wenige.«

Ein Lehrer, der die fünfzehnjährige Alys dabei erwischt hatte, wie sie in der Pause *Mission für M.I.S.T.R.* las, hatte den Roman als Schund deklariert und ihr weggenommen. Alys hatte nie erfahren, was Grandma zu dem Mann gesagt hatte, aber am nächsten Morgen hatte er sich vor der ganzen Klasse bei ihr entschuldigt und ihr das Buch zurückgegeben.

Wohin sollte sie ihre Reise mit dem *Mobilen Internationalen Spionage Terror Rettungs-Team* führen? Alys glitt mit dem Finger an den Buchrücken entlang, zögerte kurz bei *Flammen auf Feuerland,* aber entschied sich dagegen. Nachdem sie das Regal abgeschritten war, kehrte sie zurück zu ihrem Liebling: *Brände in Borneo,* das die Herkunft Jezebel Blighs entschlüsselte, jedenfalls ein wenig.

»Danke, Grandma«, flüsterte sie. »Danke für die Reise in exotische Länder und einfach alles.«

Die Buchtitel verschwammen vor ihren Augen, als diese sich mit Tränen füllten. So sehr wünschte sie sich, dass ihre Großmutter noch lebte. Warum nur hatte sie vor zehn Jahren unbedingt nach London gehen müssen? All die Zeit, die sie mit ihrer Grandma hätte verbringen können. Mit den Händen wischte Alys sich die Tränen vom Gesicht.

»Mörf.« Mit Schwung warf sich der dicke Kater an ihre Beine. Nicht um sie zu trösten, sondern weil er auf sich aufmerksam machen wollte, da war Alys sich sicher. »Miörg!«

Sie gab ihm eine seiner geliebten Leckerlistangen und verzog sich mit Jezebel Blighs Abenteuern ins Bett.

Geduckt schlich die schlanke, durchtrainierte Gestalt durch das hohe Gras. Jezebel richtete sich auf. Ihre ungewöhnlich meergrünen Augen durchdrangen den Dschungel, ihre Ohren lauschten auf das kleinste Geräusch, so wie es ihr der Eingeborenenstamm auf Borneo beigebracht hatte.

Irgendwo in den unendlichen Weiten des undurchdringlichen Regenwalds wartete Helyer auf sie, den Jezebels Erzfeind Otto Blomberg entführt hatte und mit dem Tod bedrohte. Niemals würde sie zulassen, dass ihrem treuen, wenn auch griesgrämigen Gefährten ihretwegen etwas Entsetzliches geschah. Helyer konnte auf sie zählen, so wie sie auf ihn zählen konnte.

Nachdem Jezebel absolut sicher war, dass keiner ihrer Feinde sie entdeckt hatte, erklomm sie den steilen Berghang. Vor ihr glitt eine schwarz-grün-gefärbte Schlange einen Baumstamm hoch. Jeder andere Mensch wäre zusammengezuckt, doch Jezebel hatte sofort erkannt, dass es sich um eine für Menschen ungefährliche Schmuckbaumnatter handelte.

Der Schrei eines Orang-Utan durchbrach die Stille des Nachmittags. Ein Gibbon antwortete ihm. Jezebel erstarrte. So aufgeregt verhielten sich die Affen nur, wenn jemand in ihre Reviere eindrang. Sie schloss die Augen, um sich ganz auf das Lauschen zu konzentrieren.

Was war nur mit ihr los? Selbst Jezebel konnte Alys heute nicht fesseln. Immer wieder wanderten ihre Gedanken. Jetzt gerade beschäftigte sie die Frage, wie Bree, Chesten und sie befreundet sein konnten, wo sie so unterschiedlich waren. Selbst ihr Buchgeschmack wies kaum Gemeinsamkeiten auf, obwohl Alys versucht hatte, ihre Freundinnen für Jezebel und *M.I.S.T.R.* zu gewinnen.

Alys hatte jedes Buch, das sie in die Finger bekam, förmlich inhaliert. Nein, nicht nur Bücher, sondern alles, was gedruckt war: Zeitungen, Zeitschriften, Comics, Bücher, selbst die Werbeblättchen des Supermarktes hatte sie gelesen.

Bree hingegen beschränkte ihr Leseinteresse auf Jane Austen, Regency Romane und Backbücher, womit sie ihre Freundinnen immer aufzogen. Kochbücher interessierten Bree kein bisschen, aber sobald ein Kuchen, eine Torte oder Kekse auf dem Cover zu sehen waren, musste sie es besitzen.

Bei Chesten mit ihrer Tierverrücktheit hätte man erwarten können, dass sie Mädchen-und-Pferdebücher gelesen hätte oder wenigstens das Dschungelbuch. Stattdessen versank Chesten in den Liebesromanen von *Mills & Boon*.

Alys lächelte, als sie daran dachte, dass sie morgen mit Chesten verabredet war. Ein Tag mit ihrer Freundin würde ihr guttun.

»Braucht ihr in der Praxis vielleicht jemanden am Empfang?« Alys beugte sich über das Gatter und klopfte dem braunen Pony auf den Hals. Das schnaubte und schüttelte den Kopf. »Ich weiß nicht mehr weiter.«

Selbst gegenüber Chesten fiel es Alys schwer, diese Niederlage einzugestehen und um Hilfe zu bitten, obwohl diese das nie ausnutzen würde. Möglicherweise, weil Grandma so eine starke

Frau gewesen war, konnte Alys es kaum ertragen, eine Schwäche zuzugeben.

Wer hatte das gesagt: Geliebt wirst du dort, wo du dich schwach zeigen kannst, ohne Stärke zu provozieren. Ein Deutscher namens Adorno, oder? Wenn man diese Definition von Liebe zugrunde legte, dann war sie ohne Daveth deutlich besser dran, nicht wahr?

»Magst du mit mir ausreiten?« Chesten, die gerade die Hufe des braunen Dartmoor-Ponys auskratzte, schaute auf. Obwohl Stroh in ihren rotblonden Haaren hing und sie einen dunklen Streifen – hoffentlich keinen Pferdemist – auf der Wange hatte, sah ihre Freundin zum Anbeißen aus. Unglaublich, dass sie keinen besseren Mann fand als den ehebrecherischen Tierarzt! »Mir hilft das immer, den Kopf frei zu bekommen.«

»Du weißt, dass ich Jahre nicht mehr auf einem Pferd gesessen habe.« Skeptisch musterte Alys das stabile Pony, das ihren Blick kühl erwiderte. Irgendwie war ihr früher nie aufgefallen, wie breit die Hufe eines Pferdes waren. Ganz zu schweigen von dessen langen Zähnen. »Was ist, falls ich herunterfalle und mir etwas breche?«

»Dann brauchst du dir eine Weile keine Gedanken mehr über die Jobsuche zu machen.«

Meinte ihre Freundin das ernst oder sollte es ein schlechter Witz sein? Manchmal war sich Alys bei Chesten nicht sicher, was einen Großteil des Charmes ihrer Freundin ausmachte.

»Ach, warum nicht!«, fasste sie einen Entschluss. Die neue Alys wollte nicht mehr grübeln und zögern, sondern etwas wagen. »Aber ich hätte lieber das Ruhigere von beiden.«

»Colin hier ist ein lieber Kerl, vielleicht ein bisschen jung für dich.« Chesten schaute vom Pony zu Alys und zurück zum Pony. Der Blick des Ponys folgte ihrem. Alys fühlte sich, als ob beide über ihre Qualitäten urteilten. »Firth passt besser zu dir. Holst du ihn von der Weide?«

Alys griff sich ein Halfter und eine Möhre und ging nach

hinten, wo das zweite Pony und drei Esel friedlich grasten. Firth – nur Chesten konnte ein armes Pferd so nennen – hob den Kopf, als sie seinen Namen rief. Brav ließ er sich das Halfter umlegen, sodass Alys' Bedenken schwanden.

Sie stellte Firth neben Colin und begann, das braun gescheckte Pony zu putzen. Obwohl sie lange nicht mehr geritten war, erinnerte sich Alys an die Bewegungen. Firth stampfte einmal mit dem Huf auf, aber blieb sonst ruhig.

»Wird dir das nicht manchmal alles zu viel? Mit all den Tieren und deinem Job?« Das hatte sie Chesten immer schon fragen wollen. »Wie schaffst du das nur?«

Ihre Freundin ließ Colins Huf sinken und sah Alys an.

»Für mich sind die Tiere alles. Sie urteilen nicht, sie lassen sich nichts vormachen.« Chestens Stimme wurde leiser. »Auf sie kann ich mich verlassen. Und auf Bree und dich. Immer schon. Wie geht es dir ohne Daveth?«

»Mies. Besser.« Alys zuckte mit den Schultern, was Firth zu einem irritierten Schnauben veranlasste. Sie klopfte den Hals des Ponys. »Es wechselt, aber ich bin mir sicher, es war die richtige Entscheidung. Wir haben uns sowieso selten gesehen.«

»Hat er … Ist er …?« Chesten bemühte sich, ihre Frage in freundliche Worte zu packen. »Na ja, du weißt schon. Gibt es eine andere?«

»Nein.« Alys überlegte einen Moment. Nein, sicher nicht. Warum auch? Wenn Daveth sie nicht mehr wollte, hätte er sich jederzeit von ihr trennen können. »Er war einfach ehrgeizig. So wie ich in London. Nun konnte ich erleben, wie sich das anfühlt.«

Chesten gegenüber konnte sie sich ihre Gefühlsunsicherheit einzugestehen. Wohl, weil ihre Freundin ebenso auf der Suche war wie Alys selbst. Bei Bree, so sehr Alys sie liebte, fiel es ihr immer schwer, Schwächen einzugestehen. Vielleicht, weil Bree so perfekt wirkte, so in sich ruhend und gelassen. Schon als Teenager wusste Bree genau, was sie wollte und bekam das auch. Alys hatte sich oft gefragt, warum so ein beliebtes Mädchen sich für die Freundschaft mit ihr entschieden hatte, anstatt sich der Clique der Schönen und Coolen anzuschließen.

»Was macht Helyer?«, fragte Chesten. »Hat er dich noch einmal gebissen?«

»Zum Glück nicht. Noch eine Blutvergiftung brauche ich nicht.« Mit Grauen dachte Alys daran zurück, wie lange sie Antibiotika nehmen musste.

Gemeinsam sattelten sie die Ponys, die mit den Hufen aufstampften, als freuten sie sich auf den Ausritt. So wie Alys nun auch. Sie überließ Chesten und Colin die Führung und vertraute darauf, dass Firth seinem Weidegenossen folgen würde. Nach einer kurzen Strecke an der Straße entlang bog Chesten in einen Waldweg ein. Hohe Bäume, die sich einander zuneigten, überschatteten den Weg. Die Sonne, die durch das Laub drang, malte romantische Lichtreflexe auf den Weg. Das Moos dämpfte den Klang des Hufschlags. Von den Bäumen stieg ein sanfter Geruch, den Alys nicht identifizieren konnte, der jedoch angenehm war. Was für ein unglaubliches Grün ihre Heimat zeigte – ja, Cornwall war ein schönes Fleckchen Erde. Inzwischen verstand sie nicht mehr, warum sie St. Bart unbedingt hatte verlassen wollen.

Alys beugte sich nach vorn, als Firth einen Hang hinabkletterte. Chesten drehte sich zu ihr um, legte den Zeigefinger an die Lippen und deutete mit der anderen Hand nach vorne. Dort standen zwei Rehe, die sie aufmerksam anschauten, aber nicht davonliefen. So nahe war sie Waldtieren noch nie gekommen. Alys nickte Chesten zu.

Ihr Herz war weniger schwer als zu Beginn ihres Ausritts. Sie wünschte sich, dass der Nachmittag nicht endete.

»Wollen wir hinterher zusammen kochen?« Einsamkeit drohte wie eine Woge über Alys zusammenzuschlagen. Der Nachmittag war so schön, dass sie den Abend nicht allein verbringen wollte. »Oder hast du etwas vor?«

»Eigentlich schon.« Chesten lächelte, was den bitteren Zug

um ihren Mund nur wenig abmilderte. Das war neu, dachte Alys. Sonst konnte ihre Freundin immer über alles hinwegkommen. »Aber es tut ihm und vor allem mir gut, wenn einmal *ich* unsere Verabredung kurzfristig absage.«

Nachdem sie abgesessen waren, grinste Chesten Alys an. »Ich habe eine Idee. Wegen unserer Kuddelmuddel-Leben brauchen wir professionelle Hilfe. Allein kommen wir da nicht raus.«

»Einen Psychiater?«

»Nein, wo denkst du hin.« Chesten schüttelte den Kopf. »Wir sind hier in Cornwall und nicht in Amerika. Hier gehen wir zu Selena Menhenick.«

KAPITEL 25

Warum nur hatte sie sich darauf eingelassen? Während Alys auf Chesten wartete, die natürlich nicht pünktlich war, suchte sie nach einer guten Ausrede, das Treffen abzusagen. Sie hielt sich für viel zu bodenständig, um an Magie und Zauberei und Weissagungen zu glauben. Ihre Großmutter hingegen hatte sich sehr für die mystische Seite Cornwalls begeistert, für die rätselhaften Steinkreise und gigantischen Monolithen, für die geheimnisvollen Geschichten um König Artus und das magische Tintagel.

Alys stand zu sehr mit den Füßen auf dem Boden, als dass die alten Mythen mehr für sie gewesen wären als das – Märchen und Geschichten. Und sie hatte Chesten ebenfalls so eingeschätzt. Wenn, dann war Bree jemand, die sich Tarotkarten legen ließ oder Runensteine schüttelte.

Das konnte nur eins bedeuten: Chesten war unglaublich unglücklich mit ihrer Affäre und suchte überall Trost und Hilfe. Wenn dem so war – und eine andere Erklärung konnte Alys nicht finden – dann musste sie als Freundin Chesten eben zur Dorfhexe begleiten. Alys musste dort ja keine Fragen stellen oder sich die Zukunft aus einer Kristallkugel lesen lassen.

Hoffentlich gelang es ihr, ernst zu bleiben, wenn sie mit ihr sprach. Alys stellte sich die Frau als eine Mischung aus den Hexen der Disney-Filme vor, mit einer Prise Harry Potter und Terry Pratchett. Auf jeden Fall musste sie bunte Gewänder, Tücher und einen großen, spitzen Hut tragen, sonst wäre Alys sehr enttäuscht. Sie hätte sich ein Bild der Frau machen können, wenn sie auf deren Internetseite geschaut hätte, aber ausnahmsweise zog Alys es vor, sich überraschen zu lassen.

Außerdem hatte sie es irritierend gefunden, dass eine selbsternannte Dorfhexe eine Internetseite besaß. In Alys' Vorstellungswelt passte das überhaupt nicht zusammen: Hexen gehörten ins Mittelalter oder in eine archaische Welt, aber nicht ins World Wide Web.

Okay, sie gewährte Chesten noch zehn Minuten, dann würde sie das Vorhaben aufgeben und sich wieder dem ebenfalls unerfreulichen Thema ihrer Bewerbungen widmen. Immerhin hatte sie drei Stellenanzeigen gefunden, auf die sie sich – zähneknirschend – bewerben konnte. Die Alternative war, zurück nach London zu gehen, um sich dort einen Job zu suchen. Die Vorstellung, einsam und allein in der Millionenstadt zu leben, machte ihr Angst. Sicher, sie kannte dort einige ehemalige Kolleginnen, aber ohne die gemeinsame Arbeit war es allen schwergefallen, bei ihren sporadischen Treffen ein tragfähiges Gesprächsthema zu finden.

»Mörf«, erklang es auf Höhe ihrer Knie. Der Kater dachte sicher, dass sie ihre Zeit mit etwas Sinnvollem verbringen sollte. Ihn zu füttern, zum Beispiel. An manchen Tagen hatte Alys den Eindruck, dass Helyer sie mochte und gerne mit ihr lebte. An den meisten Tagen jedoch fragte sie sich, warum sie so an dem verfluchten Kerl hing, der in ihr nur seine Fütterungsstation und Putzhilfe zu sehen schien.

»Nein, es gibt nichts zu essen.« Sie schaute ihn prüfend an. »Vielleicht kann mir die Hexe einen Zauber geben, der dich in ein süßes Schmusekätzchen verwandelt.«

Helyer musterte sie aus unergründlichen Augen, als würde er sich ihre Worte merken, bis der Zeitpunkt der Rache angebrochen war. Dann drehte er sich um und ging in Richtung Küche, ohne sie weiter zu beachten.

Gerade, als Alys ihre Jacke ausziehen wollte, ertönte von draußen ein Hupen. Wie schaffte Chesten es nur jedes Mal, unpünktlich zu sein, ohne Alys' Toleranzbereich zu überschreiten? Jedem anderen Menschen hätte sie es übelgenommen, aber zu ihrer Freundin gehörte es einfach dazu. Ab und zu hatte Alys versucht, ebenfalls später zu einer Verabredung zu gehen, was ihr furchtbar widerstrebt hatte, aber Chesten war selbst dann eine Viertelstunde später gekommen, als wüsste sie, wann Alys aufgebrochen war.

»Entschuldige.« Chesten war aus dem Auto ausgestiegen und umarmte Alys. »Hugh und Grant waren verschwunden und ich wollte sie nicht draußen lassen, wenn ich unterwegs bin.«

Alys seufzte und erwiderte die Umarmung.

»Wir sollten uns beeilen. Schließlich haben wir einen Termin, oder?« Sie stieg ins Auto und gurtete sich an. »Wir wollen eine Hexe doch nicht warten lassen. Sonst verflucht sie uns noch.«

»Meinst du, dass Selena Menhenick Wert auf Pünktlichkeit legt?« Chesten zog die Nase kraus, während sie das Auto startete. »Ich dachte, Hexen müssten über so simplen Dingen stehen.«

Alys verdrehte die Augen: Chesten war der einzige Mensch, der Pünktlichkeit für unwichtig hielt. Jedenfalls im Privaten. Soweit Alys es wusste, kam ihre Freundin nie zu spät in die Tierarztpraxis, in der sie arbeitete. Was höchstwahrscheinlich daran lag, dass sie ihren Chef nicht verärgern wollte. Alys hatte es schon vor Langem aufgegeben, sich über Chestens und Brees Verständnis von Zeit zu ärgern. Wenn man eine echte Freundin war, musste man die anderen so nehmen, wie sie waren und nicht verändern wollen.

Chesten schaute sie prüfend von der Seite an, aber sagte kein Wort, was Alys sehr zu schätzen wusste. Zu viel ging ihr im Kopf herum, als dass sie über das Wetter oder andere Nichtigkeiten reden wollte. Obwohl der strahlend schöne Septembertag es verdient hätte, dass man über ihn sprach.

»Was willst du von der Hexe wissen?«, brach Alys schließlich das behagliche Schweigen, das sie eher verband als trennte. »Glaubst du daran, dass sie uns die Zukunft weissagen kann?«

»Was haben wir zu verlieren?« Da war sie wieder – die pragmatische Chesten. »Mein Liebesleben ist eine Katastrophe, du weißt nicht, ob du zu Daveth zurückgehen sollst. Wir müssen uns ja nicht an ihre Ratschläge halten.«

»Wieso kommst du auf die Idee, dass ich Daveth wiederhaben will?« Alys stellte die Frage leichthin, aber sie war sehr gespannt auf Chestens Antwort. »Du hast mir nie gesagt, was du von ihm hältst. Bree mag ihn nicht.«

Chesten lachte.

»Bree ist wie eine Mutter – für sie ist niemals jemand gut genug für uns.«

Alys musste lächeln, aber sie erkannte die Wahrheit in Chestens Gedanken. Bree hatte sich entschieden, nur oberflächliche Beziehungen zu führen, vielleicht auch, weil sie sich vor der Liebe fürchtete. Weil sie Angst hatte, verletzt zu werden. Und daher betrachtete sie jeden Mann, den ihre Freundinnen mitbrachten, mit extrem kritischem Blick.

»Ich glaube nicht, dass Daveth der Richtige für dich ist, auch wenn du das glaubst.« Chesten fuhr den Wagen an den Straßenrand und parkte ein. »Wir sind da.«

»Moment mal«, sagte Alys. »Du kannst mir doch nicht so etwas vor den Latz knallen und dann nichts mehr sagen.«

»Wir kommen zu spät.« Chesten öffnete die Autotür. »Ich sag's dir hinterher. Aber vielleicht muss ich das gar nicht mehr. Wenn die Hexe gut ist, kann sie dir das auch mitteilen.«

Vollkommen perplex stieg Alys aus dem Auto. Ihre Gedanken überschlugen sich. Sie wollte unbedingt wissen, was Chesten gemeint hatte; so wie sie nun unbedingt nicht mit der Hexe sprechen wollte.

»Lass gut sein.« Alys kam sich albern vor, den Rat einer Fremden zu suchen, die von sich behauptete, die Zukunft sehen zu können. »Wie konnte ich mich nur von dir dazu überreden lassen?«

Was hätte Grandma gedacht, wenn sie ihre Enkelin hier sehen würde? Vor dem Haus der Dorfhexe, das enttäuschend normal aussah. Alys hatte ein hutzeliges Knusperhäuschen erwartete, umgeben von einem verwilderten Garten mit mannshohen Sträuchern und Büschen, sodass man sich seinen Weg erst bahnen musste. Stattdessen lebte Selena Menhenick in einem schlichten Cottage aus braunen Steinen, so wie es sie hier zu Dutzenden gab. Der Garten wirkte ordentlich und gepflegt, als würde jemand dort viel Zeit verbringen. Die Rosen über der Eingangstür waren beschnitten, die Hortensien gepflegt und in voller Blüte. *Wenn sie als Hexe nicht taugt, kann ich sie vielleicht für meinen Garten anstellen,* überlegte Alys.

»Ach komm.« Chesten zog Alys am Arm hinter sich her. Sie lächelte, als könnte sie es nicht erwarten, sich ihre Zukunft aus Teeblättern lesen zu lassen. »Wir sind extra hierhergefahren. Außerdem musst du der Hexe ja nicht glauben, was sie dir sagt.«

»Ich bevorzuge den Begriff ›weise Frau‹.«

Alys schrie auf, als die Stimme hinter ihr erklang. War die Frau wirklich eine Hexe und hatte sich hergezaubert? »Ich war im Gartenhäuschen und habe Sie hier stehen sehen, als wüssten Sie nicht, ob Sie fliehen oder hereinkommen sollten.«

Schnell wandte Alys sich um und erwartete, dass die Frau einen Besen ritt oder zehn Zentimeter über dem Boden schwebte oder wenigstens exotisch aussähe.

Zu ihrer Enttäuschung wirkte Selena Menhenick überraschend normal. Die Frau war etwas größer als sie und eher kräftig gebaut. Die leuchtendroten Haare trug sie kurzgeschnitten und nicht in einer verwilderten Mähne. Selena Menhenick war auch nicht in einen bunten Kaftan gekleidet, wie Alys erwartet hatte, sondern trug blaue Hosen, einen dunkelgrünen Baumwollpullover und vernünftige Schuhe. Selbst die buntgemusterte Strickjacke mit Fransen sah wenig hexenhaft aus.

Wenn Alys ihr auf der Straße begegnet wäre, hätte sie sie für eine normale Frau gehalten, die sich um ihre Familie kümmerte oder sich beruflich engagierte. Am auffallendsten an ihr waren die unglaublich vielen Sommersprossen. Nur die blauen Augen, die Alys und Chesten aufmerksam musterten, ließen ahnen, dass in Selena Menhenick mehr steckte, als man auf den ersten Blick vermutete.

»Ich wollte Sie nicht erschrecken«, fuhr die Dorfhexe fort. Das Blitzen in ihren Augen verriet die Wahrheit: Es hatte ihr einen Heidenspaß bereitet, sich an Alys und Chesten heranzuschleichen. »Aber ich war neugierig, wer da so lange vor meinem Haus diskutiert.«

»Wir haben einen Termin. Ich bin Chesten Gwynn.« Unerschrocken streckte Chesten der Hexe ihre Hand entgegen. »Und meine Freundin, die Sie anglotzt und kein Wort herausbringt, heißt Alys Nankivell.«

»Hallo. Bitte kommt herein.« Selena Menhenick lächelte sie an. »Wollen wir uns duzen? Das wirkt freundlicher.«

Obwohl die Frau eine sanfte Stimme hatte, konnte Alys sich nicht gegen einen Schauder wehren, der sie überkam. Ihr fielen alle Märchen ein, die ihr Grandma vorgelesen hatte. Dort war es nie gut ausgegangen, wenn das neugierige Mädchen ins Haus der Hexe eingetreten war.

»Ja. Meinetwegen. Hallo.« Ein bisschen peinlich war es Alys schon, dass sie sich hatte ins Bockshorn jagen lassen. »Sie haben mich … äh … du hast mich überrascht.«

Bevor sie sich weiter blamierte, hielt sie lieber den Mund und folgte der Hexe in deren Haus, das schlicht eingerichtet war.

Obwohl, langsam musste Alys sich eingestehen, dass ihre Überraschung auf den Vorurteilen gründete, mit denen sie der Hexe entgegengetreten war. Was der Tag noch bringen mochte?

KAPITEL 26

Obwohl sich Alys vorgenommen hatte, ihre Vorurteile zu überdenken, fühlte sie sich wieder enttäuscht, dass die Séance oder wie immer das heißen mochte, in der sonnendurchfluteten Küche stattfinden sollte. Der Raum mit seinen hellen Holzmöbeln und bunten Bildern an den Wänden erinnerte so gar nicht an das düstere, mit mystischen Symbolen überladene Zimmer, dass Alys erwartet hatte.

»Ich koche uns erst einmal Tee. Nehmt Platz.«

Umsichtig bewegte sich die Hexe, pardon: die weise Frau, in der kleinen Küche, was Alys Zeit gab, sich neugierig umzuschauen. Nirgendwo konnte sie etwas entdecken, was nur annähernd magisch aussah. Waren Chesten und sie auf eine Jahrmarktbetrügerin hereingefallen?

»Heißt du wirklich Selena Menhenick?«, platzte Alys mit der Frage heraus, die sie schon die ganze Zeit umtrieb. »Oder darf ich das nicht fragen?«

»Klar darfst du das fragen.« Selena grinste. »Geboren bin ich als Kerstin Cornils, aber das klingt einfach nicht dramatisch genug für eine weise Frau, oder?«

»Wie sollen wir dich nennen?«, schob Alys gleich die nächste Frage nach. »Kerstin oder Selena?«

»Was euch besser gefällt. Weshalb seid ihr hier?«, fragte Kerstin-Selena, nachdem sie drei Tassen auf den Tisch gestellt und ihnen Tee eingegossen hatte. »Wollt ihr einen Zauber kaufen oder einen Blick in eure Zukunft werfen?«

»Ich bin eigentlich nur als Begleitung hier«, antwortete Chesten fröhlich. »Alys braucht Hilfe.«

Unauffällig trat Alys ihrer Freundin unter dem Tisch ans Bein, was ihr ein Lächeln als Antwort einbrachte. Hatte Chesten nicht behauptet, dass sie ebenfalls Rat in Liebesdingen benötigte?

»Du glaubst, es geht um die Entscheidung zwischen zwei Männern, nicht wahr?« Die weise Frau blinzelte Alys zu. »Aber in Wahrheit geht es um dich, um deine Träume, um dein Glück.«

Einen Moment lang geriet Alys in Panik. Woher konnte Kerstin-Selena das wissen? Dann jedoch gewann ihr Sinn für Logik die Überhand. Die Dorfhexe hatte sicher gesehen, dass Alys keinen Ring trug … und was gab es sonst für Gründe, warum junge, unverheiratete Frauen eine Hexe aufsuchten?

»Nicht ganz«, antwortete sie daher, beruhigter und entspannter als vorher. »Ich habe mich von meinem Freund getrennt. Wegen eines dummen Streits. Nun zweifele ich … Und mein … Freund hasste meinen Kater. Mein Kater hasste meinen Freund … Haben Sie dafür einen Zaubertrank? Außerdem bin ich nicht sicher, ob Helyer – mein Kater – und ich zusammen-passen.«

Sie kicherte und hoffte, durch diesen Witz die Situation und sich selbst zu entspannen. Wie auf Stichwort bewegte sich die Tür und eine Katze schlich ins Zimmer. Eine braun-schwarzgetigerte Katze, keine schwarze, wie Alys vermutet hatte. Sie sprang auf den Tisch und setzte sich vor sie hin.

»Oh, Kirby mag dich.«

»Darf ich?«, fragte Alys. Nachdem Kerstin-Selena genickt hatte, streckte Alys vorsichtig die Hand aus. Die Katze rieb ihren

Kopf daran, hüpfte dann vom Tisch und verschwand im Inneren des Hauses.

»Das klärt die Frage, ob du ein Katzenmensch bist.« Kerstin-Selena lächelte. Mit Daumen und Zeigefinger rieb sie ihr Kinn und musterte Alys. »Ich empfehle dir eine Tarot-Lesung. Allerdings musst du bereit sein, dich ehrlich deinen Gefühlen zu stellen und das zu hinterfragen, woran du glaubst.«

»Wäre das auch für mich geeignet?« Chesten schien sehr interessiert an all dem hier zu sein. »Oder empfiehlst du mir eher Handlesen?«

Kerstin-Selena schaute Chesten so durchdringend und prüfend an, dass Alys sich schüttelte. Vielleicht war doch mehr an der ganzen Sache, als sie zugeben wollte.

»Dearie, du weißt genau, was richtig ist, aber dein dummes Herz ist noch nicht bereit loszulassen.« Sanft tätschelte die weise Frau Chestens Hand. »Ich kann dir einen Zauber geben, der dir Kraft und Stärke verleiht.«

Chesten schaute die Hexe nur an. Mit leiser Stimme fragte sie: »Werde ich je frei sein? Werde ich je den Mut finden?«

Erneut schaute Kerstin-Selena sie intensiv an. Dann nickte sie: »Ja, es wird seine Zeit brauchen, aber du bist ein Mensch, der letztlich das Richtige tut.«

Die weise Frau stand auf und ging zu einer Tür, die in den Garten hinausführte. Mit einer Geste winkte sie Chesten zu sich heran.

»Ein Tarot ist etwas sehr Privates. Dir wird die Ruhe im Garten guttun.« Eine Umarmung folgte. »Unter der Cornwall-Ulme steht eine Bank. Aber sei umsichtig. Draußen stehen Bienenstöcke.«

Nachdem Chesten gegangen war, wandte sich Kerstin-Selena wieder Alys zu. Sie ging zu einer Schublade, der sie ein Kartendeck entnahm mit der Aufschrift »Tarot of the Cat People«.

»Hier, bitte, du musst die Karten mischen und dich auf die Frage konzentrieren, die dir das Tarot beantworten soll.«

»Was für schöne Bilder«, bewunderte Alys das Spiel und breitete es vor sich aus. »Was bedeutet die hier?«

Sie deutete auf eine selbstbewusst wirkende Frau, die auf einem Leoparden ritt.

»Sie heißt ›Die Stärke‹. Das kommt auf den Kontext an, in dem sie liegt.« Kerstin-Selena nahm die Karten auf, drehte sie um, mischte sie einmal und reichte sie Alys.

»Misch mit links. Das ist die Hand des Herzens.«

Versonnen mischte Alys und versuchte, die eine Frage zu finden, die ihr am wichtigsten war, die sie allein nicht beantworten konnte. Drei Karten musste sie ziehen: Vergangenheit, Gegenwart und Zukunft.

»Ungewöhnlich«, sagte Kerstin-Selena. »Drei Karten der großen Arkana.«

Alys schaute sich die Bilder an: der Hohepriester, der Mond und die Liebenden. Bedeutete das, dass sie Daveth eine neue Chance geben sollte?

»Was will mir das sagen?«, fragte sie, faszinierter, als sie für möglich gehalten hätte. »Sind das gute oder eher schlechte Karten?«

»Es sind bedeutungsvolle Bilder.« Kerstin-Selena runzelte die Stirn. »Der Hohepriester sagt, dass alte Erfahrungen und Einstellungen dich für neue Ideen blockiert haben. Verstand und Gefühl sind nicht mehr im Einklang.«

Alys nickte. Traf so etwas nicht auf nahezu jeden Menschen zu? Für sie sah der Hohepriester aus wie ein arroganter, übellauniger Mann in einem Hippiegewand.

»Und der Mond? Was bedeutet die weißhaarige Frau mit dem riesigen gefleckten Panther?« Alys betrachtete die Karte, die ihr gut gefiel mit ihren unterschiedlichen Blautönen.

»Das klingt für dich vielleicht zu oberflächlich, aber es ist Zeit zum Handeln.« Die weise Frau strich sich durch ihre roten Haare. »Prüfe wichtige Entscheidungen noch einmal.«

»Hmhm«, murmelte Alys. Das war nicht hilfreich. Vielleicht

lag die Antwort in der Zukunftskarte. Die Liebenden – das klang vielversprechend. »Aber meine Zukunft sieht glorreich aus.«

»Nicht unbedingt.« Kerstin-Selena rieb sich mit dem Zeigefinger den Nasenrücken. »So einfach sind die Erklärungen des Tarots nie.«

»Aha«, konnte Alys nur antworten. Schließlich war sie keine Expertin.

»Es geht um Entscheidungen, um lange gehegte Pläne.« Kerstin-Selena musterte Alys. »Hast du etwas aufgegeben, was dir einmal viel bedeutet hat?«

~

Die Worte der Hexe hatten Alys zum Nachdenken gebracht, mehr, als sie sich eingestehen mochte. Schweigend war sie mit Chesten zurückgefahren. Ihre Freundin hatte sie zum Abschied umarmt, bevor sie nach Hause fuhr. Nun war Alys allein und vollkommen kribbelig. Sie musste sich bewegen, um den Kopf frei zu bekommen.

Leider war kein Joggingwetter. Vor zehn Minuten hatte es draußen ausgesehen wie aus einem Werbeprospekt für Cornwall und jetzt regnete es wolkenbruchartig. Nicht, dass Alys viel Lust zum Joggen gehabt hätte. Eigentlich fand sie es vollkommen öde, alleine zu laufen und alle zehn Minuten auf die Uhr zu schauen, ob die angesetzte halbe Stunde nicht endlich vorbei war. Aber es musste sein. Ihre Lieblingsjeans spannte über dem Bauch und an den Oberschenkeln, weil Alys sich statt Sport ihrem innig geliebten Salted-Caramel-Eis gewidmet hatte. Chesten schwor auf das Eis der kornischen Molkerei Roskilly's, während Bree ein Fan von Kelly's war. Vollkommen unpatriotisch zog Alys das amerikanische Häagen-Dazs den heimischen Sorten vor.

Also kein Jogging, stattdessen eine Sport-DVD. Sie durchsuchte ihre Sammlung von Fitness-Videos, die sie im Lauf der letzten Jahre angeschafft hatte: Yoga, Pilates, Functional Training,

Bodyforming, Bodyshaping, Bodystyling und das unvermeidliche »Bauch, Beine, Po«. So richtig Lust hatte sie auf keines davon. Alys schuldete ihre körperlichen Aktivitäten allein dem Versuch, ihr Gewicht zu halten und wenigstens die furchtbaren fünf Kilo loszuwerden, die sie sich seit der Trennung von Craig angefressen hatte.

Okay, Bodyshaping, auch wenn sie die braungebrannte Blondine mit dem schlanken Körper und Sixpack schon vom Bild her nicht leiden konnte. Mit einem Seufzer der Todesverachtung nahm Alys die *Game of Thrones*-DVD aus dem Recorder. Sie rollte ihre Yoga-Matte aus, suchte das Fitnessband und die Hanteln und seufzte ein letztes Mal.

Zu ihrer Überraschung kam Helyer herein und setzte sich auf die Yogamatte, um sich dort ausgiebig zu putzen. Als Alys den Sitz ihrer Sportschuhe überprüfte, schaute der Kater sie aufmerksam an.

»Helyer«, sagte sie. »Ich brauche weder einen Zuschauer noch möchte ich Kommentare von dir zu meinen sportlichen Aktivitäten hören.«

Er ignorierte sie wieder einmal, sodass Alys sich ihren Sportübungen widmen konnte. Während die *Personal Trainerin der Stars* fröhlich auf- und ab hopste, versuchte Alys verzweifelt, Arm- und Beinbewegungen zu koordinieren. Glücklicherweise ging es jetzt in den Vierfüßlerstand. Das war weniger anstrengend als diese Hüpf- und Springaufwärmübungen.

»Ich hasse dich. Du kannst dir gar nicht vorstellen, wie sehr«, zischte sie der fröhlich sportelnden Blondine zu. Wie viel Zeit musste man aufwenden, um einen so wunderbar trainierten Körper zu bekommen? »Bestimmt hast du nichts im Kopf!«

Diese Beschimpfungen waren Teil ihrer Fitness-Routine und der Grund, warum Alys sich für DVDs und gegen Fitness-Studios entschieden hatte. Die sahen es sicher nicht gern, wenn man das Personal mit Flüchen überschüttete. Ganz zu schweigen davon, dass Alys nicht vorhatte, sich mit den anderen Frauen zu messen, die dort trainierten. Und das würde sie leider automatisch tun. Daher blieb nur das einsame Vor-dem-Fernseher-Herumhüpfen.

Gerade als Alys den linken Arm und das rechte Bein ausstreckte und um ihr Gleichgewicht rang, warf sich Helyer mit seinem soliden Kampfgewicht gegen ihren rechten Arm. Nur unter Aufbietung aller Kraft konnte Alys verhindern, auf dem Kater zusammenzubrechen. Sie stellte das Bein ab und kraulte Helyer, der um ihren Arm schmeichelte und ihr den Schwanz ins Gesicht wedelte.

»Kssch, Helyer, jetzt nicht. Glaub mir, das macht keinen Spaß.«

Zur Antwort warf sich der Kater vor ihr auf die Matte und schnurrte.

»Du willst nicht allein dick sein, hmm, mein Moppelchen.« Alys konnte sich eines Lächelns nicht erwehren, als ihr kräftiger Kater mit hochaufgerichtetem Schwanz davonging, als hätte er jedes Wort verstanden.

Immerhin konnte sie sich nun wieder auf die DVD konzentrieren. Schweißtröpfchen sammelten sich auf ihrer Stirn und im Nacken und rollten langsam Gesicht und Hals entlang. Nach der zwölften Wiederholung musste Alys japsend aufgeben, während die Fitnesstrainerin weitermachte, als wäre es die leichteste Übung der Welt.

»Ich hasse dich!«, flüsterte Alys, holte tief Atem und machte mit zusammengebissenen Zähnen weiter.

Wofür quäle ich mich eigentlich? Dem Kater ist es egal, wie ich aussehe, meine Freundinnen lieben mich, wie ich bin und dass ich in St. Bartholomew einen Mann finde ist so wahrscheinlich wie ein Gewinn bei der UK National Lottery *oder bei* Thunderball. *Warum verzehre ich mich so nach einem neuen Mann? Es ist ja nicht so, als wäre ich mit Craig glücklich gewesen. Am Anfang vielleicht, als wir verliebt waren, als er sich bemüht hat, mich zu beeindrucken oder mich glücklich zu machen …*

Auch Daveth war nicht der eine gewesen, mit dem sie alt werden wollte. Was hatte Kerstin-Selena ihr geraten: Hör auf dein Herz, nicht auf deinen Verstand. Oft ist das Herz klüger.

Die Liebenden wollten Alys sagen, dass sie auf ihre Kraft vertrauen und sich nicht in Abhängigkeiten begeben sollte, dass sie neue Projekte wagen sollte.

Das klang ein bisschen wie eine Weisheit aus einem Glückskeks, aber dennoch musste Alys immer wieder an diese Worte denken. Vor lauter Grübelei hatte Alys verpasst, dass die Trainerin vom Vierfüßlerstand in die Rückenlage gewechselt war. Also gut, weiter ging's.

KAPITEL 27

Völlig versunken stand Alys vor der Staffelei und betrachtete das Bild, das erste, das sie seit Jahren gemalt hatte. Ein Portrait von Helyer, das ihr gelungen war. Sie hatte seinen bettelnden Blick lebensecht eingefangen und fühlte Stolz in sich aufsteigen. Und Glück, weil das Malen sie immer noch so gefangen nahm, dass sie die Welt um sich herum vergaß.

Aber irgendetwas fehlte. Nein, es hatte nicht mit dem Bild zu tun; was sie vermisste, stellte sie fest, während eine Woge der Traurigkeit sie überrollte, war Grandma. Alys erinnerte sich mit Tränen in den Augen wie Grandma ihr über die Schulter geblickt und sie gelobt hatte. Sie meinte beinahe ihre Stimme zu hören: »Alys, das hätte dein Großvater nicht besser hinbekommen. Wie du die unterschiedlichen Grautöne des Fells schattiert hast …«

»Na, mein Dicker, wie findest du es?« Wo war der Kater? Eben hatte er ihr doch noch Gesellschaft geleistet. Wahrscheinlich war er in der Küche und versuchte wieder, an den Mülleimer zu gelangen.

Doch sie fand ihn im Badezimmer. Mit angeekelter Miene rutschte Helyer über die Bodenfliesen. Dann drehte er sich um, um sich seinen Hintern abzulecken. Erneut zog er sich über den Fußboden und wirkte unglaublich verzweifelt.

Was immer es war, was den Kater plagte, er musste auf jeden Fall sofort zum Tierarzt. Kaum hatte Alys den Gedanken gefasst, verschwand Helyer im Schlafzimmer, wo er sich unter dem Bett verkroch. Warum musste es jedes Mal so ein Drama sein, wenn sie ihn in die Transportkiste bugsieren wollte? Warum konnte er nicht begreifen, dass sie es gut mit ihm meinte? Schließlich litt er doch unter was-auch-immer und sollte froh darüber sein, dass sie ihm helfen wollte.

»Helyer, komm.« Sie kniete sich vor das Bett und schaute darunter. Aus großen, grünen Augen funkelte sie ihr Kater an und knurrte. »Du hast es nicht anders gewollt.«

Alys stand auf und holte den Staubsauger. Das half immer, den Kater unter dem Bett hervorzuholen, trug allerdings nicht dazu bei, dass er bessere Laune bekam. Helyer schoss unter dem Bett hervor und raste zur Tür hinaus. Alys zog sich Arbeitshandschuhe an und holte die Transportkiste. Zu ihrer Überraschung benötigte sie nur drei Anläufe, bis sie Helyer eingefangen und verstaut hatte. Und er hatte ihr nur einen Kratzer beigebracht, direkt über dem Handschuh. Nachdem sie die blutige Schramme desinfiziert hatte, machte sie sich auf den Weg zum Bus.

Als sie durch den Vorgarten ging, überfiel sie das schlechte Gewissen, weil die Büsche und Sträucher so heruntergekommen aussahen. Grandma hatte einen klassischen Cottage Garden angelegt – mit vielen hohen Stauden und Kletterpflanzen, unterschiedlichen Rosen, an denen sie mit zärtlicher Liebe gehangen hatte, und Malven, deren Blüten so luftig-leicht wirkten. Schon als Alys bei ihrer Großmutter eingezogen war, hatte diese nicht mehr als Hausdame in St. Barts einzigem Fünf-Sterne-Hotel gearbeitet, sondern ihre Zeit dem Garten und ihrer ehrenamtlichen Arbeit gewidmet. Später hatte sich Alys manchmal gefragt, woher das Geld kam, das es Grandma ermöglichte, sich ihren Hobbys zu widmen. Ihr Großvater, der verstorben war, als Alys drei Jahre alt war, war Künstler gewesen. In der Tradition der *Newlyn School* malte er das Meer – im Sonnenschein, bei Regen, in der Dämmerung. Für Grandma hatte er außerdem zarte Aquarelle gezeichnet: üppigen Rhododendron, leuchtende Heckenrosen, zartblaue Kornblumen und die feinen roten Blüten des Mohns. Etliche seiner Bilder hingen im Cottage.

»Von Edward hast du dein Talent«, pflegte Grandma zu sagen, wenn sie Alys' Bilder bewunderte. »Ich habe ihn immer beneidet, weil er mit wenigen Strichen etwas Großartiges erschaffen konnte.«

Später hatte Alys nachgeschlagen, wie bekannt und erfolgreich ihr Grandpa als Maler gewesen war. Bis auf einige wenige Erwähnungen bei eher unbekannten Ausstellungen hatte sie nichts über ihn finden können. Wahrscheinlich hat seine Familie Geld gehabt, so hatte sie sich Grandmas frühen und gesicherten Ruhestand erklärt.

Wie zu erwarten, nutzte Helyer die Fahrt im Bus für das große Drama. Er kreischte, fauchte und spuckte. Seine Stimme erreichte bisher ungeahnte Lautstärken, sodass die anderen Fahrgäste ihre britische Zurückhaltung aufgaben und Alys anstarrten. Sie tat so, als bemerkte sie das nicht und flüsterte dem Kater beruhigende Worte zu. Genauso gut hätte sie versuchen können, das aufgepeitschte Meer niederflüstern zu wollen.

Endlich hatten sie ihre Haltestelle erreicht, was den Kater jedoch nicht beruhigte. Als Alys die Tür zur Tierarztpraxis öffnete, wandten sich alle Gesichter ihr zu. Eines davon kannte sie.

Innerlich seufzte Alys auf. Musste Helyer gerade jetzt so ein Theater machen? Sie nickte Jory zu, bemühte sich um ein Lächeln, das sicher gequält wirkte, und meldete sich an.

»Ich möchte gerne zu Chesten Gwynn«, sagte Alys mit lauter Stimme, um gegen den tobenden Helyer anzukommen. »Mein Kater …«

Nein, niemals würde sie hier lauthals verkünden, was den Dicken plagte.

»Es kann ein bisschen dauern.« Die Helferin verdrehte die Augen, als Helyer ein hohes Kreischen von sich gab. »Wir bemühen uns, dass er schnell drankommt.«

Schlagartig verstummte der Kater, als hätte er ihre Worte verstanden.

»Danke.« Mit gesenktem Kopf schlich Alys zu Jory, der einen schwarzen Hund neben sich sitzen hatte. Verglichen mit ihrem Kater benahm der sich mustergültig. Neugierig schaute er Alys entgegen.

»Hallo«, begrüßte sie Jory, der den Hund am Halsband festhielt. »Ich wusste gar nicht, dass du auch hier zum Tierarzt gehst.«

»Ich bin hier, seitdem Buddy eine Plastiktüte gefressen hat.« Jory lächelte sein schiefes Lächeln. »Mit Inhalt. Natürlich an einem Samstag.«

»Das ist also dein Hund.« Alys' Herz klopfte schneller. Hoffentlich war sie nicht rot angelaufen, sodass Jory erkennen würde, wie nervös sie das Wiedersehen machte. Was war nur mit ihr los? Gerade erst hatte sie sich getrennt und ihr Herz hüpfte, weil sie diesen Jungen wiedergetroffen hatte. »Was hat er denn?«

»Etwas Falsches gefressen. Wie immer.« Jory seufzte. »Tut mir leid, dass ich in St. Ives einfach so verschwunden bin. Ich hätte dir wenigstens meine Telefonnummer geben können. War echt doof.«

»Kein Problem.« Alys lächelte. Es fühlte sich hohl und falsch an – hoffentlich bemerkte Jory das nicht. »Wir kannten uns ja kaum.«

Als er zu einer Antwort ansetzte, jaulte Helyer laut auf. Wie hatte sie nur vergessen können, dass der Kater es nicht mochte, wenn er nicht die erste Geige spielte.

»Schsch, wir sind bald an der Reihe«, sprach sie auf ihn ein, was dessen Jaulen nur verschlimmerte. Inzwischen war er so laut, dass die Blicke aller Wartenden sich auf Alys richteten. Vorwurfsvoll, erschien es ihr. »Helyer, Ruhe bitte.«

»Ist er ein großer Jäger, dein Helyer?« Jory musste seine Stimme erheben, um gegen den Krach anzukommen, den der Kater anrichtete. Der hatte begonnen, sich gegen die Wände des Transportkäfigs zu werfen, ohne im Jaulen nachzulassen. »Hat er schlimme Schmerzen?«

Alys spürte, wie ihr Hals und ihre Wangen warm wurden. Bestimmt waren sie rot wie eine Tomate. Auf keinen Fall wollte sie Jory erzählen, was ihr Kater hatte. Das war einfach zu peinlich.

»Was liest du da?«, fragte sie daher, um ihn abzulenken. Als Leseratte war Alys immer neugierig darauf, mit welchen Büchern Menschen ihre Zeit verbrachten. Daher war sie keine Freundin von E-Books, obwohl sie die Reader praktisch fand. Aber man wusste nicht mehr, was für ein Buch das Gegenüber im Zug oder in der Straßenbahn las. Wie schön, dass Jory – ebenso wie sie – ein Fan des gedruckten Papiers war.

»Öh, nichts Besonderes.« Er versuchte, das Taschenbuch, das er in den Händen hielt, unauffällig in seinen Rucksack zu stecken. Aber da hatte er die Rechnung ohne seinen Hund gemacht. Blitzschnell schnappte der zu, was Jory überraschte. »Aus, Buddy, gib das her.«

Nach einigem Hin und Her gelang es Jory, seinem Hund das Buch zu entreißen. Das schreiend-bunte Cover kam Alys sehr bekannt vor. Richtig, es war ein Roman aus der Jezebel-Bligh-Reihe. *Panik auf den Philippinen.*

»Oh, die kenne ich.« Alys grinste. Niemals hätte sie erwartet, dass heutzutage noch jemand – außer ihr! – diese Geschichten las. »Die habe ich als Teenager geliebt. Meine Grandma hat die gesamte Reihe in ihrem Wohnzimmer stehen.«

Als Jugendliche hatte sie sich sehr gewundert, was die Jezebel Bligh-Romane im Bücherschrank ihrer Grandma zu suchen hatte. Grandma las sonst Klassiker der Frauenliteratur: Virginia Woolf, Doris Lessing, Marilyn French oder britische Krimis von Agatha Christie, Patricia Wentworth und P. D. James. Da stach der weibliche James Bond heraus wie eine Paradiesvogelblume in einem Beet von Gänseblümchen. Alys hatte es zutiefst bedauert, dass der Autor keine weiteren Bücher geschrieben hatte. Die Romane mit ihrer Mischung aus dezentem Sex, wilden Verschwörungen und einer überlebensgroßen Heldin brachten Alys aus dem kleinen St. Bartholomew in die wunderbar exotischen Welten des südamerikanischen Dschungels, der arabischen Wüste oder der asiatischen Steppen.

»Na prima.« Jory stöhnte gespielt auf. »Jetzt fühle ich mich noch peinlicher. Nicht nur, dass ich Jezebel Bligh lese, nein, das habe ich mit deiner Grandma gemein. Hältst du mich für altmodisch?«

»Ms. Nankivell und Helyer, bitte«, erlöste sie die Tierarzthelferin aus der Situation. »Bitte kommen Sie mit.«

Kam es ihr nur so vor oder ging ein kollektiver Seufzer der Erleichterung durch die Wartenden? Helyer wütete so wild in seinem Transportkorb, dass sie das Plastikding beinahe fallen ließ. Na prima, was würde Jory nur von ihr denken?

»Lass uns Telefonnummern austauschen«, rief er über Helyers Kreischen hinweg.

Ich sollte es nicht tun, sagte Alys' Kopf. Warum nicht, entgegnetet ihr Herz.

»Einen Moment noch«, sagte sie zur Tierarzthelferin, die die Stirn runzelte. Jory reichte ihr sein Smartphone, in das sie ihre Nummer und Adresse tippte. Dann sprang sie über ihren Schatten. »Samstag feiere ich meinen Geburtstag. Wenn du kommen magst … ich würde mich freuen.«

»Auf jeden Fall.« Jory strahlte über die spontane Einladung. »Wann geht es los?«

»Ms. Nankivell, bitte«, drängelte die Tierarzthelferin.

»Gegen acht. Wär' schön, wenn du Zeit hast.« Auf einmal freute sie sich auf die kommende Zeit. Ganz im Gegensatz zu Helyer, der kreischte, als jagten ihn Höllenhunde.

KAPITEL 28

Nur noch diese Mail lesen, und er würde mit dem Hund spazieren gehen. Müde schaute Jory auf den Bildschirm, wo 263 Mails nur darauf warteten, dass er sie anschaute. Immerhin hatte er schon mehr als fünfzig von ihnen bearbeitet. So war das eigentlich nicht gedacht. Mit dem Verkauf seiner Idee wollte er Ruhe gewinnen und nicht ständig Anfragen beantworten müssen.

In dem Moment, als er seine Antwort zu tippen begann, hörte er … nichts. Das war garantiert kein gutes Zeichen. Seitdem Buddy bei ihm lebte, war Jorys Leben von einem ständigen Geräuschpegel begleitet.

Buddy, der seinen Napf über die Fliesen des Küchenbodens kickte.

Buddy, der eine Fliege anbellte.

Buddy, der lautstark sein Trockenfutter verknusperte.

Buddy, dessen Schwanz so heftig wedelte, dass er an Tisch- und Stuhlbeine klopfte.

Ganz zu schweigen von dem pinkfarbenen Quietschschwein, das seine Schwester Buddy geschenkt hatte. Dafür würde

Lowenna büßen, sobald ihm eine passende Rache eingefallen war.

Er musste dringend mit ihm zu einer Hundeschule oder vielleicht einem Hundepsychiater, falls es so etwas gab.

»Alexa«, sagte Jory und schloss das Mailfach. »Bitte erinnere mich an einen Termin für die Hundeschule.«

»Ist eingetragen«, antwortete die leicht blecherne Stimme.

Jory schloss das Notebook und legte es auf das oberste Regalfach, an das Buddy mit Sicherheit nicht herankam. Aus Schaden wird man klug, so sagte man doch.

Immerhin erzog ihn der Hund zu extremer Ordnung. Alles, was Jory in Buddys Reichweite liegen ließ, wurde von dem sofort in Besitz genommen und angeknabbert oder vollgesabbert. Das Tablet hatte die rüde Buddy-Behandlung glücklicherweise überstanden.

Verdammt! Jory sprang auf. Sein Smartphone! Das hatte er an die Steckdose angeschlossen und auf die Kommode gelegt. Die Kommode, die auf Buddys Kopfhöhe stand.

Selbst Buddy würde nicht so wahnsinnig sein und sich das Smartphone vornehmen, nicht wahr?

Jory schlug sich mit der Faust vor die Stirn, als er in den kleinen Flur seiner Wohnung trat. Dort lag Buddy auf dem Boden ausgestreckt und hielt etwas zwischen seinen Vorderpfoten, an dem er hingebungsvoll herumkaute.

»Buddy, aus! Buddy, nein!« Aber er war zu spät. Deutlich waren Löcher im Display zu sehen, die Buddys Zähne hinterlassen hatten. »Pfui! Böser Hund!«

Schwanzwedelnd schaute Buddy ihn an, als wäre »Pfui« das größte Lob, das ein braver Hund sich wünschen konnte. *Ich schaffe das nicht. Dieser Hund ist eine Zerstörungswaffe auf vier Pfoten. Vielleicht bringe ich ihn wieder ins Tierheim. Ich bin auf jeden Fall nicht geeignet …*

»Ach Buddy!« Ob etwas zu retten war? Mit spitzen Fingern nahm Jory das sabbertriefende Gerät an sich. Der Bildschirm war dunkel, was er für ein bedrohliches Zeichen hielt. Andererseits hatte er schon oft Jugendliche gesehen, deren Display einem Spinnennetz ähnelte. Nachdem er das Smartphone mit einem Taschentuch abgetrocknet hatte, versuchte Jory es einzuschalten. Eifrig beobachtet von Buddy, der schwanzwedelnd vor ihm stand und keinerlei Unrechtsbewusstsein aufwies.

Bisher hatte keiner seiner Erziehungsversuche auch nur ansatzweise gefruchtet. Möglicherweise war Buddy schon zu alt. Da war doch etwas mit alten Hunden und neuen Tricks.

Hoffentlich hatte Buddy sich nicht verletzt. Argwöhnisch inspizierte Jory das Smartphone, ob irgendwo Blut zu sehen war.

»Komm mal her.« Jory zog den sich widersetzenden Buddy zu sich heran und hob die Lefzen des Hundes an. Glück gehabt. Das Abenteuer »Smartphone zerlegen« war für ihn ohne Folgen geblieben.

»Platz, Buddy, geh auf deinen Platz.«

Der Hund streckte ihm die linke Vorderpfote entgegen, als wollte er Guten Tag sagen. Ohne Hundeschule würde das nie etwas werden. Ob es Personal Trainer für Hunde wie Buddy gab?

»Schon gut, du kannst nichts dafür, dass Kitto deine Erziehung vernachlässigt hat.« Kitto hätte sich niemals einen Hund anschaffen sollen. Aber wie so oft hatte Jory erst davon erfahren, nachdem es zu spät war.

»Du hast doch gar nicht die Zeit, dich um einen Hund zu kümmern.« Jory hasste es, wenn seine Stimme vorwurfsvoll klang wie die von Lowenna. »Für Alfred I bis V hast du nie etwas übriggehabt.«

»Die waren auch todlangweilig.« Kitto war in seiner winzigen Küche auf- und abgelaufen, voller Energie, einer seiner guten Tage. »Ich will auch etwas haben, das mich glücklich macht. Lowenna hat ihre Familie, du studierst – und ich?«

»Du kannst auch zur Uni gehen«, versuchte Jory, ihm den Hund auszureden. »In Penryn oder in Plymouth.«

»Ich will nicht studieren, ich will Buddy.« Wenn Kitto in

dieser Stimmung war, konnte man nicht mit ihm diskutieren. »Er versteht mich.«

Also blieb der Hund. Erstaunlicherweise hatte Kitto sich immer gut um ihn gekümmert, egal, wie schlecht es ihm ging.

»Hier, das kannst du zerbeißen, wie es dir Spaß macht.« Jory holte Buddys Quietscheschwein, obwohl die hohen Töne, die das Plastikding von sich gab, ihm Zahnschmerzen verursachten. Immerhin war der Hund jetzt beschäftigt und Jory konnte versuchen, das zu retten, was einmal ein verflucht teures Smartphone gewesen war.

»Mist.« Nichts tat sich. Der Bildschirm blieb schwarz. Vielleicht sollte er es ans Netz anschließen. »Ach, Buddy, ausgerechnet heute.«

Als er seinen Namen hörte, trat der Hund ein paar Schritte näher und legte seinen Kopf auf Jorys Knie. Seine großen dunklen Augen schauten derart seelenvoll zu Jory auf, dass er dem Mischlingsrüden nicht böse sein konnte. Sanft kraulte er den Hund hinter den Ohren. Buddys Schwanzwedeln wurde stärker, was ein pochendes Geräusch mit sich brachte, jedes Mal, wenn der Schwanz an den Tisch stieß.

Jory stöpselte den Netzstecker ein. Nichts tat sich. Buddy beobachtete jede seiner Handbewegungen, als hoffte er darauf, dass Jory ihm das Spielzeug wiedergeben würde.

»Vergiss es.« Jory achtete sorgsam darauf, dass der Hund keine Chance hätte, an das Handy zu gelangen. »Du hast für heute genug angerichtet. Geh zu deinem Schwein.«

Als hätte er Jorys Worte verstanden, schlich Buddy mit hängendem Kopf davon. Er vermittelte so deutlich das Bild gekränkter Unschuld, das Jory lachen musste. Es hieß immer, dass Hunde und Menschen einander ähnelten. Buddy erinnerte ihn in vielen Aspekten an Kitto, was ihm jedes Mal einen Stich versetzte.

Kurze Zeit später kehrte der Hund zurück, die Leine im Maul. Erwartungsvoll legte er sie vor seinen Füßen ab.

»Nein, Kumpel, tut mir leid. Jetzt nicht. Jetzt muss ich erst einmal jemanden finden, der mir die Daten aus dem Telefon rettet.«

Von Hardware verstand er nur das Nötigste, sodass er lieber nicht riskieren wollte, noch mehr zu zerstören. Obwohl es kaum möglich schien, mehr Schaden als Buddy anzurichten. Allerdings konnte es nicht so schwer sein, die Daten von der Festplatte zu ziehen.

Zwei Stunden und neun Telefonate per Festnetz später musste Jory aufgeben.

»Hundesabber?«, hatten die meisten Serviceleute gesagt. »Telefon zerbissen? Wir können es versuchen, aber …«

Wenn die Fachleute dem Smartphone überhaupt eine Chance gaben, dann nur, indem sie es an die Herstellerfirma einsenden wollten, was viel Zeit benötigte. Selbst Jorys technikbegeisterte Freunde hatten ihm keine Hoffnung machen können. Die Daten waren fürs erste verloren.

Wie sollte er nur an Alys' Telefonnummer und Adresse gelangen? Jory schloss die Augen und versuchte sich zu erinnern, welche Zahlenfolge sie in sein Handy eingetippt hatte. Eine 7, dann eine 4 oder war es zweimal die 7 gewesen? Selbstverständlich hatte er sich die Nummer nicht gemerkt, schließlich war sie in seinem Smartphone gespeichert.

»Ach Buddy, das ist bereits das dritte Mal, dass du mir die Gelegenheit mit Alys vermasselst.« Er betrachtete den Hund, der sich breit auf dem Sofa ausgestreckt hatte, natürlich neben der Decke, die Jory extra für ihn dort ausgebreitet hatte. »Winkt das Schicksal etwa mit einem Zaunpfahl?«

Nein, so einfach wollte er nicht aufgeben. Auf Janines Geburtstag hatte Jory seit Langem das erste Mal wieder Spaß gehabt, hatte nicht an Kitto gedacht, sondern den Flirt mit Alys genossen. Auf den ersten Blick hatte er sie für unscheinbar gehalten, aber ihr Humor und ihre Liebe zu US-Serien und Comics hatten ihn in den Bann gezogen. Als er ihr in St. Ives und der Tierarztpraxis erneut begegnet war, hatte er sich gefreut. Das Leben war sonst nicht so großzügig mit zweiten und dritten Chancen.

Die Tierarztpraxis! Warum war ihm das nicht vorher eingefallen? Dort kannte man Alys und ihren mächtigen Kater – und so viele Patienten mit der ungewöhnlichen Schreibweise ihres Namens gab es sicher nicht.

»Also doch!« Hektisch wählte er die Nummer der Tierarztpraxis. »Noch besteht Hoffnung für den Geburtstag.«

Ob ihr das Geschenk gefallen würde, das ihm nach langem Überlegen eingefallen war?

KAPITEL 29

»Happy Birthday, meine Süße.« Brees Bild wackelte, was an der Skype-Verbindung lag. Irgendwie wirkte ihre Freundin dadurch künstlich, als wäre sie eine Figur aus einem Videospiel. »Geht's dir gut? Immer noch ohne Daveth? Zum Glück!«

»Ich habe Jory wiedergetroffen.« Alys musste grinsen. Sie war glücklich wie seit Langem nicht mehr. »Beim Tierarzt. Und eingeladen. Ganz spontan. Du wolltest doch immer, dass ich spontaner bin.«

»Jory?« Brees Gesicht verzog sich, als sie überlegte. »Ach, der ewige Student.«

»Ich muss ihn ja nicht gleich heiraten.« Warum nur fühlte sie sich bemüßigt, ihn gegenüber ihrer Freundin zu verteidigen? »Du hast mir doch geraten, alles leichter anzugehen.«

»Ich zieh dich nur auf!« Bree warf ihr eine Kusshand zu. »Genieße den Tag und vor allem den Abend mit dem süßen Jory und gib ihm einen Kuss von mir.«

»Auf keinen Fall.« Alys winkte ihrer Freundin zum Abschied zu. »Wenn ich ihn küsse, dann nur in meinem Namen.«

Auch wenn sie es sich nur ungern zugab, ihr Herz klopfte laut bei dem Gedanken daran, dass sie heute mit Jory feiern würde.

Das schlechte Gewissen, weil sie Daveth so schnell vergessen hatte und ihn durch Jory ersetzen wollte, schob Alys zur Seite.

Daveth und sie hatten einfach nicht zusammengepasst, auch wenn sie zu Beginn etwas anderes gehofft hatte. Wenn Alys ehrlich zu sich war, musste sie sich eingestehen, dass nicht der Mensch Daveth sie interessiert hatte, sondern die Sicherheit und die Zukunftsperspektiven, die er ihr geboten hatte. »Man soll auf sein Herz hören«, hatte Grandma immer gesagt. »Der Kopf ist ein schlechter Ratgeber.«

Leider stimmte das nicht ganz. Als sie mit Craig in London zusammengezogen war, hatte Alys nur auf ihr Herz gehört. Obwohl – im Nachhinein betrachtet – hatte sie damals bereits ein ungutes Gefühl gehabt, das sie jedoch verdrängt hatte. Craig war ihre große Liebe, ihr Seelenverwandter – das hatte sie geglaubt und ihm das Betriebswirtschaftsstudium finanziert und beigestanden, als er es schwer hatte, auf dem engen Arbeitsmarkt Fuß zu fassen. Nur zu gut erinnerte sie sich an ihre gemeinsame Feier, als Craig endlich einen Job in einer Unternehmensberatung gefunden hatte.

Da war es für sie nicht mehr so schlimm gewesen, dass die Bank sie entlassen hatte. Budgetkürzungen aufgrund der Krise – so hatte ihr Chef es genannt. Immerhin für einen von ihnen beiden ging es aufwärts. Craig hatte nicht nur einen Job gefunden, sondern seinen Traum. Leider gab es dort auch seine Traumfrau, sodass er Alys für Claire verließ. Die kluge und schöne Claire, jünger, reicher und mit besseren Kontakten als Alys …

Zwei Tage vor ihrem Geburtstag bereitete Craig ihr eine böse Überraschung.

»Ich kann das nicht.« Mit leidender Miene saß er ihr eines Sonntagmorgens beim Frühstück gegenüber. »Ich ertrage das nicht mehr.«

»Dein Job? Ist es zu stressig?« In den letzten Wochen hatte er arg erschöpft ausgesehen, blass und ausgezehrt von den vielen

Überstunden im Büro. »Irgendwie kommen wir schon über die Runden. Irgendwas finde ich schon.«

»Das ist es nicht.« Craig sah sie anklagend an. »Alys, ich kann deinen Geburtstag nicht mit dir feiern. Ich … ich liebe eine andere.«

Sie musste sich verhört haben. Was sollte das heißen, er liebte eine andere? *Sie* hatte ihm durchs Studium geholfen, ihn unterstützt, wo es nur ging, damit er ihr jetzt das servierte – kurz vor ihrem Geburtstag? Ging es noch? Hätte er sie nicht noch die paar verdammten Tage bis nach ihrem Geburtstag anlügen können?

Alys Hände verkrampften sich, ihr drohte die Luft wegzubleiben. Ihr Körper spannte sich an, als sie nach Atem rang.

»Raus. Sofort.« Unter Aufbietung aller Kraft gelang es ihr, diese Worte zu sagen. »Deine Sachen stelle ich dir vor die Tür.«

»Alys, bitte, mach kein Drama.«

»Verschwinde. Auf der Stelle.«

Kaum hatte er die Wohnungstür hinter sich geschlossen, war sie zusammengebrochen. Heulend hatte sie Chesten angerufen, die wiederum Bree angerufen hatte.

Keine fünf Stunden nach Alys' Anruf standen ihre Freundinnen bei ihr vor der Tür, mit Schokolade, Gin und Tonic Water.

»Leg du dich aufs Sofa«, befahl Bree. »Wir packen seine Sachen zusammen. Hast du Müllbeutel?«

Jeden Anflug eines Zweifels, der Alys kam, brachte Bree sofort zum Schweigen. »Wir hatten doch so viele gute Jahre«, jammerte Alys, die nicht fassen konnte, dass Craig wirklich gegangen war. »Das wird er bestimmt noch merken.«

»Blödsinn!« Bree mixte Gin und Tonic und reichte ihr das Glas. »Du bist viel zu gut für ihn.«

»Aber ich liebe ihn doch.« Alys schniefte und seufzte.

»Trink einen Schluck, Dearie.« Sanft, aber bestimmt drückte Chesten sie zurück aufs Sofa. »Lass uns nur machen. Dafür sind Freundinnen doch da.«

Arbeitsteilig waren sie vorgegangen: Bree warf Craigs Kleidung in Müllsäcke, während Chesten die weinende Alys im Arm hielt und ihr ab und zu einen Schluck starken Gin Tonic einflößte.

Alys wusste nicht, wie sie diese Trennung ohne Bree und Chesten durchgestanden hätte. Genug!

Heute war ihr Geburtstag, die Chance auf ein neues Glück. Das wollte sie nicht mit schlechten Erinnerungen und unerfreulichen Gedanken verderben. Was sollte sie nur anziehen?

Gut, dass sie ein Cateringunternehmen beauftragt hatte. Alys fühlte sich viel zu nervös, um sich darum selbst zu kümmern. Ich werde Jory heute wiedersehen, dachte sie. Hoffentlich muss er dieses Mal nicht zu seinem Hund!

~

Hatte sie wirklich so viele Menschen eingeladen? Alys konnte es nicht fassen, wer sich alles in ihrer Küche, ihrem Wohnzimmer und auf ihren Fluren tummelte. Nur gut, dass sie Helyer bei Brees Eltern in Sicherheit gebracht hatte. Begeistert waren die Marraks nicht gewesen, aber Bree hatte es ihnen abgerungen.

Nur der eine kam nicht, auf den sie den ganzen Abend wartete. Jedes Mal, wenn es geklingelt hatte, war sie zur Tür geeilt, hatte kurz im Flurspiegel Make-Up und Frisur überprüft, nur um enttäuscht zu werden. Sicher, es waren alles Freunde und gute Bekannte, über deren Besuch sie sich freute, aber es kam eben nicht der eine. Inzwischen war ihre Party seit zwei Stunden im Gange und sie gab jede Hoffnung auf, dass Jory noch eintreffen würde.

Nein!

Auf keinen Fall würde sie sich von einem Mann ihren Geburtstag verderben lassen. Auch wenn sie es sich nicht erklären konnte. Jory schien sich aufrichtig gefreut zu haben, als sie ihn eingeladen hatte. Und er wirkte nicht wie ein Mann, der einfach mir nichts, dir nichts eine Einladung vergaß.

Nein!

Auf gar keinen Fall würde sie weiter über ihn nachdenken. »Andere Mütter haben auch schöne Söhne«, murmelte sie vor sich hin, was ihr einen kritischen Blick von Nanni einbrachte, die nur kurz hatte vorbeischauen wollen und jetzt schon eine Stunde in Alys' Küche Hof hielt und sich anscheinend prächtig amüsierte.

Tequila, sie brauchte jetzt Tequila. Oder Prosecco oder was immer man trinken konnte, um gute Laune zu bekommen. Alys ging in die Küche, wo jemand, den sie nicht kannte, sich als Barmixer betätigte.

»Was kann ich für dich tun?« Er lächelte sie an. »Du siehst aus, als sollte es etwas Kräftiges sein.«

»Etwas, das mich fröhlich macht. Mit ordentlich Schwung.« Alys bemühte sich um ein Lächeln. Schließlich konnte er nichts dafür, dass sich wieder einmal ein Mann als Enttäuschung erwiesen hatte. Vielleicht sollte sie sich mit dem Gedanken anfreunden, den Rest ihres Lebens mit Helyer zu verbringen. Der hatte sie nie über seine Gefühle im Unklaren gelassen.

»Hier, bitte sehr. Ein sexy Drink für eine sexy Lady.«

Gab es Frauen, die auf so einen dusseligen Spruch hereinfielen? »Ich bin Brian. Und du?«

»Jane«, antwortete Alys. »Viel Spaß, Brian. Ich habe gerade eine Freundin entdeckt.«

Hastig trank sie das zu süße Getränk, das ihr schnell in den Kopf stieg. Als Chesten endlich kam – Hugh und Grant trugen einen Konflikt mit dem Neuzugang Orlando aus – war Alys bereits so angetrunken, dass sie Karaoke zu den *Backstreet Boys* sang, wer auch immer die aufgelegt hatte.

»Liebes, du brauchst jetzt einen starken Kaffee oder Tee«, sagte ihre Freundin und zog Alys hinter sich her in die Küche. Hier knutschte Nick mit Janine.

»Alle finden jemanden, nur mich liebt keiner«, jammerte Alys. »Ich will nich nüchtern wern, ich will Spaß.«

Kurz nach Mitternacht musste Alys sich ein Auge zuhalten, damit sie wahrnehmen konnte, was auf ihrer Party vor sich ging. Irgendjemand hatte sie vom MP3-Player vertrieben, nachdem sie wieder und wieder das düstere *My Love* von *Kovacs* gespielt hatte.

»So, Süße, du gehst jetzt ins Bett.«

Alys kniff das rechte Auge zu und erkannte Chesten, die sich vor ihr aufgebaut hatte.

»Nee, ich hab' grad so viel Schpaß!«

»Das hört man.« Wenn Chesten diesen Ton auflegte, wusste Alys, dass sie keine Chance hatte. »Tom, du bringst die Leute raus. Ich bringe unser Schnapsdrosselchen ins Bett.«

»Das kann ich alleine«, sagte Alys und plumpste zu Boden. »Ich glaub, mir is nicht gut.«

KAPITEL 30

Zwei Stunden später erwachte Alys, weil jemand ihr ins Gesicht schlug. Zwar sanft, aber nachdrücklich. Erstaunlich war nur, dass die Schläge von einem seltsamen Geräusch begleitet wurden. Es klang wie eine Küchenmaschine oder eine Mini-Eisenbahn. Nach einigem Blinzeln und Nachdenken kam Alys auf die Lösung. Helyer thronte auf ihrem Bauch und tatschte ihr mit der Pfote ins Gesicht, was er mit lautem Schnurren untermalte.

»Wie kommsten du her?«, murmelte Alys. Ihre Zunge fühlte sich geschwollen an, sie hatte ein fies-pelziges Gefühl im Mund und entsetzlichen Durst. Und Erinnerungslücken. An die letzten Stunden ihres Geburtstags erinnerte sie sich nur dunkel, aber das reichte aus, ihr einen Schauder voll Peinlichkeit über den Rücken zu schicken.

»Miörg«, sagte Helyer. Er war ein bisschen höher gerobbt, sodass sie seinen Thunfischatem riechen konnte. Alys drehte den Kopf zu Seite und musste trotzdem würgen.

»Chesten, nicht wahr?« Vorsichtig schob sie den Kater von ihrem Bauch und versuchte sich aufzusetzen. Keine gute Idee! Alles drehte sich und das Gefühl der Übelkeit verstärkte sich.

Aber ihr Durst und Helyers Hunger trieben sie aus dem Bett in die Küche.

Nachdem sie gierig einen Liter Leitungswasser getrunken hatte, ging es ihr besser. Selbst den Geruch des Katzenfutters konnte sie ertragen. Helyer schlang die Pampe in sich hinein, als hätte er monatelang nichts zu fressen bekommen. Dabei hatte sie Brees Eltern eine Dose seines Lieblingsfutters mitgegeben. Aber der Kater war ewig hungrig. Apropos Hunger, etwas zu essen wäre nicht schlecht, jetzt, wo ihr Magen sich beruhigt hatte.

Zu ihrer Überraschung waren alle Zeichen der Feier in ihrer Wohnung beseitigt. Das war bestimmt auf Chestens Initiative zurückzuführen. *Ich habe die beste Freundin der Welt. Das spricht dafür, dass ich ein netter Mensch sein muss. Warum also ist Jory nicht gekommen? Warum hat er nicht wenigstens abgesagt?*

Wie konnte sie sich nur dermaßen in ihm getäuscht haben? Er hatte nicht eine Sekunde gezögert, als sie ihn zu ihrem Geburtstag eingeladen hatte. Was also war schiefgelaufen? Alys blinzelte gegen Tränen an, die sich einfach nicht vertreiben lassen wollten. *Wahrscheinlich schnarcht Jory. Oder hat Fellflecken auf dem Rücken. Oder hätte mir auch das Herz gebrochen.*

»Helyer«, sagte sie und strich dem Kater über den Rücken, was der ignorierte, weil er eifrig damit beschäftigt war, die letzten Futterkrümel zu fressen. »Was hältst du davon, der einzige Mann in meinem Leben zu sein?«

Auf dieses Angebot erhielt sie keine Antwort. Allerdings hatte sie auch keine erwartet. Vielleicht lag darin das Geheimnis einer glücklichen Beziehung – die Erwartungen ganz, ganz weit herunterschrauben.

Nein! Auch wenn Craig sich als Niete entpuppt hatte, auch wenn Daveth nicht der Richtige gewesen war und Jory sie enttäuscht hatte, war sie nicht bereit, die Hoffnung auf einen Seelenverwandten aufzugeben. Nicht, dass sie so naiv wie Chesten an das »Happily Ever After« glaubte, aber sie war auch nicht so … entspannt wie Bree, die sich selbst genügte und Männern nur kurze Nebenrollen in ihrem Leben zugestand. Wie immer war sie Alys in the middle, während Chesten und Bree Nord- und Südpol waren. Welches Land war Alys dann? Mist, dass sie in Geografie so eine Niete war. Grandma hätte es gewusst. Sie kannte alle Länder der Erde mit Hauptstädten, was Alys bewundert hatte.

Helyer verschwand in Richtung des Badezimmers, was sie als Zeichen nahm, sich wieder ins Bett zu legen. Hoffentlich konnte sie einschlafen. Auf dem Weg zurück ins Schlafzimmer, begleitet von einem Becher Salted Caramel-Eis, entdeckte sie das Blinken des Anrufbeantworters. Ihr Herz tat einen kleinen Hüpfer.

Jory!

Er hatte angerufen und sie hatte es während der lauten Party nicht gehört. Alles umsonst. Der ganze Frust, die vielen Drinks! Wäre sie nur früher einmal auf die Idee gekommen, den Anrufbeantworter abzuhören, hätte sie sich vieles erspart. Warum hatte Jory nicht auf dem Handy angerufen? Woher hatte er ihre Festnetznummer? Sie hatte ihm nur die des Smartphones gegeben, oder?

Alys konnte es kaum erwarten, die Abspieltaste des Geräts zu drücken. Eine Männerstimme ertönte.

»Alles Liebe zum Geburtstag. Auch wenn wir uns getrennt haben, wollte ich dir sagen, dass ich an dich denke. Schade, dass ich dich nicht erreicht habe. Also. Alles Gute. Meld dich mal, wenn du magst.«

Daveth.

Alys stand wie versteinert und konnte den Anrufbeantworter nur anstarren, als könnte der ihr eine Lösung für ihr Dilemma liefern. Was stimmte mit ihrem Leben nicht? Der Mann, auf dessen Anruf sie sehnsüchtig wartete, meldete sich nicht. Der Mann, gegen den sie sich entschieden hatte, sprach ihr eine Nachricht aufs Band, mit der sie niemals gerechnet hätte. Vielleicht hatte sie Daveth falsch eingeschätzt? Nur, weil er mit

Helyer nicht gut klarkam – und mit Bree und Chesten – musste Daveth kein schlechter Mensch sein.

Wenn sie ehrlich war, musste man schon ein besonderer Mensch sein, um den Kater zu mögen. Und das Treffen mit ihren Freundinnen hatte sie verbockt, weil sie so nervös gewesen war. Alys hatte so sehr gewollt, dass Daveth und Bree und Chesten sich mochten, dass sie den ganzen Nachmittag nervös gewesen war wie eine Katze in einem Raum voller Schaukelstühle.

Ich habe einen Riesenfehler gemacht! Hoffentlich kann ich das noch gutmachen!

Ohne zu überlegen, wählte sie Daveths Handynummer.

Erst als ein verschlafen klingendes »Hallo« ertönte, schaute sie auf die Uhr. Oh verflucht. Kurz vor drei Uhr morgens.

Ihr erster Impuls war es, den Hörer aufzulegen, aber dann fiel ihr wieder ein, wie enttäuscht sie von Jory war, der nicht einmal abgesagt hatte. Daveth war – wie sie es von ihrem ersten Treffen an vermutet hatte – zuverlässig, während Jory … Wahrscheinlich war ihm wieder der Hund dazwischengekommen oder irgendetwas anderes unglaublich Wichtiges. So einen Kerl brauchte sie nicht.

»Hallo?« Daveth klang inzwischen nicht mehr müde, sondern leicht sauer. »Was soll das? Alys, ich kann deine Nummer erkennen.«

Hätte sie nur erst einmal überlegt, bevor sie ihn anrief. Aber nun war es geschehen und sie musste sehen, dass sie das Beste daraus machte.

»Entschuldige«, stotterte sie daher. »Ich habe deine Nachricht eben erst gesehen und nicht darüber nachgedacht und dich einfach angerufen, weil ich mich so freue, dass du dich gemeldet hast, aber wir können gerne morgen telefonieren.«

Schweigen antwortete ihr. Alys hätte sich treten können, dass sie mit allem herausgeplatzt war, was ihr durch den Kopf ging. Wie peinlich war das denn? Und das bei Daveth, der in allem so bedacht und organisiert war. Er musste sie für völlig übergeschnappt halten. Aber er könnte trotzdem wenigstens etwas sagen. Oder auflegen.

»Alys!«, sagte er schließlich zu ihrer Beruhigung, begleitet von einem Gähnen. »Sorry, bin noch nicht richtig wach. Wie spät ist es? Ach so, herzliche Glückwünsche zum Geburtstag.«

»Magst du vorbeikommen?«, fragte Alys zu ihrer Überraschung. »Ich habe Sekt und Whiskey und Tequila oder Kaffee.«

Sein leises Lachen antwortete ihr, ein dunkles und erotisches Lachen, das sie an ihre guten gemeinsamen Zeiten erinnerte.

»Zum Glück habe ich ein Geschenk für dich.« Erneut eine kurze Pause. »In einer halben Stunde bin ich da.«

KAPITEL 31

Eine halbe Stunde, hatte er gesagt. Alys duschte und putzte sich dreimal die Zähne, ohne dass sie das pelzig-fiese Gefühl vollkommen zum Verschwinden bringen konnte. Hoffentlich würde Daveth das nicht bemerken.

»Ach, Helyer.« Alys seufzte. Der hatte nichts Besseres zu tun, als sich ihr in den Weg zu stellen, als sie in die Küche eilte. Schließlich hatte sie Daveth etwas zu trinken versprochen. Oh. Daveth und der Kater – das funktionierte nicht so gut.

»Tut mir leid, Dicker.« Alys hob den Kater hoch und verfrachtete ihn ins Gästebad, was Helyer mit einem wütenden Fauchen und einem Angriff auf ihren nackten Fuß quittierte. »Wenn du artig bist, gibt es nachher dein Lieblingsleckerli.«

Helyer wandte ihr den Hintern zu, sodass sie sofort ein schlechtes Gewissen überfiel. Als Alys die Badezimmertür hinter sich schließen wollte, zögerte sie.

Sie war sich nicht mehr sicher, ob es eine gute Idee gewesen war, Daveth anzurufen. Aber sie hatte sich nun einmal dafür entschieden und würde jetzt keinen Rückzieher machen.

Aber der Kater würde nicht unter ihrer Spontaneität leiden.

»Nun, komm, Dicker, ich sperr dich nicht ein. Aber aus der Küche sperre ich dich *aus*.«

Hastig schmierte sie sich ein Brot mit Käse und schlang es herunter. Immer wieder glitt ihr Blick zur Küchenuhr. Die halbe Stunde, von der Daveth gesprochen hatte, war schon lange überschritten.

Sie gähnte. Zehn Minuten gab sie ihm noch, dann würde sie ins Bett gehen.

Nach einem erneuten Blick auf die Uhr beschloss Alys, dass sie Daveth genug Zeit gegeben hatte. Vielleicht kam er nicht, vielleicht war er nach dem Telefonat wieder in seinen tiefen Schlaf gefallen, um den Alys ihn beneidet hatte. Vor allem, weil er stets vor ihr eingeschlafen war und stark schnarchte.

In dem Moment klingelte es. Alys konnte hören, wie Helyer davonraste. Er mochte weder das Geräusch der Klingel noch hatte er ein Herz für Gäste. Sie blieb einen Moment sitzen, holte tief Luft und setzte ein Lächeln auf.

»Alles Gute zum Geburtstag.« Daveth strahlte sie an. Trotz der frühen Uhrzeit und obwohl sie ihn aus dem Tiefschlaf geholt haben musste, sah er wach und attraktiv aus wie immer. »Danke für die morgenfrische Einladung.«

Er beugte sich vor, um sie zu küssen. Automatisch wollte Alys den Kopf zur Seite drehen, aber das erschien ihr unpassend. Halbherzig erwiderte sie Daveths Kuss, was dieser nicht zu bemerken schien.

»Schön, dass du gekommen bist. Komm rein.« Alys trat zur Seite. »Bevor Helyer versucht, in die Freiheit zu gelangen.«

Daveths seufzte, als er den Namen hörte.

»Du hast ihn *immer* noch?« Ärger entstellte seine regelmäßigen Gesichtszüge. »Alys, das verstehe ich nicht.«

»Ich hoffe, du magst etwas trinken?«, ging sie über seinen Vorwurf hinweg, da sie sich einfach zu müde fühlte, mit Daveth eine Grundsatzdiskussion über das Für und Wider ihres Zusammenlebens mit Helyer zu führen. »Ich habe einen Sekt kaltgestellt. Für Kaffee ist es zu spät oder zu früh, nicht wahr?«

Falls Daveth ihren Versuch, witzig zu sein, bemerkt hatte, ließ er es sich nicht anmerken. Schweigend folgte er ihr in die Küche, was Alys wieder daran erinnerte, wie sehr sie seine Art, Konflikte auszutragen, hasste.

»Sekt?« Alys goss sein Glas voll, während sie selbst bei Wasser blieb. »Schön, dass du da bist.«

»Wie gesagt, ich habe sogar ein Geschenk für dich.« Daveth lächelte, ziemlich selbstgefällig, fand Alys, aber sie lächelte ebenfalls. Schließlich hatte sie ihn angerufen. »Obwohl du mich nicht zur Feier eingeladen hast.«

»Tut mir leid«, murmelte sie als Antwort, was sie zu ihrem Erstaunen überhaupt nicht so meinte. Was ihr hingegen leid tat, war, dass sie ihn angerufen hatte. Und natürlich, dass Jory sich als so unzuverlässig erwiesen hatte. »Es erschien mir … nicht passend.«

Daveth stand auf, drückte ihr den obligatorischen Kuss auf die Stirn und verschwand im Flur, wo er seinen Rucksack aufgehängt hatte. Helyer nutzte die Gelegenheit und schlüpfte in die Küche, wo er sofort unter dem Küchenschrank verschwand.

»Bitte schön, Babe.« Mit siegessicherer Miene überreichte Daveth ihr einen weißen Umschlag mit Goldrand und goldener Schleife und einen Strauß mit zehn roten Rosen. »Ich bin sicher, dass ich deinen Geschmack getroffen habe.«

Was meinte Daveth, das ihr gefiele? Vielleicht ein Gutschein für einen Goldschmiedekurs – das hatte sie schon immer mal ausprobieren wollen – oder ein Wellness-Wochenende für sie beide? Ach, was sollte sie rätseln, wo die Lösung direkt vor ihr lag.

Gutschein über 20 £. Wir gratulieren Ihnen zum Geburtstag. Ihre Parfümerie.

So viel bin ich ihm also wert.

»Vielen Dank.« Alys bemühte sich um ein Lächeln, weil ihre Grandma immer gepredigt hatte: »Es heißt Geschenk und nicht Gewill. Also freu dich, damit der Schenker sich freut.«

»Die Frau in dem Laden meinte, dass es schwierig wäre, bei der großen Auswahl den Geschmack zu treffen.« Daveth nickte bedeutungsschwer, als hätte er etwas Wichtiges herausgefunden. Wie war er nur auf die Idee gekommen, sie würde sich über Parfüm freuen? »Da ist mir eingefallen, dass du sehr eigen bist. Ich wollte dich nicht enttäuschen.«

Alys konnte ihn nur aus großen Augen ansehen. Merkte er nicht, was er da sagte? Hätte er nicht ein bisschen nachdenken und etwas Persönlicheres finden können? Immerhin waren sie fast vier Monate zusammen gewesen. Da sollte er sie besser kennen. Oder waren das wieder ihre großen Erwartungen, die einfach zur Enttäuschung führen mussten, wie ihre Kolleginnen in London ihr versichert hatten?

»Männer können einfach nicht schenken. Das muss man ihnen behutsam beibringen«, hatte der Tenor geheißen, nachdem Alys sich beschwert hatte, dass Craig ihr ein Tablet geschenkt hatte, das ein Werbegeschenk gewesen war. »Zeig ihm den Schmuck, der dir gefällt. Oder lass Zeitungen aufgeschlagen liegen, damit er herausfindet, welches Buch du dir wünschst.«

»Wir leben nicht mehr in den 1950er Jahren«, hatte Alys geantwortet. Außerdem war sie im tiefsten Grunde ihres Herzens Romantikerin und hoffte auf den einen Mann, der sich genug für sie interessierte, um ihr ein unvergleichliches Geschenk zu machen. Eins war sicher: Daveth war das nicht.

Doch er sah sie so erwartungsvoll an, dass sie das schlechte Gewissen packte. Schließlich konnte Daveth nichts dafür, dass sie als Kind zu viele Disney-Filme gesehen hatte und auf den Prinzen hoffte, den es nun einmal im wahren Leben leider nicht gab. Und – wie ungelenk sein Geschenk auch war, sie musste anerkennen, dass er an sie gedacht hatte. Obwohl sie sich getrennt hatten. Ein warmes Gefühl für Daveth stieg in ihr auf. Sie stand auf, ging zu ihm und setzte sich auf seinen Schoß.

»Ich danke dir.« Alys lächelte. »Was meinst du, verbringen wir das Wochenende im Bett?«

»Nicht nur das.« Daveth zwinkerte ihr zu. »Ich habe mir Montag als Home-Office-Tag eingetragen. Wir haben also richtig viel Zeit.«

Genau diesen Moment suchte sich Helyer aus, um unter dem Schrank hervorzuschießen und Daveth in den Fuß zu beißen. Zumindest versuchte er es, scheiterte aber daran, dass Daveth seine Schuhe angelassen hatte. Nach einem frustrierten Fauchen griff Helyer zu seiner zweiten Lieblingsmethode, um sein Missfallen kundzutun: Er stolzierte mit hochgerecktem Schwanz aus der Küche.

Alys seufzte und erwartete, dass Daveth einen Streit beginnen würde. Stattdessen fing er an zu lachen.

»So richtig schlau ist der Kater nicht, oder?« Daveth hob sein Glas. »Auf dich, Babe.«

Irgendwann einmal würde sie ihm sagen müssen, wie sehr sie diesen Kosenamen hasste. Aber nicht heute.

KAPITEL 32

Jory konnte es nicht glauben, dass er Alys endlich gefunden hatte. Alles, wirklich alles, was auf der Suche nach ihr hatte schiefgehen können, war schiefgegangen. Erst gestern Abend hatte er seinen Freund erreicht, der ihn mit zu Janines Party genommen hatte. Von Tomas bekam Jory Colans Telefonnummer, der allerdings die von Alys nicht kannte. Aber er wusste immerhin, dass Alys im Haus ihrer Großmutter lebte. Dessen Adresse er nicht hatte.

Dafür konnte er jedoch mit der Handynummer von Bree aufwarten: »Aber erzähl bloß nicht meiner Frau, dass ich die habe.«

Erst gestern Nacht hatte Bree, die sich glücklicherweise an ihn erinnerte, zurückgerufen. Sie hatte ein Shooting gehabt und eine After-Show-Party gefeiert. Nachdem er ihr die ganze Sache mit Buddy und dem Smartphone erzählt hatte, was bei ihr einen langanhaltenden Lachanfall auslöste, gab sie ihm Alys' Adresse und Telefonnummer und den guten Rat, persönlich bei ihr vorbeizufahren.

Es war ohnehin zu spät gewesen, um anzurufen, sodass er heute Morgen eine lange Runde mit Buddy gegangen war, damit der müde und somit brav wäre. Außerdem wollte er nicht vor

9:00 Uhr bei Alys aufkreuzen – das erschien Jory zu unhöflich. Hoffentlich würde sie die ganze Geschichte ebenso spaßig finden wie ihre Freundin.

Langsam kam er sich albern vor, saß er doch schon eine Viertelstunde im Auto und beobachtete ihr Haus. Bisher hatte er Glück gehabt, dass keiner der Nachbarn die Polizei gerufen hatte. Vielleicht lag es an dem Haus, das irgendwie nicht so wirkte, als wäre es Alys' Zuhause, auch wenn es ein hübsches kleines Cottage war, umgeben von einem Garten, in dem Herbstblumen blühten. Der Garten war einmal mit viel Kenntnis angelegt worden, das sah man ihm an, aber inzwischen wirkte er verwildert, um nicht zu sagen: vernachlässigt.

Jetzt war es genug. Entweder er stieg aus und stellte sich Alys oder er fuhr weg. Durchatmen. Buddy legte seinen Kopf auf Jorys Knie und schaute ihn auffordernd an.

»Buddy, du zeigst dich jetzt von deiner besten Seite oder ich muss mir überlegen, dich für sechs Wochen in ein Hundetrainingscamp zu schicken.« Buddy schaute ihn mit seinen seelenvollen braunen Augen so vertrauensvoll an, dass Jory sich mies fühlte, den Hund zu bedrohen. »Ach, gib dir einfach Mühe, eine etwas bessere Version von dir zu sein.«

Als hätte er seine Worte verstanden, ging Buddy brav neben ihm, als wäre er der wohlerzogenste Hund der Welt. Hoffentlich kam Alys' Katze nicht zur Tür. Er würde seine Hand nicht dafür ins Feuer legen, dass Buddy Katzen mochte. Vielleicht als Jagdbeute. Kitto hatte etwas davon gesagt, dass in Buddys bunter Vorfahrenliste ein Pointer zu finden wäre.

Als er Alys Geschenk ausgesucht hatte, war Jory überzeugt gewesen, dass es perfekt für sie war. Heute jedoch, nach dem furchtbaren Wochenende, war er sich nicht mehr sicher, ob er richtiglag. Nun, gleich würde er es wissen.

»Sitz, Buddy.« Jory richtete sich auf, lächelte und drückte auf den Klingelknopf. Alles wird gut, bemühte er sich, positiv zu denken.

Das Lächeln verging ihm, als ein Mann in Cargohosen und weißem Hemd die Tür öffnete, so selbstverständlich, als gehörte ihm das Haus. Hatte Bree sich in der Adresse geirrt? Irritierenderweise sah der Typ selbstsicher und gut aus. Wie Tom Hiddleston als Loki in den *Avengers*-Filmen, natürlich ohne diese dämlichen Hörner. In Jorys Hinterkopf nagte die Frage, wann er den Mann schon einmal gesehen hatte, es wollte ihm nur nicht einfallen, wann und wo.

»Ja?« Der Mann musterte Jory und Buddy von oben bis unten. Um seinen Mund zeichnete sich ein verächtlicher Zug ab, was Jory ärgerte. »Wir kaufen nichts.«

»Alys. Alys Nankivell. Wohnt sie nicht hier?« Verdammt. Dieser Schnösel schaffte es, dass Jory ins Stottern geriet. Buddy hingegen zerrte an der Leine, als könnte er es gar nicht erwarten, an dem Mann hochzuspringen und ihm einen Begrüßungskuss zu geben. »Buddy! Sitz!«

Wie üblich zog es Buddy vor, das Kommando zu ignorieren. Stattdessen zerrte der Mischlingsrüde weiter an der Leine, als wollte er unbedingt ins Haus.

»Alys ist in der Stadt.« Erneut dieser Blick, unter dem Jory sich fühlte wie eine Ameise, auf die jemand eine Riesenlupe richtete. Langsam wurde es ungemütlich. »Warten lohnt sich nicht. soll ich ihr etwas sagen?«

»Sie sind?« Jory ärgerte sich, dass er dem unfreundlichen Gesellen diese Frage stellte, aber er war neugierig, mit wem er es zu tun hatte.

»Daveth Burrows, Alys' Verlobter.« Das letzte Wort betonte er sehr deutlich, als witterte er in Jory Konkurrenz. »Und Sie sind?«

»Jory Trevaskis, ein Freund von Alys. Das ist ein verspätetes Geburtstagsgeschenk.« Langsam kam Jory sich richtig blöd vor, wie er vor Alys' *Verlobtem* stand, in der einen Hand die Leine, in der anderen das sorgfältig verpackte Geschenk. Warum hatte sie diesen Mann nie erwähnt? »Es wäre nett, wenn Sie das Alys geben könnten. Und ihr viele Grüße ausrichten. Buddy, aus.«

Verfressen wie der Hund war, machte er einen großen Satz, um an das Geschenk heranzukommen. Jory riss ruckartig an der Leine, was er sofort bereute. Der Hund konnte schließlich nichts dafür, dass Alys verlobt war. Mit so einem Snob. Irgendwie hätte Jory ihr einen besseren Geschmack zugetraut.

»Mach ich. Tschüs.« Mit diesen Worten schlug Daveth Burrows ihm die Tür vor der Nase zu.

Einen Moment lang fühlte er sich versucht, noch einmal zu klingeln, um dem Typen die Meinung zu sagen, aber Buddy zog bereits wieder an der Leine, sodass er sich umdrehte und ging. Er hatte gerade das Gartentor erreicht, als ein unüberhörbarer Wutschrei aus dem Haus ertönte.

»Du Mistvieh«, konnte er verstehen, so laut brüllte Daveth Burrows. Die deutliche Verärgerung in dessen Stimme ließ Jory breit grinsen. »Du verdammtes Biest.«

Dann öffnete sich die Haustür und in hohem Bogen flog etwas Flauschiges, Großes an Jory und Buddy vorbei. Ein empörtes »Miörff« erklang, als ein dicker grau-weißer Kater zwischen zwei Büschen landete. Kurz schüttelte er sich, um dann in Richtung Haustür zu stolzieren, die inzwischen verschlossen war. Das sah Buddy als seine Chance an. Überraschend machte er einen so gewaltigen Satz nach vorne, dass Jory die Leine losließ.

»Wraff! Wraff! Wraff!« Wild bellend rannte Buddy auf den Kater zu, der erstaunlich schnell davonraste. Flach über den Boden hetzte er dahin, auf die niedrige Mauer zu, die das Grundstück umsäumte. Der Hund immer hinterdrein.

»Nein, Buddy! Aus!«, brüllte Jory, aber weder Hund noch Kater würdigten ihn einer Reaktion. Also blieb ihm nichts anderes übrig, als sich in Trab zu setzen, um Hund – und Kater – einzufangen. Buddys Kläffen wies ihm den Weg. Jetzt konnte es nur eine Frage von Minuten sein, bis die Nachbarn wegen Ruhestörung die Polizei riefen.

Zum Glück musste Jory nicht allzu weit laufen. Im nächsten Garten entdeckte er Buddy, der an einem Baumstamm auf und ab hüpfte und dabei bellte, als wollte der den Kater herunter schreien. Die Samtpfote saß auf einem dicken Ast und schien zu grinsen.

»Buddy, hierher.« Hatte Jory erwartet, dass sein Hund ihm folgte? Also blieb nur eins: So leise wie möglich schlich er sich an Buddy heran und schnappte sich die Leine. Dann zog er den Hund vom Baum weg. Nun blieb die Frage, wie er den Kater herunterbekommen sollte.

Wie zur Antwort hüpfte der wenig elegant von Ast zu Ast und kraxelte dann den Stamm herunter, begleitet von Buddys Anstrengungen, ihn zu erreichen. Doch dieses Mal hielt Jory die Leine fest in der Hand. Zu seinem Schrecken rannte der Stubentiger nicht in Richtung von Alys' Haus, sondern verschwand unter der Hecke eines Nachbarn.

Was sollte er nur tun? Wenn er dem Kater mit Buddy folgte, würde dieser nur weiter fliehen. Am klügsten war es, den Hund ins Auto zu sperren und sich dann auf die Suche zu begeben.

Obwohl Buddy auszubrechen versuchte, hielt Jory ihn an der kurzen Leine, bis sie am Auto angekommen waren. Dort sperrte er den Hund ein und hoffte, dass der nicht zu viel zerstörte.

Als wäre es nicht bereits übel genug, kam in diesem Moment Alys auf einem Fahrrad angefahren. Ihre Miene verdüsterte sich, als sie ihn sah. Und es würde gleich noch schlimmer werden.

»Jory. Was machst du hier?« Ihr Gesichtsausdruck zeigt deutlich, wie wenig erfreut si ewar, ihn zu sehen. »Tut mir leid, ich habe zu tun.«

Am liebsten wäre er ins Auto gestiegen und davongefahren. Aber das wäre feige, und feige war er nicht.

»Alys. Es tut mir leid.« Jory wünschte sich, er wäre niemals bei ihr aufgetaucht. »Mein Hund hat deinen Kater verjagt. Er ist in den Gärten verschwunden.«

Jory deutete auf Buddy, der aus dem Autofenster schaute und aussah, als wäre er nur unbeteiligter Zuschauer des Spektakels.

»Wie? Was? Ich verstehe nicht. Warum bist du hier? Helyer ist ein Hauskater. Er geht nicht in den Garten.«

Das war seine Chance. Die Gelegenheit, seinen Nebenbuhler loszuwerden, indem er ihr sagte, was geschehen war. Warum nur zögerte er? Schließlich würde er nicht lügen. Trotzdem fühlte es sich falsch an, so als würde er den leichteren Weg gehen.

»Ich weiß nicht, wie er rausgekommen ist«, sagte er daher, ohne sie anzusehen. »Plötzlich war er da. Ebenso plötzlich hat sich Buddy losgerissen und …«

Da ging die Haustür auf und Daveth Burrows stürmte heraus. Wahrscheinlich hatte er Alys entdeckt und wollte einschreiten, bevor Jory ihn verraten konnte.

Alys, in deren Augen Tränen schimmerten, lief auf ihn zu. »Daveth, er ist weg. Helyer ist weg.«

Sie schluchzte auf und warf sich in seine Arme. Ihre Schultern zuckten, während sie weinte. »Was soll ich nur tun?«

»Wir finden ihn schon.« Ganz der Beschützer hielt Daveth Burrows sie im Arm, während er Jory einen Blick über ihren Kopf hinweg zuwarf. »Alles wird gut.«

Mist! Warum nur hatte er Alys nicht die Wahrheit gesagt? Jory fühlte sich fehl am Platz, überlegte, ob er noch etwas sagen sollte, doch dann entschied er sich für den Rückzug.

»Es tut mir leid, Alys«, sagte er, aber so leise, dass er nicht sicher sein konnte, ob sie ihn verstanden hatte. Lauter setzte er hinzu: »Bitte gib mir Bescheid, wenn ich helfen kann.«

Ob sie ihn gehört hatte, konnte er nicht sagen. Wahrscheinlich wollte sie nichts mehr von ihm wissen. Schließlich war es sein Hund, der ihren Kater vertrieben hatte.

KAPITEL 33

Alys schaute Jory nach, während Fragen durch ihren Kopf wirbelten wie Blätter im Herbstwind. Wo war er auf einmal hergekommen? Warum hatte er seinen Chaos-Hund mitbringen müssen? Wieso war Helyer rausgelaufen? Er stellte sich oft an die Haustür, aber Alys hatte bisher den Eindruck gehabt, das wäre nur eine seiner Strategien, sie zu beschäftigen.

»Oh Himmel, der arme Kater«, flüsterte sie. »Daveth, hast du gesehen, ob der Hund Helyer gebissen hat?«

»Er hat ihn nicht erwischt.« Daveth grinste breit, was in Alys den Wunsch weckte, ihn zu verprügeln. »Der Dicke kann ganz schön rennen, wenn es darauf ankommt.«

»Warum hast du nicht eingegriffen?« Alys studierte Daveths Gesicht, als würde sie dort eine Erklärung finden. »Dem armen Helyer kann draußen so vieles zustoßen.«

»Stell dich nicht so an!« Daveth schüttelte den Kopf. In einer so besserwisserischen Art, dass Alys wieder wusste, warum sie sich für ihren Kater und nicht für ihn entschieden hatte. Warum hatte sie gestern nur dem Moment der Schwäche nachgegeben? »Der Dicke ist ein Kater und sollte in der Lage sein, ein paar

Stunden im Garten zu überleben. Ist ja nicht der Dschungel, oder?«

Alys atmete tief durch. Zorn kochte in ihr hoch, Zorn auf ihn, der so unsensibel war, aber noch stärkerer Zorn auf sich selbst, weil sie auf Daveth ein zweites Mal hereingefallen war. Was war nur mit ihr und den Männern? Nicht nur dass sie dem unsensiblen Kerl eine Chance nach der anderen gegeben hatte; nein, nun hatte sie einen zweiten Mann gefunden, dessen verdammter Hund den armen Helyer davongejagt hatte! Gab es denn keine Typen ohne Problem mehr?

Egal!

Jetzt war nur eins wichtig: Helyer wiederzufinden, der garantiert voller Panik in der ihm fremden Welt herumirrte. Auf Daveths Hilfe konnte sie kaum setzen.

»Danke für dein Verständnis, aber auf dich und deine Unterstützung kann ich ohnehin verzichten«, zischte sie. Wie hatte sie nur jemals auf ihn hereinfallen können?

»Alys.« Daveth streckte die Hand nach ihr aus. »Ich kann verstehen, dass du …«

»Nein! Gar nichts kapierst du. Ich gehe jetzt den Kater suchen.« Sie musste an sich halten, um Daveth nicht eine zu knallen. »Wenn ich wiederkomme, bist du weg. Es muss an dem Alkohol gelegen haben, dass ich auf die bescheuerte Idee ge-kommen bin, dich anzurufen. Jetzt zahlt der arme Helyer für meine Dummheit.«

Zu ihrer großen Befriedigung hatte Daveth keine herablassende Antwort parat. Sie griff nach ihrem Schlüsselbund, den sie auf der Kommode im Flur abgelegt hatte und drängte sich an Daveth vorbei aus der Haustür, als seine Stimme sie bremste.

»Alys, tut mir leid.« Vorsichtig griff er nach ihrem Arm, sodass sie sich ihm zuwenden musste. »Ich hab' überreagiert, aber das Viech …«

Auf seinem Gesicht zeichnete sich eine Mischung aus Schuldbewusstsein und Triumph ab, die Alys irritierte. Was tat ihm leid?

Dass er nicht mitfühlender auf Helyers Verschwinden reagiert hatte? Ihr Blick fiel auf einen von Daveths Schuhen, der im Flur stand, und eine Erkenntnis durchrieselte sie.

»Du hast nicht … oder?« Ihre Stimme klang überraschend kühl und gelassen. Wut brodelte in ihr hoch. »Daveth, bitte sag mir, dass du den Kater nicht hinausgeworfen hast.«

»Er hat mir in die Schuhe gekackt«, antwortete Daveth mit anklagendem Tonfall, aber er wich ihrem durchdringenden Blick aus. »Es war im Affekt. Tut mir leid. Ich helfe dir auch, ihn zu suchen.«

Ein hysterisches Kichern stieg in Alys auf, als sie ihn so vor sich stehen sah. Mit schuldbewusster Miene wie ein kleiner Junge, der bei einem Streich ertappt worden war und hoffte, durch ein Geständnis Milde zu erhalten. Albern sah er aus, wie er auf Strümpfen vor ihr stand, weil seine Schuhe …

Einfallsreich war er ja, ihr Helyer.

Hätte sie nur auf ihren Kater gehört, der Daveth von Anfang an nicht leiden konnte. Wie hatte sie nur glauben können, dass Daveth ein gefestigter Mann war? Dieses Bürschchen, das nicht einmal mutig genug war, ihr in die Augen zu sehen.

»Nein!« Nachdem sie ihren Lachanfall überwunden hatte, blieb der Wunsch, ihn nicht mehr sehen zu müssen. »Ich brauche deine Hilfe nicht. Geh einfach.«

Er schien zu überlegen, ob er nicht einen Versuch wagen sollte, sie zu überzeugen, aber ein Blick in ihr Gesicht belehrte ihn eines Besseren. Ohne ein Abschiedswort ging Daveth davon. Auf Strümpfen, die stinkenden Schuhe in der Hand.

Alys ließ sich gegen die Wand sinken. Der Konflikt hatte sie stärker mitgenommen, als sie geahnt hatte. Nur gut, dass sie endlich in der Lage gewesen war, sich nicht mehr selbst über Daveths Charakter zu täuschen. Sie holte tief Luft und stieß sie dann laut aus, bis ihr Herzklopfen ruhiger wurde. Dann griff sie nach ihrem Smartphone.

»Chesten. Helyer ist verschwunden. Brauche deine Hilfe, bitte«,

tippte sie eilig in das Handy. »*Bin vor der Tür und suche ihn. Hast du Zeit?*«

Alys war gerade in ihre Jacke geschlüpft, als ein Piepton die Antwort ankündigte.

– Wie verschwunden?
Daveth hat ihn aus dem Haus geworfen
– Daveth!?! Aus dem Haus geworfen?
Erklär ich dir später! Hast du Zeit?
– Klar, in fünfzehn Minuten bin ich da. Warte auf mich. Gemeinsam sind wir stark.

Alys überlegte einen Moment. Eigentlich wollte sie sofort nach Helyer suchen, fürchtete, dass jede Minute, die verging, es erschwerte, den Kater zu finden. Andererseits kannte Chesten sich besser mit Tieren aus als sie.

Beeil dich, schrieb sie daher und zog die Jacke wieder aus.

Während sie wartete, zerpflückte Alys vor lauter Nervosität ein Taschentuch. Um sich abzulenken, griff sie nach dem Poststapel, den sie gestern achtlos auf den Schuhschrank gelegt hatte. Wahrscheinlich alles verspätete Geburtstagsgrüße oder Werbung.

Nachdem sie Gutscheine für Kosmetik, eine kostenlose Rentenberatung, 10 % bei einem Online-Datingservice und eine Lotteriewerbung beiseitegelegt hatte, kam sie zu einem offiziell aussehenden Schreiben. Zögernd riss Alys den Briefumschlag auf. Den Briefkopf kannte sie – er war von Pendarves & Lawry, bei dem Grandma ihr Testament hinterlegt hatte.

Sehr geehrte Miss Nankivell,
in Angelegenheiten Ihres verstorbenen Vormunds Rosenwyn Courtenay bitten wir Sie um baldestmögliche Rücksprache.
Bitte vereinbaren Sie einen Termin mit unserem Sekretariat.
Hochachtungsvoll
Clifford Pendarves

Was mochte das zu bedeuten haben? Alys fühlte sich flau, als hätte sie nichts gegessen. Stimmte etwas mit dem Testament nicht? Würde sie ihr Cottage verlieren? Nein, damit konnte sie sich jetzt nicht auch noch beschäftigen. Das hatte auf jeden Fall Zeit, bis Helyer gefunden war.

Achtlos legte Alys den Brief zur Seite. Mit jeder Minute, die verging, fielen ihr weitere Schrecknisse ein, denen der arme Helyer sich stellen musste. Sie hatte von Katzen gehört, die Opfer eines Fuchses geworden waren. Immer wieder las man von Giftködern oder von Satanisten, die Tiere opferten. Aber doch nicht im beschaulichen St. Bart, oder? Und opferten die nicht nur schwarze Katzen? Außerdem gab es viel realistischere Gefahren für ihren Dicken: Autos, Hunde, andere Kater …

Gut jetzt! Alys sprang auf und eilte zur Tür. Wo Chesten nur blieb? Als hätte ihre Freundin nur darauf gewartet, bog sie auf ihrem Fahrrad um die Ecke.

»Ally!« Chesten sprang vom Rad und lehnte es nachlässig gegen den Zaun. »Wie geht es dir? Wie lange ist er weg? Hast du eine Idee, wo er sein könnte?«

»Mies. Eine halbe Stunde. Keine Ahnung.« Alys ließ sich in Chestens Umarmung sinken. Sie genoss den Moment der Geborgenheit, bevor sie sich aufrichtete. »Komm, ich will nicht länger warten.«

»Katzen bleiben meist in der Nähe ihres Heims«, sagte Chesten, während sie sich gemeinsam auf die Suche machten. »Hat Helyer nicht früher draußen gelebt? Dann kennt er die Gefahren.«

»Ich muss im Tierheim anrufen«, fiel es Alys ein. »Haben wir eine Chance, ihn zu finden?«

»Alles wird gut.« Chesten nahm ihre Hand und drückte sie. »Katzen sind Überlebenskünstler.«

»Helyer! Komm, Helyer!«, rief Alys. Erstaunlich, wie schnell ihr der graue Rabauke ans Herz gewachsen war. »Komm, Dicker, es gibt lecker Fressen.«

KAPITEL 34

Was Alys an St. Bart liebte, waren die kleinen, versteckten Ecken. Während die Einkaufsstraße aussah wie in jeder anderen Stadt, gab es sie noch – die unverwechselbaren, malerischen Wege, überschattet von Büschen und Bäumen, sodass das Licht geheimnisvolle Muster auf die Wege zeichnete. Feenorte, hatte Grandma diese verborgenen Winkel genannt.

Heute hasste Alys diese Winkel und Ecken, in denen sich ein Kater verstecken konnte, selbst wenn er groß und übergewichtig war. So sehr sie auch suchten, Helyer blieb verschwunden. Solange die Sonne schien, waren Chesten und Alys durch Vorgärten gestapft, hatten bei Nachbarn geklingelt und immer die gleiche Frage gestellt: »Entschuldigung, haben Sie einen kräftigen grauweißen Kater gesehen?«

Die meisten ihrer Nachbarn hatten versprochen, sich nach Helyer umzusehen und bei ihr zu melden, wenn sie ihn fänden. Vielleicht waren die Menschen netter als sie gedacht hatte. Grandma hatte großen Wert auf gute Nachbarschaft gelegt. Alys fand das furchtbar, diese Enge, dieses Gefühl, beobachtet zu werden. Vielleicht war es doch mehr. Ein Aufeinander-Achten, ein Sich-Kümmern, ein Niemanden-allein-Lassen.

»Meinst du, er ist zurück zum Tierheim gelaufen?«, fragte sie Chesten, die sich mit Katzen besser auskannte. »Das war sein vorheriges Zuhause. Oder erinnert er sich etwa an die Familie, wo er früher lebte?«

»Meinst du wirklich, der Dicke ist so gut zu Fuß?« Chesten zwinkerte ihr zu, was Alys tröstete. »Pass auf. Wir trennen uns. Ich suche ein letztes Mal die rechte Seite ab, du die Linke, bevor es dunkel wird.«

Alys konnte nur nicken. Sie fühlte sich mies, richtig mies und den Tränen nah. Daveth, dieser Idiot. Nein, sie war die Idiotin, weil sie ihn angerufen und wieder in ihr Haus und ihr Herz gelassen hatte. Nein, Jory war der Idiot, weil sein Hund so unglaublich schlecht erzogen war, dass er den armen Helyer gejagt hatte. Hoffentlich hatte der Kater keinen Herzinfarkt vor Schreck bekommen!

»Helyer! Komm, miez, miez, Helyer!« Sie hätte dem Kater einen anderen Namen geben sollen. So einen katzentypischen, bei dem einen die Nachbarn nicht überrascht und irritiert anschauten, wenn man ihn rief. »Dicker, wo bist du?«

~

Eine Stunde später musste Alys sich ihr Scheitern eingestehen. Der Kater war und blieb verschwunden. Mit tränenblinden Augen lehnte sie sich an Chesten, die sie tröstend in die Arme nahm.

»Morgen machen wir weiter.« Ihre Freundin strich Alys über den Rücken. »Komm, ich koch dir einen Tee.«

»Danke.« Alys schniefte. »Du musst nach Hause. Katzen und Pferde warten. Und Esel.«

Gemeinsam gingen sie ins Cottage zurück, das Alys einsam und leer vorkam.

»Was ist das?« Chesten deutete auf ein hübsch verpacktes Päckchen, das jemand – garantiert Daveth – achtlos zu den

Schuhen geworfen hatte. »Hast du vergessen, deine Geburtstagsgeschenke auszupacken?«

»Nein. Das kann nur von Jory sein.«

Meinte der etwa, er könnte sich mit einem Geschenk davon freikaufen, dass er nicht zu ihrer Feier erschienen war, sodass sie sich betrunken und Daveth angerufen hatte, was dazu geführt hatte, dass Helyer jetzt allein herumirren musste? Am liebsten hätte Alys das Päckchen ungeöffnet in den Müll geworfen, aber ihre Neugier war stärker. Es fühlte sich an wie ein Buch oder eine DVD. Immerhin kein Gutschein, so wie Daveth es fertiggebracht hatte.

Vorsichtig öffnete sie das Päckchen und stutzte. Dann lachte sie. Unter dem bunten Papier war das Geschenk in dunkelrotes Papier eingewickelt. Obenauf lag ein Briefumschlag. Erst das Geschenk oder erst die Karte? Und sollte sie nicht eigentlich den Kater suchen?

»Helyer werden wir im Dunkeln noch weniger finden als im Hellen«, sagte Chesten, als hätte sie Alys' Gedanken gelesen. »Vielleicht kommt er heute Nacht nach Hause, wenn er die Nase voll von seinem Abenteuerausflug hat. Soll ich bei dir bleiben?«

»Danke. Danke für alles. Ich komm schon klar.« Alys umarmte ihre Freundin. »Kümmere du dich um deinen Zoo. Falls er nach Hause kommt und« – sie zögerte einen Moment, das Undenkbare auszusprechen – »falls etwas mit ihm ist, kann ich dich dann anrufen?«

»Ich werde da sein.« Chesten hauchte ihr einen Kuss auf die Wange. »Pack dein Geschenk aus und erzähl mir später, was es ist.«

Alys öffnete den Briefumschlag. An das Geschenk wagte sie sich nicht heran. Noch eine Enttäuschung würde sie heute nicht verkraften.

Es tut mir leid. Buddy hat das Smartphone gefressen.

Trotz der Sorge um ihren Kater musste Alys lächeln, weil der Satz so sehr nach einer miesen Ausrede klang. Gleichzeitig wäre es als Ausrede so mies, dass es wahr sein musste. Warum nur gelang es Jory nicht, seinen Hund zu erziehen? Obwohl sie nur wenig mit ihm gesprochen hatte, hatte er auf Alys nicht gewirkt wie jemand, der sich nicht durchsetzen konnte.

Liebe Alys,
es klingt wie die mieseste Ausrede aller Zeiten, aber Buddy hat sich mein Smartphone geschnappt. Nicht einmal die Technikfreaks konnten Daten retten. In der Tierarztpraxis haben sie sich geweigert, mir deinen Namen und deine Adresse zu nennen, obwohl ich steif und fest behauptet habe, es wäre ein Notfall. Im Tierheim das gleiche.
… und dann, als ob sich alles verschworen hätte, war Tomas übers Wochenende zelten, sodass ich ihn erst Sonntagabend nach Colans Telefonnummer fragen konnte … den habe ich Sonntagnacht endlich erreicht, er hat mich an Bree verwiesen … und dann war es so spät, dass ich nicht mehr anrufen wollte.
Falls du heute nicht da bist, lege ich dir das Geschenk hin (ich hatte es schon Freitag, großes Indianerehrenwort) und hier ist meine Telefonnummer: 555 71543
Entschuldige
Jory

Alys verspürte ein warmes Gefühl, als sie las, was er alles angestellt hatte, um trotz des Hunde-Smartphone-Desasters zu ihrem Geburtstag zu kommen. Sie sah Jory förmlich vor sich, wie er in seiner Wohnung auf- und ablief und überlegte, auf welchem Weg er sie erreichen könnte. So viel hatten weder Craig noch Daveth unternommen, um ihr nahe zu sein.

Unschlüssig drehte sie das Geschenk in ihren Händen. Was, wenn es etwas völlig Langweiliges und Banales wäre, das ihre Meinung von Jory nach unten ziehen würde? War es denn so wichtig, was er ihr schenkte? Zählte nicht nur die Geste und all seine Mühe, ihr das Präsent zu bringen? So ein Pech, dass sie nicht da gewesen war, sondern Daveth. Jetzt musste Jory denken, dass Daveth und Alys ein Paar waren …

All dies und noch mehr überlegte sie, während sie das Geschenk von einer Seite zur anderen drehte. Öffnen oder nicht öffnen? Ehe sie eine Entscheidung treffen konnte, meinte sie ein klägliches Miauen vor der Tür zu hören. Alys legte das Geschenk zur Seite und rannte zur Tür.

»Helyer?«, rief sie. »Dickerchen, komm fressi-fressi!«

Nichts.

Sicherheitshalber schaltete sie das Außenlicht ein, aber kein Kater war zu sehen.

Gerade als sie es sich mit einem Becher Salted-Caramel-Eis im Bett bequem gemacht hatte, klingelte das Telefon.

»Ich will euch nicht stören.« Alys' Herz fühlte sich an, als täte es einen Hüpfer und sie lächelte, obwohl sie eben noch todtraurig gewesen war. »Aber ich habe ein schlechtes Gewissen, weil Buddy den Kater verjagt hat. Ist er wieder da? Äh, hier ist übrigens Jory.«

»Ich weiß«, antwortete Alys. »Hab deine Stimme erkannt. Nein, Helyer ist leider immer noch verschwunden. Ich mach mir Sorgen.«

»Kann ich was tun? Also, wenn es okay ist. Dein Freund schien nicht begeistert zu sein, mich zu sehen.«

»Das war nicht mein Freund.« Ihre von Grandma anerzogene Ehrlichkeit zwang Alys, die Wahrheit zu ergänzen. »Nicht mehr. Er war … ein Fehler. Helyer hat ihm in die Schuhe … gemacht.«

Stille entstand zwischen ihnen. Innerlich seufzte Alys auf. Was hatte er nur an sich, dass sie so dummes Zeug erzählte? Daveth ein Fehler … kein Wunder, dass Jory nicht antwortete. Wahrscheinlich überlegte er, wie er sie möglichst schnell loswerden könnte, damit sie nicht ihn irgendwann als Fehler bezeichnete.

Großartig, Alys, du hast es geschafft, ihn für immer zu verjagen. Glückwunsch!

»Dein Kater schien das auch so zu sehen«, sagte Jory schließlich nach einer weiteren Schweigeminute, die Alys unendlich lang vorgekommen war. »Sonst hätte er ihm nicht in die Schuhe gekackt.«

Alys stockte, dann brach sie in Kichern aus, das sich zu einem lauten Lachen auswuchs. Auch Jory lachte. Ein dunkles, angenehmes Lachen, das ein Kribbeln in ihrem Bauch hervorrief. Warum hatte sie ihn nicht schon früher nach seiner Telefonnummer gefragt? Gab es eine zweite Chance für sie und ihn?

»Könnte Buddy den Kater finden?«, fragte sie nach einem Moment des Überlegens. »Ich müsste etwas suchen, dass nach ihm riecht …«

»Puuh«, antwortete Jory. »Das weiß ich nicht. In Buddy ist Jagdhund mit drin, aber ... Wir probieren es aus. Morgen früh. So gegen 9:00 Uhr?«

»Das wäre toll. Falls er heute nach Hause kommt, gebe ich dir Bescheid.« Alys wünschte sich, das Telefonat auszudehnen, aber gleichzeitig wollte ihr nichts einfallen, was sie sagen konnte. Irgendwie schaffte er es, ein großes Durcheinander in ihrem Kopf hervorzurufen. »Ach so, vielen Dank für das Geschenk.«

»Bitte. Gefällt es dir?«

»Ich hab's noch nicht auspacken können. Chesten und ich haben den ganzen Tag nach Helyer gesucht.«

»Hätte ich mir denken können. Sorry.«

Aus dem Hintergrund erklang Klirren und dann aufgeregtes Bellen.

»Buddy!«, rief Jory und seufzte. »Ein Kater zerstört bestimmt weniger als dieser vermaledeite Hund. Ich muss das auffegen, bevor er sich schneidet. Bis morgen.«

»Bis morgen.« Nachdem er aufgelegt hatte, stand Alys im Flur und starrte versonnen auf den Telefonhörer, so als könnte sie Jory dadurch zu sich holen. Da gab es doch diesen Comichelden – Atom -, der sich durch Telefonleitungen bewegen konnte.

Erde an Alys. Krieg dich wieder ein und pack endlich das Geschenk aus.

Gut, dass Chesten nicht geblieben war. Ihre Freundin hätte mit untrüglichem Instinkt gespürt, wie sehr Alys' Gedanken um Jory und den morgigen Tag kreisten. Vielleicht sollte sie das Geschenk erst danach auspacken. Zu groß war ihre Angst vor einer Enttäuschung.

Ach was, schlimmer als das Nullgeschenk von Daveth kann es nicht sein.

KAPITEL 35

Seit sieben Uhr morgens war sie wach. Die Sorge um Helyer hatte Alys nicht schlafen lassen. Bereits viermal war sie durch den Garten gelaufen. Ihr Herz war beinahe stehengeblieben, als sie Bremsen quietschen hörte. *Helyer! Jemand hat ihn überfahren.*

Doch der Fahrer war nur zu schnell in die Kurve eingebogen. Alys zuppelte an ihren Haarspitzen, ging auf und ab und hielt weiterhin Ausschau nach ihrem Kater.

Pünktlich auf die Minute tauchte Jorys Auto, ein schlichter Volkswagen, auf. Er stieg allein aus. Hinter ihm konnte Alys erkennen, wie Buddys dunkle Nase Schlieren auf der Fensterscheibe hinterließ.

»Ich habe Croissants mitgebracht. Die magst du, nicht wahr?« Jory lächelte sie an, so warm, dass Alys sich wünschte, er wäre ihretwegen hier und nicht, weil sein Hund ihren Kater verjagt hatte. »Buddy habe ich im Auto gelassen. Ich fürchte, er würde nur etwas zerstören. Er ist ein wenig … grobmotorisch.«

»Danke.« Sie nahm ihm die Tüte ab. »Ich freu mich über die Croissants, aber irgendwie bekomme ich nichts runter, solange Helyer …«

»Klar. Das ginge mir mit Buddy genauso. Hast du etwas, was nach dem Kater riecht?«

Alys verdrehte die Augen. Warum hatte sie nicht längst etwas herausgesucht? Jory musste sie für naiv halten. Egal, jetzt ging es nur um Helyer.

»Bevor ich es vergesse …«, sie lächelte. … danke für das Geschenk. Ich habe mich sehr gefreut.«

»Wirklich?« Jory blickte sie prüfend an. »Ich hoffte, dass dir ein Jezebel-Bligh-Comic gefällt.«

»Auf jeden Fall.« Ohne zu überlegen beugte sie sich vor und küsste ihn auf die Wange, was ihr vollkommen selbstverständlich erschien. »Danke.«

»Bitte.« Er lächelte. »Dein Kater heißt nach Jezebels treuem Freund, nicht wahr?«

»Ja. Ich bin gleich wieder da.« Nervös wedelte sie mit den Händen. »Kaffee ist in der Küche, wenn du magst. Tassen sind im Schrank. Wo auch sonst …«

Halt einfach den Mund, dachte sie. *Egal, was du sagst, du machst es nur schlimmer.*

Sie floh mehr aus dem Wohnzimmer, als dass sie ging. Zu allem Überfluss stolperte sie über eine von Helyers Spielzeugmäusen, die der Kater nur dazu nutzte, sie überall in ihren Weg zu legen.

Mit brennenden Wangen lief sie in ihr Schlafzimmer. Ein Blick in den Spiegel zeigte ihr, was sie befürchtet hatte – sie war knallrot angelaufen. Egal, bei Jory konnte sie sowieso nichts mehr retten.

Hastig griff sie nach dem Stoffkissen, das unter ihrem Bett lag. Es war voller Katerfell, als würde Helyer jedes Mal, wenn er sich auf das Kissen setzte, alle unnötigen Haare auf einmal abstoßen. Alys spürte einen Kloß in ihrer Kehle, als sie sich vorstellte, wie ihr Wohnungskater draußen herumirrte.

Hoffentlich erwies sich Buddy als Suchhund. Alys schniefte,

wischte sich die Tränen ab und kehrte zurück ins Wohnzimmer. Dort fand sie Jory vertieft in Grandmas Büchersammlung.

»Wow.« Jory stand vor den Regalen voller Bücher, die Grandma und Alys gelesen hatten und von denen sie sich nicht trennen konnte. »Hier sind alle Jezebel Bligh–Romane, die je geschrieben wurden. Und alle Übersetzungen. Deine Grandma muss ein Riesenfan gewesen sein.«

»Die Comics hat sie nicht. Was seltsam ist. Von wann sind die?«

»Im März herausgekommen.« Jorys Finger strichen an den Buchrücken entlang. »Jezebel scheint mehr Fans als uns beide zu haben. Das liegt bestimmt an ihrer geheimnisumwitterten Vergangenheit.«

»Die Comics hätten Grandma sehr gefallen«, sagte Alys. Sie schloss einen Moment die Augen, überwältigt von Traurigkeit. »Leider ist sie vergangenen November gestorben.«

»Oh. Mein Beileid.« Jory strich ihr sanft über die Wange und zog dann schnell die Hand weg, als hätte ihn seine Geste genauso überrascht wie sie. »Du vermisst sie sicher sehr.«

»Grandma hat diese Reihe immer ihre ›Guilty Pleasures‹ genannt.« Alys lächelte bei der Erinnerung. »Alle Jubeljahre hat sie eines davon hervorgeholt und gelesen, begleitet von Musik, Rotwein und Schokolade. Das habe ich von ihr übernommen.«

»Hmm, auf die Idee, Jezebel Bligh mit Schokolade zu begleiten, bin ich noch nicht gekommen.« Jory zwinkerte ihr zu. »Klingt verführerisch. Aber nur mit dunkler Schokolade. Dunkel wie Jezebels Stimme.«

»Du kennst die Bücher fast so gut wie Grandma. Ihr hättet euch gut verstanden.« Oh, nein, würde Jory jetzt denken, er wirke auf sie wie ein 80jähriger? Schnell das Thema wechseln. »Das hier ist Helyers Schlafkissen. Es müsste ziemlich intensiv nach ihm riechen.«

»Komm, Buddy, zeig dich einmal von deiner nützlichen Seite.« Jory wedelte mit dem Kissen vor Buddys Nase herum, was den Hund jedoch nicht interessierte. Statt die Fährte des Katers aufzunehmen, sprang Buddy um Alys herum und versuchte, ihr das Gesicht abzulecken.

Na prima, das war eine schöne Pleite. Erst verscheuchte sein unerzogener Hund ihren Kater – und dann war er nicht willens, ihn zu suchen. Nur zu gern hätte Jory Alys in die Arme genommen und ihr versichert, dass alles gut werden würde. Sie bemühte sich so sehr, sich nicht anmerken zu lassen, wie sehr sie der Verlust des Katers belastete, doch ihre geröteten Augen hatten sie verraten.

»Bitte, Buddy«, flehte Jory. Konnte der Hund sich nicht wenigstens dieses eine Mal als hilfreich erweisen? Nicht, weil Jory sich mehr von Alys wünschte, sondern damit sie den Kater wiederbekam, der ihr so viel bedeutete. »Hier, such.«

Buddy antwortete mit einem Schwanzwedeln. Zu Jorys Überraschung senkte er dann den Kopf auf den Boden und rannte mit großen Sprüngen davon, dass er Jory beinahe umgerissen hätte.

»Er hat etwas gewittert«, rief Jory Alys zu, während er sich bemühte, mit Buddy Schritt zu halten. Na toll, das hatte sie schon selbst gemerkt. »Nicht so schnell, Buddy.«

Doch der Hund kannte kein Halten mehr. Zu Jorys Entsetzen galoppierte Buddy schnurstracks auf eine Hecke zu, die Alys' Grundstück von dem der Nachbarn trennte. Wenn er den Hund nicht stoppte, würden sie beide mit Schwung durch die Eiben oder was immer das sein mochte brechen. Nur leider ließ sich Buddy nicht stoppen, sondern bohrte sich durch die Hecke, als bestünde die aus weichem Gras und nicht aus harten Hölzern. Jory war keinesfalls bereit, dem Hund dorthin zu folgen und ließ die Leine los.

»Nach rechts!«, rief Alys ihm zu und winkte zur Bestätigung. »Da kommen wir um die Hecke herum.«

Jory konnte nur um Atem ringend nicken. Er musste dringend mehr trainieren.

Nachdem das Seitenstechen nachgelassen hatte, folgte er Alys. Dahinter bot sich ihm ein Anblick, bei dem er sich am liebsten unsichtbar gemacht hätte.

Buddy saß unter einer Wäscheleine, auf der mehrere Kissen hingen, und schaute Jory und Alys erwartungsvoll an. Jory wagte es kaum, Alys anzusehen.

Endlich blickte er sie an und sah gleich wieder zur Seite, weil ihre Unterlippe zitterte. Oh nein, hoffentlich fing sie nicht an zu weinen. Damit könnte er nicht umgehen. Doch Alys überraschte ihn. Sie platzte mit einem Lachen heraus, so laut und fröhlich, dass Buddy anfing zu kläffen und sie schwanzwedelnd umkreiste.

Endlich gewann sie ihre Fassung wieder.

»Falls du je Wäsche verlierst, hast du den idealen Hund dafür.« Erneut brach Alys in Lachen aus, so ansteckend, dass auch Jory die Komik erkennen konnte.

»Wer weiß, wofür man Buddys besondere Fähigkeiten einmal brauchen kann.« Lachend schüttelte er den Kopf. »Das wäre ein wunderbares Jezebel-Bligh-Abenteuer: Wäschediebe in Wyoming.«

»Kissenklau in Kanada«, antwortete Alys. »Bettenraub in Bogota.«

Da konnte Jory nicht anders. Er trat auf sie zu, zog sie in seine Arme und küsste sie. Einen Moment lang blieb sie starr und er fürchtete schon, dass er die Signale falsch gedeutet hatte, doch dann öffneten sich ihre Lippen und sie erwiderte seinen Kuss. Hätte Buddy nicht angefangen zu kläffen, hätte dieser Kuss für Jory ewig dauern können.

»Lass uns zum Haus gehen«, flüsterte sie. Sie lehnte sich an ihn und er legte den Arm um sie. Engumschlungen gingen sie zurück.

»Es tut mir leid, dass wir Helyer nicht gefunden haben«, sagte er schließlich, als sie in den Weg zu ihrem Häuschen einbogen. »Wenn du magst, kann ich Suchplakate erstellen und aufhängen. Da bräuchte ich ein Foto von ihm.«

Alys drückte seine Hand, um ihm ihre Dankbarkeit zu zeigen.

»Bis er verschwunden ist, habe ich nicht geahnt, wie viel er mir bedeutet«, sagte sie, was Jorys schlechtes Gewissen fütterte. Schließlich war es sein Hund gewesen, der den Kater vertrieben hatte. Natürlich erst, nachdem Daveth ihn vor die Tür gesetzt hatte. Hatte der nicht behauptet, Alys' Verlobter zu sein? Was sollte Jory nun davon halten, dass sie hier Hand in Hand mit ihm schlenderte und seinen Kuss aus vollem Herzen erwidert hatte?

»Wir werden ihn finden«, sagte er und drückte ihre Hand. »So viele Riesenkater wird es hier nicht geben, oder? Und an ihn wird sich kaum jemand heranwagen.«

Nur zu gut erinnerte er sich an das Theater, das der gewaltige Kater in der Tierarztpraxis gemacht hatte.

»Aber er kennt sich mit dem draußen leben nicht aus.« Alys Tonfall klang verzweifelt. »Oh nein, ich höre mich an wie eine Helikopter-Mum, nicht wahr?«

»Ein bisschen.«

Sie zog die Nase kraus, was so niedlich aussah, dass er sie einfach in die Arme nehmen musste. Er atmete den Duft ihres Haares ein, spürte die Weichheit ihrer Lippen, doch da war wieder der Gedanke an diesen Daveth. Widerwillig löste er sich aus der Umarmung, aber hielt ihre Hand in seiner.

»Dieser Daveth … das ist doch gerade erst vorbei … ich will dich nicht bedrängen … es ist doch vorbei, oder?«

Sie entzog ihm ihre Hand und strich sich eine Haarsträhne aus der Stirn.

»Also, er ist nicht mein Freund.« Ein Moment des Überlegens. »Eigentlich schon länger nicht mehr. Das gestern … Es ist … kompliziert.«

Bevor Jory antworten konnte, schoss Buddy nach vorne und zerrte ihn hinter sich her. Dann stoppte der Hund abrupt, was daran lag, dass Helyer einen Riesenbuckel machte, das Fell sträubte und sich zu doppelter Größe aufplusterte.

Als wäre es das normalste der Welt, saß der Kater auf der Türschwelle des Hauses, bis Buddy auf ihn zugestürmt war. Zum Glück war sein Hund klug genug, sich nicht mit dem erbosten Stubentiger anzulegen. Alys dagegen ließ sich von dessen Fauchen nicht abhalten. Sie fiel mit einem Schrei auf die Knie und drückte Helyer an sich.

»Ich bringe Buddy ins Auto«, bot Jory an. »Falls du möchtest, dass ich noch ein bisschen bleibe.«

Ihre Antwort war ein Lächeln, das Jezebel Bligh zur Ehre gereicht hätte. Die Frage des komplizierten Beziehungsstatus' könnte er später immer noch klären.

KAPITEL 36

Alys konnte ihr Glück kaum begreifen: Helyer war wieder da und schien gesund zu sein, wenn auch mies gelaunt. Selbst für seine Verhältnisse. Viel bedeutsamer und unfassbarer jedoch war, dass Jory sie geküsst hatte. Nicht nur, *dass* er sie geküsst hatte. Es war mehr gewesen, der Kuss hatte sich richtig angefühlt, als hätte sie endlich den Menschen gefunden, der sie zu einer besseren Person machte. Mit dem gemeinsam sie alles meistern könnte, bei dem sie sich darauf verlassen konnte, dass er ihr bei der Verwirklichung ihre Träume und Wünsche helfen würde.

Woher kam diese unglaubliche Euphorie? Lag es etwa daran, dass sie vor Sorge um den Kater zu wenig geschlafen hatte? Alys fühlte sich gut, wie schon lange nicht mehr. Nein, das stimmte nicht. Noch nie zuvor in ihrem Leben hatte sie sich so gut gefühlt. Ob es Jory auch so ging? Oder bereute er den Kuss bereits?

Als würde er ihre Zweifel spüren, beugte Jory sich zu ihr und küsste sie erneut. Sanft und gleichzeitig fordernd. Wenn Alys früher in einem Buch gelesen hatte, dass jemandem die Knie weich wurden, dass man Schmetterlinge im Bauch spürte, dass alles in ein rosarotes Licht getaucht wurde, hatte sie das für literarische Übertreibung gehalten.

Craig oder einen der Freunde vor ihm zu küssen, mit ihnen zu schlafen, das hatte Spaß gemacht, zu einem Kribbeln geführt, sie glücklich gemacht, aber es war nichts im Vergleich zu Jorys Küssen. Alys schloss die Augen und gab sich diesem wunderbaren und einzigartigen Gefühl hin.

Bis zu dem Moment, da Helyer sich mit einem »Mack!« an ihre Beine warf und sie von ihrer rosaroten Glückseligkeitswolke holte.

»Ich fürchte, wir müssen ihm etwas zu fressen geben.« Sie öffnete die Augen. Unfassbar, was für tiefblaue Augen Jory hatte, mit dichten Wimpern, für die Frauen morden würden. »Sonst bekommen wir keine Ruhe.«

»Miärf«, lautete Helyers Kommentar. Der Kater schaute sie so vorwurfsvoll an, dass Alys auflachte. Jory fiel ein.

»Wo ist das Katzenfutter?«, fragte er. »Ich muss einen Weg zu seinem Herzen finden, sonst kackt er mir auch in die Schuhe.«

Musste er sie an Daveth erinnern? Warum nicht? Ohne Daveth wäre Helyer nicht davongelaufen, und sie und Jory hätten vielleicht nie den Schritt gewagt, sich zu küssen.

»Hier.« Alys öffnete den Schrank und nahm eine Futterdose heraus. Jory stellte sich hinter sie und umarmte sie. Sie ließ sich gegen ihn sinken, spürte die kräftigen Bauchmuskeln unter dem T-Shirt. Mit geschlossenen Augen genoss sie das Gefühl, dass ihr Kopf perfekt in Jorys Halsbeuge passte. Warm strich sein Atem über ihren Hals, bevor er ihren Nacken küsste. Es kitzelte und sie schüttelte sich leicht, was ihn zum Lachen reizte.

»Miärg!« Helyer klang empört, dass er hungern musste.

»So gern ich dich weiter im Arm halten würde«, sagte Jory und lachte ein tiefes, dunkles, unglaublich sympathisches Lachen, das die Schmetterlinge in Alys' Magen erneut in einem Pulk aufflattern ließ, »erst müssen wir den Heimkehrer füttern.«

Jory wusch einen Napf aus und füllte ihn mit Futter. Helyer

saß auf den Dielen und beobachtete ihn misstrauisch, aber auch interessiert.

»Hier bitte schön.« Jory ging vor dem Kater in die Knie und schob ihm den Napf hin. »Guten Appetit.«

Alys wusste nicht, ob es daran lag, dass Helyer lange Zeit nichts zu fressen gehabt hatte oder ob er Jory mochte, aber der Kater strich an seiner Hand entlang, bevor er sich auf das Futter stürzte.

»Alys.« Jory stand auf. Sein Gesichtsausdruck war ernst. »Ich würde gerne bleiben, aber ich kann Buddy nicht ewig im Auto einsperren. Magst du mit zu mir kommen?«

»Du kannst ihn reinholen«, platzte Alys heraus. »Das ist okay.«

Kaum hatte sie es ausgesprochen, bereute sie ihre Worte. Helyer wäre sicher nicht begeistert, den Hund wiederzusehen, der ihn durch die Gärten gejagt hatte. Und ehrlich gesagt war sie auch nicht angetan von der Vorstellung, den großen, tollpatschigen Hund in ihrem Haus zu haben.

»Das würde nicht gut gehen.« Jorys Hände zerwühlten ihre Haare, glitten über ihre Kopfhaut, was ihr eine Gänsehaut am ganzen Körper bescherte. »Hier gibt es viel zu viel, das Buddy umstoßen oder anknabbern könnte.«

»Möchtest du einen Tee oder Kaffee?«, fragte sie, auf einmal nervös, weil alles so schnell gegangen war und sich großartig anfühlte, aber konnte sie ihrem Herzen vertrauen? »Wenn du magst, können wir uns draußen hinsetzen und die Sonne genießen.«

»Kaffee. Ich trinke lieber Kaffee.« Jory schaute sie so liebevoll an, dass sich alle Zweifel zerstreuten. »Und du? Ich weiß so wenig von dir.«

»Das macht es doch spannend, oder?« Sie zwinkerte ihm zu. »Ich habe nur eine schlichte Pumpkanne. Mit einem Cappuccino oder Espresso kann ich leider nicht dienen.«

»Schlichter Kaffee ist wunderbar. Kann ich dir helfen?«

»Magst du Kekse? Soll ich Scones aufbacken?«

»Kaffee reicht völlig.« Jory öffnete die Tür, die auf den Hinterhof führte. Alys holte tief Luft. Seit Grandmas Tod hatte sie dort nicht mehr gesessen. Zu sehr schmerzte die Erinnerung daran, wie oft sie mit ihrer Großmutter an dem weißen Gartentisch gesessen und über Jezebel Bligh oder Agatha Christie oder die Zukunft geredet hatte. Grandmas Stuhl stand immer noch an der Stelle neben der Mauer, wo sie die Abendsonne bis zu deren Untergang ausgekostet hatte.

Zwischen den Pflastersteinen zeigte sich Unkraut, weil Alys sich nicht überwinden konnte, Ordnung zu machen.

Sie stellte die Pumpkanne und zwei Tassen auf ein Tablett. Nahm Jory Milch oder Zucker? Sicherheitshalber fügte sie beides dazu. Als sie zur Tür ging, versuchte Helyer, ihr nach draußen zu folgen. Oh nein, hatte der Kater etwa Gefallen an der Freiheit gefunden?

»Komm, Dicker, komm.« Alys holte die Schachtel mit Helyers Lieblingssnacks aus dem Schrank und lockte den Kater ins Schlafzimmer, wo sie ihn einsperrte. Ein prüfender Blick in den Spiegel. Sie sah strahlend-glücklich aus.

»Tut mir leid. Helyer wollte mir unbedingt folgen.«

Einen Moment lang stockte sie, weil Jory in Grandmas Stuhl saß. Er hatte ihn an den Tisch herangezogen und saß darauf, die langen Beine vor sich gestreckt, das Gesicht der Sonne zugewandt. Ihrer Großmutter hätte es sicher gefallen, einen attraktiven Mann dort sitzen zu sehen.

»Schön ist es hier.« Jory sprang auf und nahm ihr das Tablett ab. »Ein prachtvoller Garten.«

»Das war er einmal. Ich habe einfach kein Händchen dafür.« Sie zog ihren Stuhl neben seinen und schmiegte sich an ihn. »Grandma hat alles angelegt. Mir fehlen das Wissen und der Spaß an Gartenarbeit.«

»Ich könnte dir helfen.« Jorys Lippen berührten ihre Stirn.

»Nicht, dass ich mich auskenne, aber ich könnte meine Mum fragen.«

»Du halst dir damit eine Menge Arbeit auf.« Eine schöne Vorstellung, Jory in ihrem Garten ackern und pflanzen zu sehen. »Ich würde dich natürlich unterstützen. Indem ich dir ab und zu einen Kaffee bringe.«

Schweigend tranken sie. Ein angenehmes Schweigen, so als kannten sie einander gut genug, die Stille nicht brechen zu müssen.

»Ich würde hier gern noch sitzen.« Jory strich ihr vom Ohr über den Hals. »Aber ich habe Buddy gegenüber ein schlechtes Gewissen. Kommst du mit?«

»Ich bin neugierig, wie du wohnst.« Alys stand auf. »Lass mich nur eben Helyer Fressen hinstellen.«

~

Buddy versuchte auf Alys' Schoß zu klettern und ihr feuchte Hundeküsse zu geben. Dabei landete eine seiner großen Pfoten in ihrem Gesicht, was Jory entsetzlich peinlich war, sie aber zum Lachen brachte.

Jory wohnte mitten im Zentrum, in einem der prachtvollen viktorianischen Häuser. Erstaunlich, dass er sich als Student hier eine Wohnung leisten konnte. Ob seine Eltern das finanzierten? Oder arbeitete er?

Nachdem er das Auto in einer Seitenstraße geparkt hatte, gingen sie Hand in Hand zum Haus. Buddy hüpfte um sie herum und war so begeistert, dass sein ganzer Körper wackelte.

Jory wohnte im obersten Stock. Auf der Treppe versuchte Buddy, sich an ihnen vorbeizudrängen und verhedderte sich in der Leine. Mit einem Seufzer befreite Jory den Hund mit geschickten Bewegungen, als hätte er viel Erfahrung damit.

»Wundere dich nicht.« Er küsste sie, bevor er die Tür öffnete.

»Die Wohnung ist Buddy-sicher. Das sieht ein bisschen seltsam aus.«

Nachdem sie in den hellen Flur getreten war, erkannte Alys, was er meinte. Die Wohnung wirkte außer Balance, weil alle Flächen, die sich in Buddy-Höhe befanden, leergeräumt waren. Was notwendig war, denn der Hund schnüffelte sofort alles in Reichweite ab.

Alys schaute sich um. Abgesehen von dem Ungleichgewicht war es eine schöne Wohnung, eine, die voller Leben war. Bücher, Zeitschriften, DVDs und CDs lagen in Regalen; auf dem dunklen Parkett stand ein bequem aussehendes dunkelgraues Sofa. In der offenen Küche gruppierten sich vier Stühle um einen runden Holztisch. Alles sah so aus, als ob hier jemand täglich lebte.

Alys trat näher, um sich die Fotos anzuschauen, die an einer Wand des Wohnzimmers hingen. Es mussten Familienfotos sein, denn es waren immer wieder dieselben Personen. Jory zwischen einem älteren Paar, sicher seine Eltern. Ein jüngerer Jory neben einem älteren Mädchen und einem Jungen. Von einer Schwester namens Lowenna hatte er erzählt. Wer mochte der Junge sein? So vieles wussten sie noch nicht voneinander und sie freute sich, alles über ihn herauszufinden.

»Wer ist das hier mit Buddy?«, fragte sie und deutete auf ein Foto, auf dem ein junger Mann und der schwarze Hund zu sehen waren. Der Mann mit den hellbraunen Haaren umarmte Buddy und grinste breit in die Kamera. Er sah aus, als wollte er die Welt umarmen.

»Kitto. Ihm gehörte Buddy.« Etwas in seinem Tonfall riet Alys, nicht weiter nachzufragen, sondern das Thema – jedenfalls für heute – ruhen zu lassen. »Möchtest du etwas trinken? Oder essen?«

Statt einer Antwort ging Alys zu ihm und küsste ihn. Sie war überzeugt, dass der Kuss für sich sprechen würde.

KAPITEL 37

Alys stand am Fenster des Cottages und schaute hinaus. Helyer schmiegte sich an ihre Wade; seit seinem Abenteuer war er deutlich freundlicher und ihr zugewandter.

»Jory kommt gleich«, flüsterte sie dem Kater zu. Allein seinen Namen auszusprechen, zauberte ein Lächeln auf ihr Gesicht. »Bestimmt bringt er dir etwas Leckeres mit.«

Jory verwöhnte Helyer, der sich das gern gefallen ließ.

Waren wirklich schon vierzehn Tage vergangen? Alys kam es vor, als hätten Jory und sie Helyer erst vor wenigen Tagen gefunden. Es waren wundervolle zwei Wochen gewesen: voller Leben, Liebe und Lachen … Ganze Tage und Nächte hatten sie im Bett verbracht, nur unterbrochen von Spaziergängen mit Buddy, Einkäufen und gemeinsamem Kochen.

»Meinen Segen hast du«, hatte Chesten ihr ins Ohr geflüstert, als sie zu dritt das Konzert von *Brothers & Bones* besuchten. »Ich freue mich für dich. Er macht dich glücklich.«

»Ja«, sagte Alys, die beobachtete, wie Jory im Takt der Musik mitwippte. Er wirkte entspannt und glücklich. Als spürte er, wie sie in beobachtete, neigte er ihr den Kopf zu und lächelte. Voller Liebe.

Auch von Bree hatte sie den Segen erhalten, per Skype: »Ich fand ihn ja schon in St. Ives süß. Gut, dass du den stoffeligen Daveth los bist.«

Erneut spähte sie die Straße hinauf. Ein Blick auf die Küchenuhr zeigte ihr, dass sie viel zu früh dran war. Aber die Neugier ließ ihr keine Ruhe. Gestern hatte Jory ihr einen Ausflug vorgeschlagen und sich etwas geheimnisvoll gegeben. Heute Morgen war er früh aufgebrochen, um Buddy von seiner Betreuerin abzuholen. Alys und er waren übereingekommen, dass sie beide ab und zu Urlaub von dem großen schwarzen Tollpatsch benötigten.

Ihre Gedanken drehten sich um die Frage, wohin er sie wohl führen wollte. Dabei war es ihr egal, wichtig war nur, mit ihm zusammen zu sein. Erst hatte sie ihre starken Gefühle für ihn damit erklärt, dass er ihr geholfen hatte, den Kater wiederzufinden, doch bald musste sie sich eingestehen, dass sie ihn liebte. Aus vollem Herzen. So sehr, dass es ihr beinahe Angst machte. Jedes Mal, wenn sie ihn sah, schlug ihr Herz ein wenig schneller. So auch heute, als sie endlich sein Auto in ihre Straße einbiegen sah.

Aber Jory wirkte in sich gekehrt, beinahe abweisend, als er sie begrüßte. So kannte sie ihn nicht. Selbst Buddy lag ruhig auf dem Rücksitz des Volkswagens, als spürte er die gedrückte Stimmung.

»Bin ich richtig angezogen? Wohin fahren wir?«

»Nach Gunwalloe.« Er blickte nach links und lächelte sie an. »Buddy und ich fahren öfter dorthin.«

Danach verfiel er wieder ins Schweigen. Was war nur mit ihm los? So hatte sie Jory noch nicht erlebt, so angespannt, als drückte ihn etwas Schweres nieder. Sollte sie es ansprechen oder warten, bis er sich ihr öffnete? Nervös schaute Alys aus dem Fenster und gab vor, sich für die Landschaft zu interessieren. Sie fuhren die Küstenstraße entlang. Im Licht der Nachmittagssonne schimmerte das Meer in den prächtigsten Grün- und Blautönen. Wolken warfen dunkle Schatten auf die See.

Auf der anderen Seite der Straße erstreckten sich grüne Weiden, auf denen vereinzelt Schafe grasten. Wie konnten die Landschaft und das Meer so friedlich sein, wenn ihre Gefühle sich in Aufruhr befanden?

Auf dem Weg zum Strand kam Buddy ihr verhaltener als sonst vor, als spiegelte er Jorys bedrückende Gefühlslage wider.

Der Strand von Gunwalloe wirkte rau mit seiner gewaltigen Klippe, an der sich die Brandung brach. Die Bucht selbst war ein goldfarbener Sandstrand, an den Wellen langsam heranrollten. Graue Felskiesel rahmten ihn ein.

»Schau.« Alys deutete auf sieben Kiesel unterschiedlicher Größe, die jemand aufeinandergestapelt hat. »Das sieht aus wie auf einer dieser Postkarten mit Sinnsprüchen.«

»Hmhm«, antwortete Jory in Gedanken versunken. »Buddy, komm her.«

Neugierig hatte der Hund sich dem Stapel genähert und sprang nun zurück, als die Steine unter seiner Erkundung polternd umstürzten, nur um dann wieder die Schnauze vorzustrecken.

»Wollen wir zur Kirche gehen?«, fragte Alys. Das winzige Gotteshaus war eine der Sehenswürdigkeiten des Strandes. »Ach nein, Buddy darf da sicher nicht hinein. Lass uns einfach am Wasser entlanglaufen.«

Jory nickte nur. Er stopfte seine Hände in die Hosentaschen, als wollte er vermeiden, dass sie ihn berührte.

Mit großen Schritten ging er voran, auf eine Klippe zu, die durch die Ebbe freigelegt war. Alys folgte ihm. Die Muscheln, die den dunkelgrauen Fels bedeckten, nahm sie nur nebenbei wahr. Ihre Aufmerksamkeit galt Jory, der sich so seltsam benahm, so unfreundlich, so gar nicht wie er selbst.

Ein Junge ließ einen regenbogenfarbenen Drachen steigen und kämpfte gegen den Wind an, der ihn über den Strand zog. Alys beneidete ihn um die unbefangene Freude, die sich auf seinem Gesicht zeigte.

Auch Buddy schien Spaß an dem Spaziergang zu haben. Er zog und zerrte an der Leine. Alys trödelte ein bisschen, eingesponnen in trübsinnige Überlegungen.

Auf einmal blieb Jory stehen, ließ Buddy von der Leine, nahm ihr Gesicht zwischen seine Hände und küsste sie. Sanft und liebevoll und voller Versprechen.

»Ich liebe dich«, sagte er. »Es ist mir wichtig, dass du heute bei mir bist.«

Alle düsteren Gedanken verschwanden wie Nebel im Wind. Alys kuschelte sich eng an Jory und spürte, wie das Gefühl im Einklang mit sich selbst zu sein, zurückkehrte. Mit Craig hatte sie eine Rolle gespielt. Die der erfolgreichen Frau mit einem spannenden Leben. Bei Daveth hatte sie sich gefragt, warum er mit ihr zusammen sein wollte.

Aber nun, hier und heute, mit Jory fühlte sie sich wohl und aufgehoben. So glücklich und beschützt, dass sie die Hand nach ihm ausstreckte und seine ergriff. Jory lächelte sie an. Hand in Hand schlenderten sie weiter und beobachteten den Hund, der begeistert nach den anrollenden Wellen schnappte.

Bei Craig oder Daveth hätte Alys nach Worten gesucht, um das Schweigen zu übertönen. Mit Jory jedoch war die Stille nicht bedrückend, sondern einfach da, ohne dass sie einen von ihnen störte.

Man denkt immer, man müsste mit seinem Seelenverwandten über alles reden können, dachte Alys. Vielleicht ist das ganz falsch und man erkennt den Richtigen daran, dass man mit ihm schweigen kann.

Noch immer kam es ihr vor, als wäre ihr Leben ein Film – Von ihrem ersten Kuss an bis heute war alles so … Alys wollte kein Wort einfallen, was ihre Liebe beschrieb. »Normal« klang so abgedroschen. »Leicht« klang ebenfalls belanglos – und das beschrieb ihre Beziehung keinesfalls. »Richtig« war das Wort, das ihren Gefühlen am ehesten nahekam.

Die Schmetterlinge in ihrem Bauch gaben keine Ruhe, sondern flatterten komplizierte Muster, wenn Jory in ihrer Nähe war. Aber es fehlte die Unsicherheit, die Angst, etwas Falsches oder Dummes zu sagen, die Furcht, nicht attraktiv genug zu sein.

Mit Jory fühlte sie sich niemals so, als müsste sie sich verändern, um ihm zu gefallen, so wie auch sie nicht wollte, dass er anders war, als er war. Ihre langweiligen braunen Haaren, ihre unperfekte Figur und ihre kleinen Macken – all das schien er an ihr zu lieben. Alles war gut, so wie es war – und ihre Zukunft erschien Alys auf einmal spannend und glücklich und aufregend, auch wenn sie keinen Job hatte und Jory noch Jahre studieren würde. Mit ihm an ihrer Seite würde sich das Leben finden.

So wie auch Buddy und Helyer sich gefunden hatten. Nach einem kämpferischen Beginn schliefen Hund und Kater jetzt auf einer Decke und fraßen einander das Futter weg, wobei Alys beobachtet hatte, dass Helyer deutlich mehr von diesem Tausch profitierte als Buddy. Der Kater konnte unglaublich schnell fressen, wenn es darauf ankam. Nur eins trübte ihr Glück: Buddy hatte mit seinen großen Pfoten und seiner Hyperaktivität schon einiges in Grandmas Cottage zerstört.

»Hast du euch bei der Hundeschule angemeldet?«, fragte sie und deutete auf Buddy, der Salzwasser erbrach. »Du weißt, ich mag ihn, aber Erziehung könnte ihm nicht schaden.«

»Du hast recht.« Jory seufzte und blieb stehen. Sein Gesichtsausdruck wurde so ernst, dass Alys es bereute, ihnen den wunderbaren Herbsttag mit dieser Frage verdorben zu haben. »Ich hätte es schon längst tun sollen.«

»Mach es, wie es für dich okay ist.« Alys stellte sich auf die Zehenspitzen, um ihm einen Kuss zu geben. »Allerdings komme ich solange lieber in deine Wohnung.«

Normalerweise wäre Jory auf diesen Scherz eingegangen, aber seine Miene blieb nachdenklich. Erneut verspürte Alys einen Anflug von Unsicherheit.

»Wollen wir uns setzen?«, schlug Jory vor, der ihre Stimmung zu lesen schien. »Ich habe dir nicht alles über Buddy erzählt.«

»Ich will dich nicht drängen.« Alys hasste es, dass sie sich entschuldigte, aber sie bereute, davon angefangen zu haben. Schließlich würde sie es auch nicht mögen, sollte Jory mit Diät-Tipps für Helyer ankommen. »Tut mir leid.«

Jory suchte sich eine Muschelschale aus, die er hochhob und in seiner Hand drehte. Dann ließ er die Muschel fallen und schaute Alys an. Seine tiefblauen Augen wirkten dunkler vor Traurigkeit. »Es gibt einen Grund, dass ich dem Hund so viel durchgehen lasse.«

Jory wandte den Blick ab und suchte eine neue Muschelschale. Erneut drehte und wendete er sie in der Hand, während er weitersprach. Seine Stimme war so leise, dass Alys näher rückte, um ihn zu verstehen.

»Kitto. Er ist … er war mein kleiner Bruder.« Er presste die Lippen zusammen. Mit seinem Blick folgte er einem einsamen Surfer, der auf seinem Surfbrett saß und auf Wellen hoffte. »Früher waren wir oft hier, auch mit Buddy.«

»Ja?«, sagte Alys schließlich sanft, nachdem Jory die Augen geschlossen hatte. Er lehnte sich zurück und schien die Oktobersonne auf seinem Gesicht zu genießen. Auch nachdem sie ihn angesprochen hatte, hielt er die Augen geschlossen.

»Kitto war … wilder als ich. Und viel wilder als Lowenna.« Jory lächelte. »Schon als Kind kletterte er auf die höchsten Bäume und verbrachte viel Zeit in der Notaufnahme.«

Buddy kam zu ihnen heran und stupste Alys mit der Schnauze an. Sie suchte nach einem Stück Treibholz, das sie werfen konnte. Begeistert sprang der Hund auf und ab und kläffte lauthals. Jory öffnete die Augen und schüttelte den Kopf.

Alys warf das Stück Holz ins Meer und Buddy stürzte hinterher, als wäre es für ihn das Wichtigste auf der Welt. Jory schaute ihm nach und ein kleines Lächeln erhellte seine Züge. Alys nahm seine Hand.

»Heute vor einem Jahr habe ich Kitto Geld für ein Motorrad geliehen.« Jory legte beide Hände vors Gesicht, als wünschte er sich zu verschwinden. »Ein halbes Jahr später hat er sich totgefahren.«

Er setzte an, schien noch mehr sagen zu wollen, doch sein Mund schloss sich wieder, als fände er nicht die passenden Worte.

Alys schwieg. Darüber musste sie erst einmal nachdenken. Bevor ihr Kopf alle Pros und Contras abwägen konnte, handelte sie, wie ihr Herz es ihr riet, und legte ihren Kopf auf Jorys Schulter.

»Du trägst keine Schuld an dem Unfall …«

»Hätte ich ihm das Geld nicht gegeben …«, unterbrach Jory sie harsch. Von der Seite aus konnte sie erkennen, wie angespannt sein Kiefer war. »Buddy, komm sofort her.«

Sein Tonfall klang so hart, dass der Hund sofort reagierte und mit gesenktem Kopf angelaufen kam. Jory beugte sich vor und verbarg sein Gesicht im nassen Fell des Hundes.

»Alles gut, Junge«, flüsterte Jory. »Du bist nicht schuld. Ich wollte dich nicht anschreien.«

»Du aber auch nicht«, beharrte Alys. »Woher solltest du wissen, dass er einen Unfall haben würde?«

Nun schaute Jory auf und Alys' Herz schmerzte, als sie die Traurigkeit in seinen Augen sah. So lange trug er diese Trauer mit sich. Ob er mit seinen Eltern oder seiner Schwester darüber reden konnte? Wahrscheinlich waren die in ihrem eigenen Kokon aus Schmerz und Schuld gefangen. Alys erinnerte sich nur allzu gut an die Zeit nach dem Unfall ihrer Eltern. Grandma und sie hatten über alles geredet, nur nicht darüber.

»Nachdem meine Eltern verunglückt waren, habe ich mir auch die Schuld gegeben«, flüsterte Alys. Tränen stiegen in ihren Augen auf. »Obwohl alle sagten, dass ich nichts dafür könnte. Wahrscheinlich, weil ich überlebt hatte …«

»Meine Eltern haben ihm das Geld nicht geben wollen. Kitto … er … seine Stimmung schwankte häufig.« Jorys Stimme klang flach und gepresst, während er mechanisch den Hund streichelte. »Sie fürchteten wohl …«

Vor Schreck schwieg Alys. Hatte sie die Andeutung richtig verstanden? War Kittos Tod kein Unfall gewesen? Oder interpretierte sie zu viel in seine Worte hinein?

»Ich … ich habe nicht mitbekommen, wie es damals um Kitto stand. Mit Buddy schien es ihm besser zu gehen.« Jory erhob sich und suchte nach einem Ast, den er weit wegschleuderte. »Ich war so mit meinem Leben beschäftigt. Als er kam und mich um Geld bat, habe ich nicht gezögert, habe weder Lowenna noch meine Eltern gefragt …«

»Was ist geschehen?«, fragte Alys, obwohl sie die Antwort ahnte.

»Die Polizei sagte, er wäre zu schnell gefahren. Auf der Küstenstraße bei Regen.« Das Geräusch, das er von sich gab, klang beinahe wie ein Schluchzen. »Ich hätte es besser wissen müssen. Kitto und ein Motorrad …«

»Ich kann dir keine Absolution erteilen«, sagte Alys nach einer Weile. »Das kannst nur du.«

»Ich weiß.« Jory presste die Lippen aufeinander. »Das weiß ich alles. Mein Kopf sagt mir das, aber mein Herz sagt mir etwas anderes. Tut mir leid, dass ich uns den Ausflug verderbe.«

»Das tust du nicht.« Sanft küsste Alys ihn und zog ihn hoch. »Lass uns gehen, bevor es zu regnen beginnt.«

Schweigend gingen sie zurück zum Auto. Auch diese Stille drückte nicht auf Alys' Stimmung, sondern half ihr, ihre Gedanken zu sortieren. Nun, da sie Jorys und Buddys Geheimnis kannte, liebte sie Jory noch mehr. Sie würde an seiner Seite stehen, ihm helfen, sich seiner empfundenen Schuld zu stellen, aber nicht heute. Durch den Tod ihrer Eltern hatte sie gelernt, dass Trauer Zeit brauchte.

KAPITEL 38

An einem Freitagabend wenige Wochen später überraschte Jory sie mit einem Essen. In seiner Wohnung, in der alles Zerbrechliche außerhalb von Buddys Reichweite aufgestellt war, warteten ein hübsch gedeckter Tisch und Champagnergläser auf sie. In einem Eiskühler stand die dazugehörige Flasche. Überraschend still war es, nur das leise Zischen der brennenden Kerzen und das Rumpeln des Ofens waren zu hören.

»Gibt es etwas zu feiern?« Alys umarmte ihren Liebsten stürmisch und küsste ihn voller Leidenschaft. Wie von selbst vergruben sich ihre Finger in seinen Haaren und zerzausten sie. »Habe ich etwa einen Jahrestag verpasst? Wo ist Buddy?«

»Für einen Jahrestag wäre es noch zu früh.« Jory lächelte sie an, auf diese bestimmte Art, bei der Alys sich geliebt fühlte. »Buddy habe ich zu meinen Eltern gebracht. Für einen Abend nehmen sie das Opfer auf sich. Übrigens wollen sie dich kennenlernen.«

»Jetzt hast du mich aber richtig neugierig gemacht.« Auch wenn Jory sie gerne verwöhnte, wirkte der heutige Abend anders, bedeutungsvoller.

»Erst das Essen, dann die Überraschung.« Jory küsste sie auf die Nasenspitze, bevor er sich eine Schürze umband, auf der »Kiss the Cook« stand. Wer ihm die geschenkt hatte? »Magst du den Champagner öffnen?«

Obwohl die Neugier in Alys brannte, goss sie das perlende Getränk in die hohen Gläser und reichte Jory eins davon. »Auf was immer es auch ist. Und auf uns.«

»Ich liebe dich.« Jory stellte den Champagner zur Seite, um ihr einen Kuss zu geben. Alys fühlte sich, als wollte sie schmelzen. Sie erwiderte den Kuss mit einer Leidenschaft, die sie selbst überraschte. Heftig atmend löste Jory sich von ihr. »Hey, lenk mich nicht ab. Ich habe mir so viel Mühe mit dem Essen gegeben.«

»Das können wir später aufwärmen.« Alys zog spielerisch-verführerisch ihre Augenbrauen hoch. »Und den Sekt stellen wir kalt.«

»Es ist Champagner, mein Herz. Mit schlichtem Sekt würde ich dich nie abspeisen.« Jory hob das Glas. »Auf uns. Übrigens, wenn du so mit den Augenbrauen wackelst, erinnert mich das an *Magnum, P.I.*«

»Na, danke.« Alys gab vor zu schmollen. »Da möchte heute Nacht jemand allein in seinem kalten Bett schlafen.«

»Für solche Notfälle gibt es Buddy.«

»Der zieht dir nur die Decke weg.« Alys trank einen Schluck Champagner, der für sie nicht besser als ein guter Sekt schmeckte. »Wenn ich mit meinen Verführungskünsten nicht landen kann, will ich wenigstens essen. Dauert es noch lange?«

»Oh, ihr Ungeduldigen.« Jory deutete auf den Küchentimer in Form eines dicken Katers, den Alys ihm geschenkt hatte. »Nicht einmal mehr drei Minuten.«

»Das hätte auf jeden Fall gereicht.« Alys grinste breit. Sie setzte sich hin und beobachtete Jory, der ihr die Zunge herausstreckte. Nur kurz glitt der Gedanke an das Abendessen mit Daveth durch ihren Kopf. Daveth – es kam ihr ewig weit weg vor, dass sie die falsche Entscheidung getroffen hatte.

»Bitte sehr, my Lady.« Mit einer Verbeugung stellte Jory eine Auflaufform auf den Tisch. Alys entdeckte Kartoffeln, Auberginen, Tomaten und Schafskäse. Das alles roch so lecker, dass ihr Appetit wuchs. »Nicht ganz passend zum Champagner. Ich hoffe, du siehst es mir nach?«

»Nur, wenn du endlich sagst, was das große Geheimnis ist.«

Jory nahm ihren Teller und tat ihr von dem dampfenden Auflauf auf. Er lächelte.

»Lass uns erst essen. Wie war dein Tag?«

»Frag besser nicht.« Alys zog die Nase kraus, als sie sich an das Gespräch erinnerte. »Die Bedingungen für die Stelle waren unverschämt. Warum lächelst du?«

»Geduld haben du musst, junger Padawan.« Jory hielt ihr eine Gabel mit Auflauf hin, nachdem er vorher einige Male gepustet hatte. Sie liebte diese kleinen Gesten der Fürsorglichkeit. »Ich muss es dir im Internet zeigen. Bitte erzähl mir, was war. Soll ich jemanden für dich verprügeln?«

»Das wäre prima.« Alys berichtete kurz von dem fiesen Chef, der unglaublich intime Fragen gestellt hatte. Dann wechselte sie zu Helyers neuesten Eskapaden, auf die Jory mit Buddys Sperenzchen konterte.

»Das war mega-lecker.« Alys schob den Teller zurück. »Nun hast du keine Ausrede mehr. Ich räume die Teller ab. Du holst dein Notebook.«

Nachdem er sie geküsst hatte, ging Jory in sein Arbeitszimmer, um kurze Zeit später zurückzukehren.

»Ich will nichts überstürzen«, sagte er. Auf seinem Gesicht lag ein Leuchten des Glücks, das Alys' Herz erwärmte. Sie beugte sich vor, um ihn zu küssen. Ein schneller, leichter Kuss hatte es werden sollen, doch Jory griff nach ihr und zog sie in seine Arme. Sie roch einen Hauch würzigen Rasierwasser, vermischt mit den Düften des Essens. Warm fühlte sich seine Hand in ihrem Nacken an, als er sie an sich zog, um sie leidenschaftlich zu küssen. Schweren Herzens befreite sich Alys von ihm.

»Mach es bitte nicht so spannend. Was willst du mir sagen?«

»Erst noch einen Kuss.« Jory Er zog sie erneut zu sich heran. Alys kam seinem Wunsch nur zu gern nach und küsste ihn. Und noch einmal und ein weiteres Mal.

Dann schob er sie von sich. »Wenn wir jetzt nicht aufhören, erfährst du die Neuigkeit erst viel später.«

»Lass mich kurz überlegen«, antwortete sie scherzhaft. »Das ist eine schwierige Wahl.«

Jory zog eine Augenbraue hoch, etwas, das sie fast so sehr verzauberte wie sein Grübchen. Was hatte er nur an sich, dass sie auf einmal Gefühle in sich entdeckte, die sie niemals zuvor gespürt hatte? Mehr sogar – von denen sie nicht einmal vermutet hätte, dass sie so fühlen konnte. Ihr Puls stieg an, als sie daran dachte, dass sie dieser einzigartigen und wundervollen Liebe beinahe keine Chance gegeben hätte. Aus Angst, ihr Herz zu verlieren.

»Du siehst so ernst aus. Alys?« Jory griff nach ihrer Hand und küsste ihre Fingerspitzen. »Habe ich etwas Falsches gesagt?«

»Nein, nein«, beeilte sie sich ihm zu versichern. »Ich bin nur gerade gedanklich ganz woanders unterwegs gewesen. Also, los, raus mit deinem Geheimnis.«

»Na gut«, sagte er nach einem letzten prüfenden Blick auf ihr Gesicht, öffnete sein Notebook und wartete, bis es hochgefahren war. Währenddessen jagte eine Idee, womit er diesmal meinte, ihr eine Freude bereiten zu können, die nächste – eine Vernissage? Ein gemeinsamer Urlaub? Womöglich wurde eine Jezebel-Bligh-Verfilmung gedreht?

»Hier. Schau mal.«

»Der leerstehende Laden in der Penwith Street.« Etwas frustriert schob sie die Unterlippe vor. Das war das große Geheimnis. An dem Geschäft war sie schon hundertmal vorbeigegangen und hatte sich gewundert, dass sich dort nichts halten konnte. Eine Papeterie hatte es dort gegeben, einen Cupcake-Laden, selbst ein Tätowierstudio hatte sich dort für einige Monate angesiedelt. Aber kein Geschäft blieb lange. Es war beinahe, als läge ein Fluch auf dem Haus. »Ja, den kenne ich. Was war da zuletzt drin?«

»Ein Geschäft für Magiebedarf und Zauberkunst.« Jory lächelte, als ahnte er ihre Enttäuschung und wüsste, dass sie gleich Begeisterung weichen würde. »Weißt du noch, wie wir festgestellt haben, was in St. Bart fehlt?«

»Ein Buchladen, in dem man gerne stöbert. Eine Galerie«, rief sich Alys in Erinnerung. Was für ein schöner Tag das gewesen war, obwohl der überraschende Regen sie vollkommen durchnässt hatte. Das hatte weder ihr noch Jory etwas ausgemacht, weil sie zusammen gewesen waren. »Oder meinst du einen Pub, der mehr als Fish & Chips und Fleischpasteten serviert?«

»Tsts. Das Wichtigste hast du natürlich vergessen.« Jory schüttelte den Kopf und mimte den Gekränkten. »Ich liebe dich aber trotzdem.«

Selbst wenn er die Worte – so wie jetzt – nur spielerisch sagte, so wärmten sie Alys wie eine Decke oder ein Kaminfeuer an einem Herbsttag. Abergläubisch suchte sie nach einem Stück Holz, auf das sie klopfen konnte, um ihr Glück nicht zu gefährden.

»Hmm, ein Laden für Surferkleidung? Oder ein Geschäft, in dem man original kornische Tischdecken kaufen kann«, zählte sie auf. »Ach, nein, das gibt es alles schon.«

»Nein!«, rief Jory. »Weißt du es nicht mehr?«

»Natürlich!« Alys lachte auf. Glaubte er, sie könnte das vergessen? Ihren ersten wunderbaren Nachmittag? »Ein Comicladen. Du wünschst dir einen Comicladen, in dem du nach Herzenslust stöbern kannst.«

Kaum hatte sie die Worte ausgesprochen, verstand sie, was er beabsichtigte. Plante er das wirklich? Als Verkäufer und in der Beratung von Kunden wäre er großartig, aber bei den Finanzen …

»Du?«, fragte sie, nachdem ihr das alles durch den Kopf gegangen war. »Du willst dich selbstständig machen. Darling, du brauchst Startkapital, eine Finanzplanung, Liquiditätspläne, Versicherungen …«

Sie fühlte sich furchtbar, weil sie mit ihren Bedenken und Fakten kam, während er so begeistert von seiner Idee zu sein schien. Jorys Reaktion überraschte sie. Er lachte lauthals auf.

»Das weiß ich alles. Ich denke schon länger darüber nach. Das Studieren ist einfach nicht meins.« Er beugte sich zu ihr und küsste sie. »Süß, dass du dir Gedanken machst. Aber das meinte ich nicht.«

»Sondern?« Bisher hatte sie ihn eher als jemanden eingeschätzt, der sich durchs Leben treiben ließ. Was sie liebte. Ob der neue Jory für sie noch attraktiv war? »Was meinst du dann?«

»Für meinen Comic- und Buchladen brauche ich nur zweidrittel des Raums, den ich dort mieten kann.« Jory sah sie liebevoll an. Egal, was er vorschlagen würde, sie würde ihm folgen, das wusste und spürte sie mit jeder Faser ihres Herzens. »Da wäre Platz für eine kleine, aber feine Galerie. Künstler aus Cornwall. Postkarten und Drucke für die Touristen. Das kann funktionieren …«

Alys konnte nichts sagen, zu überraschend, ja beinahe überrumpelnd war sein Vorschlag. Beim besten Willen konnte sie sich nicht als Selbstständige sehen. Viel zu riskant. Und dann mit einer Galerie, abhängig von den wechselnden Moden der Kunstwelt. Außerdem kannte sie weder Künstler noch Kunden. Ganz zu schweigen davon, dass auch ein Buch- und Comicladen in Zeiten des Internets ein äußerst riskantes Geschäft war. War der Standort überhaupt geeignet? Obwohl ihr alle diese Argumente sofort in den Kopf kamen, kalkulierte Alys durch, wie weit sie mit ihrem Ersparten käme.

»Für die Renovierung und drei, vier Monatsmieten sollte es reichen«, sagte sie mehr zu sich selbst als zu Jory. »Ob das reicht, einen Laden zum Laufen zu bringen?«

»Du wärst dabei? Du denkst darüber nach?« Jory sprang auf, zog Alys vom Stuhl und drehte mit ihr mehrere Walzerrunden durch die Küche. »Lass dir Zeit. Denk alles durch. Ich … ich wollte dich nicht überfallen, aber die Gelegenheit ist einfach perfekt. Für uns.«

»Vielleicht könnte ich Trudy Montgomery oder Kerry Harding als Künstlerinnen gewinnen«, überlegte Alys. »Die beiden würden sicher Kunden in unsere Galerie ziehen. Und ich mag ihre Bilder sehr, sehr gern.«

Dann jedoch sagte sie sich, dass sie niemals so bekannte kornische Malerinnen für eine unbekannte Galerie im ebenso unbekannten St. Bart gewinnen würde. Schluss! Sie wollte sich nicht klein machen und sofort wieder Gegenargumente finde.

Mit Jory würde es ihr gelingen, ihre Galerie nach ihren Vorstellungen aufzubauen und all die Künstlerinnen anzusprechen, die sie immer schon kennenlernen wollte. Der Knoten aus Angst in ihrem Magen löste sich auf. Stattdessen fühlte sich sie warm und geborgen, wie stets, wenn sie an ihren Jory dachte. Ja, da war sie sicher. Gemeinsam würden sie alles schaffen, was sie sich wünschten. Nur Buddy mussten sie von allem Zerbrechlichen fernhalten.

KAPITEL 39

In Gedanken noch bei Jorys Eröffnung achtete sie zuerst nicht auf den Absender des Briefes in ihrer Post. Aber dann zögerte sie ihn beiseitezulegen, da die verschnörkelte Schrift ihr vertraut vorkam.

Pendarves & Lawry!

Alys schlug das schlechte Gewissen. Das war bereits das dritte Schreiben der Anwaltskanzlei innerhalb weniger Wochen. Jedes Mal war sie brav der Aufforderung gefolgt und hatte dort angerufen. Aber die Angst vor dem, was der Anwalt ihr mitteilen wollte, ließ sie stets auflegen, nachdem das erste Klingelzeichen am anderen Ende ertönt war.

Genug davon. Wenn sie es wagte, eine Galerie zu eröffnen, dann sollte sie sich wohl dem Rechtsanwalt stellen können. Schnell tippte sie die Nummer ein.

»Pendarves & Lawry. Sofie Hannaford. Wie kann ich Ihnen helfen?«

»Du weißt wirklich nichts Genaueres?«, sagte Jory, als er etwas später zu ihr kam. »Die Sekretärin hat dir nicht einmal den winzigsten Hinweis gegeben?«

Sie musste sich eingestehen, dass sie auch nicht viel gefragt hatte, sondern froh gewesen war, einen Termin am nächsten Tag zu bekommen. Fast so wie bei ihrer Zahnärztin: Je schneller man es hinter sich brachte, desto besser.

Alys zuckte mit den Schultern. »Irgendwas mit Grandmas Erbe … Ich bin froh, dass du mich morgen begleitest. Eigentlich kann es nichts Schlimmes sein, aber …«

Er lächelte und fuhr ihr durch die Haare. »… aber du malst dir immer das Schlimmste aus.«

Trotz ihrer Sorge war sie glücklich darüber, wie gut er sie kannte.

In der Nacht wälzte sie sich von einer Seite auf die andere, bis sie Helyer weckte, der sich angewöhnt hatte, neben ihnen zu schlafen, und das zum Anlass nahm, lautstark nach Futter zu verlangen.

Jory folgte ihr in die Küche. »Da du wahrscheinlich sowieso nicht mehr einschlafen kannst, wie wäre es, wenn wir uns den Grundriss unseres Ladens ansehen und überlegen, wie wir ihn einrichten?«

Sie seufzte auf. »Woher hast du nur die Gabe, jedes Mal genau zu wissen, wie du mich von meinem Gedankenkarussell herunterholen kannst?«

~

Nun saßen sie in dem etwas einschüchternden Warteraum. Auf einem tiefen Glastisch lagen Golfzeitschriften, Exemplare von »Pferd und Reiter« sowie »Country Living«. Alys zappelte auf den eleganten schwarzen Designerstühlen herum. Alles in der Kanzlei, die in einem erst kürzlich renovierten Jugendstilhaus lag, strahlte gediegene Pracht aus.

»Ob ich das Haus verliere?«, flüsterte sie Jory zu. Etwas an diesem Raum ließ sie ihre Stimme senken, als wäre sie in einer Kirche oder einem Museum. »Aber Grandma hat gesagt, alles wäre abbezahlt.«

»Warte ab. Wir sind gleich dran.« Auch Jory sprach leise. Er hielt ihre Hand. »Ich bin bei dir.«

Alys schloss die Augen und lehnte ihren Kopf an seine Schulter.

»Wenn Sie mir bitte folgen würden.« Die Sekretärin, die vom perfekt geschnittenen Pagenkopf bis zu den eleganten blauen Pumps Tüchtigkeit ausstrahlte, öffnete die Tür zum Warteraum.

Alys sprang auf. Auch Jory stand auf und gab ihr einen kleinen, schnellen Kuss, was die Sekretärin lächeln ließ.

»Können Sie mir sagen, worum es geht?« Alys hatte noch nie gut warten können und jetzt stand möglicherweise ihr Zuhause auf dem Spiel. »Ist es … etwas Schlimmes?«

»Tut mir leid. Ich weiß es nicht.« Die Sekretärin nickte Alys zu. »Bitte nehmen Sie Platz. Mr. Pendarves ist gleich für Sie da.«

Der Drang zu kichern überkam Alys, weil sie sich fühlte wie in einem Film. Mr. Pendarves' Büro sah genauso aus, wie man sich die Räumlichkeiten eines erfolgreichen Anwalts vorstellte. Ein gewaltiger dunkler Schreibtisch stand in der Mitte des Zimmers. Dahinter thronte ein Ledersessel in einem so dunklen Bordeauxrot, dass es beinahe schwarz wirkte. Drei Wände waren bedeckt mit hohen Regalen aus dunklem Holz, in denen gebundene Bücher standen, die alle mit Jura zu tun hatten. Doch am beeindrucktesten war die vierte Wand. Ein riesiges Fenster bot Ausblick auf St. Ives und einen Teil des Hafens. Heute sah er malerisch aus. Die Flut hatte das Hafenbecken gefüllt und die bunten Boote wiegten sich sanft auf der See.

Alys setzte sich in einen der mächtigen Sessel, die vor dem Schreibtisch standen. Das Warten zehrte an ihren Nerven und sie stand auf, um aus dem Fenster zu schauen. Hinter den kleinen Häusern, in denen früher Fischer und Künstler gelebt hatten, erhob sich ein grüner Hügel, an dessen Hang sich vereinzelt Häuser klammerten.

Jory stellte sich neben sie und griff nach ihrer Hand. Dankbar schaute sie ihn an, aber fühlte sich nicht in der Lage, etwas zu sagen. Stattdessen stieß sie einen Seufzer aus. Langsam reichte es! Sie würde sich keine Minute länger gedulden.

In dem Moment ging die dunkle Eichentür auf und der Notar kam herein.

»Entschuldigung, dass Sie warten mussten. Es gibt so Tage …« Er reichte Alys die Hand. »Schön, Sie wiederzusehen, Ms. Nankivell. Und Sie sind?«

»Jory Trevaskis.« Jory wirkte plötzlich so seriös und geschäftsmäßig, wie Alys ihn noch nicht erlebt hatte. »Ich bin der Lebensgefährte von Ms. Nankivell.«

»Jory und ich gehören zusammen.« Alys lächelte, nachdem sie die Worte ausgesprochen hatte. »Worum geht es?«

»Es gibt eine ergänzende Klausel im Testament ihrer Großmutter.« Der Notar, der mit seinen weißen Haaren, der randlosen Brille über seriös blickenden wasserhellen Augen und dem dunklen Anzug exakt so aussah, als hätte man ihn für eine Anwaltsserie gecastet, blickte Alys streng an. »Etwas ungewöhnlich, muss ich zugeben.«

Wieder der schulmeisterliche Blick, als trüge Alys die Verantwortung dafür, dass ihre Grandma sich nicht an die ungeschriebenen Regeln eines Testaments gehalten hatte. Als hätte ihre Großmutter sich darum gekümmert, was andere Menschen von ihr dachten.

»Hmm«, antwortete sie daher neutral, weil ein »Entschuldigung« ihr übertrieben schien. »Grandma war eine sehr eigene Frau.«

»Ms. Courtenay hat festgelegt, dass Sie …« Hier pausierte Mr. Pendarves, um Alys über seine Brille hinweg anzuschauen. »… Nun, dass Sie eine nicht unerhebliche Summe aus dem ›Morvoren Trust‹ erhalten, falls …«

Die erneute Pause nutzte Alys, um die Frage zu stellen, die in ihr hochgepoppt war wie ein unerwünschtes Werbebanner. »Was für ein ›Morvoren Trust‹? Ich habe Grandmas Unterlagen sortiert … und da war von keiner Stiftung die Rede.«

Obwohl Alys zugeben musste, dass sie ihre Großmutter im Verdacht hatte, ihre Papiere selbst vorsortiert zu haben. Zeit genug war ihr geblieben zwischen der Krebsdiagnose und ihrem Tod.

Mr. Pendarves runzelte die Stirn. Bestimmt war er es nicht gewohnt, von jungen Frauen unterbrochen zu werden.

»Meine Kanzlei verwaltet die Stiftung seit vierzig Jahren«, antwortete er schließlich, mit Stolz in der Stimme. »Ms. Courtenay war stets sehr zufrieden mit unserer Arbeit, sodass es ihrerseits keinen Bedarf gab, Unterlagen aufzubewahren.«

Am liebsten hätte Alys ihn getreten, damit er endlich ihre Frage beantwortete, aber Mr. Pendarves ließ sich Zeit.

»Die Stiftung verwaltet die Mittel aus den Jezebel Bligh-Rechten.« Der Notar gestattete sich ein winziges Lächeln. »Ihre Großmutter hat die Stiftung ›Morvoren‹ benannt, nach dem kornischen Wort für Meerjungfrau, weil Jezebel Bligh …«

»… aus dem Meer angespült wurde«, unterbrach sie ihn erneut, was ihr einen weiteren irritierten Blick einbrachte. »Was hat Jezebel mit meiner Großmutter zu tun?«

»Sie wissen nicht, dass Ihre Großmutter T. S. Wild war?«

Alys wechselte einen Blick mit Jory, der ebenso überrascht aussah. Sie hatte keine Ahnung davon gehabt, dass ihre Grandma die *M.I.S.T.R.*-Reihe geschrieben hatte. Das erklärte die fremdsprachigen Ausgaben der Bücher und auch, woher deren Geld gekommen war. Unglaublich, dass Grandma das so lange vor ihr verborgen gehalten hatte. Warum hatte sie sich nie offenbart? Das würde Alys wohl nie erfahren.

»Nein«, antwortete sie schließlich. »Nein, ich hatte keine Ahnung. Sie hat nie auch nur eine Andeutung gemacht.«

»Nun, dann ist das alles sicher überraschend für Sie«, bemerkte Mr. Pendarves.

Alys ersparte es sich, ihm zu sagen, dass er wohl das Offensichtliche konstatierte. Zu viel ging ihr durch den Kopf: Sie war verblüfft, aber auch enttäuscht und zornig, weil Grandma sie belogen hatte.

»Sie wird ihre Gründe gehabt haben.« Jory drückte ihre Hand. »Es ändert doch nichts daran, dass sie dich geliebt hat.«

»Danke.« Sie erwiderte seinen Händedruck. Es würde sicher Zeit brauchen, bis sie Jorys Sichtweise folgen konnte, jetzt und hier fühlte sie sich … betrogen? Verraten?

»Meine Sekretärin kann Ihnen den Jahresbericht der Stiftung geben.« Mr. Pendarves schien daran interessiert zu sein, alles schnell hinter sich zu bringen. »Zurück zu Ihrem Erbe.«

Sie nickte.

»Ms. Courtenay hat dieses Erbe an eine, sagen wir mal, gelinde gesagt, ungewöhnliche Bedingung geknüpft. ›Hör auf dein Herz, Alys‹«, las der Notar vor. »›Lass dein Leben nicht von deinem Kopf steuern. Folge deinem Herzen!‹«

Obwohl sie sich bemühte, es zu unterdrücken, musste Alys kichern. Es war einfach zu albern, diesen gesetzten, seriösen Herren in seinem steifen Tonfall Worte sprechen zu hören, die auch von Grandma oder Selena Menhenick hätten kommen können.

»Wenn Sie also dieser Bedingung entsprechen, steht Ihnen das Geld zur Verfügung.«

»Wieso erfahre ich erst heute davon?«, stellte sie die Frage, die ihr im Kopf herumschwirrte. »Meine Großmutter ist vor elf Monaten gestorben.«

»Leider hat Ms. Courtenay nicht geruht, mir eine Begründung zu geben.« Mr. Pendarves schüttelte den Kopf über diesen erneuten Spleen seiner Mandantin. »Sie haben von heute an ein Jahr Zeit, Ihrem Herzen zu folgen.«

»Und Sie stellen fest, dass ich die Bedingung erfülle?« Das

kam Alys unfair vor. »Aber Sie kennen mich kaum«, platzte sie heraus.

»Das hat Ihre Großmutter bedacht.« Der Notar lächelte, als wäre er erleichtert, dass ihm diese Bürde genommen war. »Daher hat sie ihre Freundin, eine Ms. Hedra Deane, als Prüferin eingesetzt. Sind Sie damit einverstanden?«

»Ja, wahrscheinlich. Ich weiß es nicht«, stotterte Alys, die damit beschäftigt war, all diese Informationen zu verarbeiten. »Was muss ich tun?«

»Sprechen Sie mit Ms. Deane. Sie wird sich mit uns in Verbindung setzen.« Mr. Pendarves erhob sich, ein Signal, dass die Audienz beendet war. »Alles Gute und einen schönen Tag.«

»Hast du da drin dasselbe gehört wie ich?«, sagte sie zu Jory, als die Tür hinter ihnen zufiel. »Über meine Grandma?«

Aber Jory starrte an ihr vorbei den Flur hinunter. »Ups«, sagte er. »Da ist Daveth.«

Daveth zuckte zusammen, hob die Hand zu einem Gruß und lächelte etwas gequält, bevor er in einem der Büros verschwand. Auffallend eilig.

»Was macht der hier?«, fragte Alys, bevor ihr einfiel, dass Daveth in der Kanzlei arbeitete.

»Oh, Mr. Burrows war uns eine große Hilfe beim Aufarbeiten all der Rechte der Bücher Ihrer Großmutter«, sagte die Sekretärin.

Alys starrte die Frau an, nur langsam sickerte die Erkenntnis durch. Auf einmal ergab alles Sinn. Daveths Gerede vom Heiraten, von ihrer gemeinsamen Zukunft. Sie stürmte den Flur entlang und riss die Tür zu Daveths Büro auf.

»Schämst du dich nicht?« Vor Wut fehlten ihr beinahe die Worte. »Wie konntest du nur?«

»Alys.« Daveth fletschte die Zähne in einem falschen Lächeln. »Bitte, du … du hast da wohl etwas falsch verstanden. Bitte, mach hier keine Szene.«

»Ach ja?« Was für eine Dreistigkeit! »Was ist daran denn

misszuverstehen? Klär mich doch auf, bitte.«

»Lass ihn.« Jory legte ihr die Hand auf den Unterarm. »Er muss mit sich leben, du nicht.«

So leicht wollte sie Daveth nicht davonkommen lassen, doch ein Blick auf sein panisch verzerrtes Gesicht stimmte sie überraschend milde. *Man tritt niemanden, der auf dem Boden liegt,* hatte Grandma ihr beigebracht.

»Mehr Glück bei der nächsten Erbin.« Das konnte sie sich nicht verkneifen.

Jory zwinkerte ihr zu und zog sie hinter sich her ins Treppenhaus. Dort küsste er sie so leidenschaftlich, dass jeder Gedanke an Daveth verschwand wie Nebel in der Sonne.

»Bei mir kannst du sicher sein, dass ich dich auch wollte, als du arm warst wie die sprichwörtliche Kirchenmaus.« Er zuckte mit den Schultern. »Helyer lag richtig, Daveth nicht zu mögen.«

»Mein Kater ist ein besserer Menschenkenner als ich. Das muss ich erst einmal verkraften.« Alys musste lachen. Zu absurd erschien ihr das Ganze. Sie hatte sich für arm und zukunftslos gehalten, während Daveth wusste, dass ein Geldsegen auf sie wartete. »Liebst du mich auch noch, nun, da ich fast reich bin?«

»Fast?«

»Ich muss erst etwas finden, was Ms. Deane akzeptiert.« Alys überlegte nur kurz. »Deine Galerie-Idee ist perfekt, nicht wahr? Fast schon zu perfekt …«

»Hey, ich bin nicht Goldgräber-Daveth.« Jory runzelte die Stirn. Dann grinste er breit. Sie küsste sein Grübchen. »Und übrigens, Sweetheart, benötige ich deine paar Piepen nicht für meine großartigen Pläne.«

»Ja, weil die Banken nur darauf warten, Geld in Comics zu investieren«, stieg Alys auf seinen Spaß ein. »Wahrscheinlich kannst du dich vor Kreditangeboten nicht retten.«

»Nein.« Jory schüttelte den Kopf. »Ich habe nicht nach Krediten gefragt. Ich habe den Laden gekauft, indem ich ein paar Aktien aufgelöst habe.«

»Na zum Glück hast du genug davon«, spöttelte Alys, bis ein Blick in sein Gesicht sie ernst werden ließ. Jory lächelte, aber er wirkte nicht so, als machte er einen Scherz. »Echt jetzt?«

Er zog den rechten Mundwinkel hoch und lächelte schief.

»Kennst du die App ›Findtheone‹?«

»Klar, wer kennt die nicht?« Alys selbst hatte die Dating-App nicht installiert, weil sie nichts von deren Tracking-Methoden hielt, aber nahezu jeder, den sie kannte, schwor darauf. »Aber was hat das mit dem Comicladen zu tun?«

»Na rate mal.« Jory zwinkerte ihr zu. »Du bist doch sonst flinker im Denken.«

»Du?«, fragte Alys, die plötzlich verstand, warum Frauen in alten Büchern und Filmen in solchen Situationen in Ohnmacht fielen. »Dir gehört die App?«

»Ganz so schlimm ist es nicht.« Jorys Lächeln sollte bescheiden wirken, aber das gelang ihm nicht. »Ich habe den ersten Entwurf programmiert und gut verkauft. Für den Laden hat es gereicht, aber ich werde noch arbeiten müssen.«

Da konnte Alys ihn nur mit offenem Mund anstarren, woraufhin er in lautes Lachen ausbrach. Sie boxte ihn auf den Oberarm, aber Jory lachte weiter, bis er außer Atem war.

»Warum hast du mir das nicht erzählt?« Erst Grandma, die ihr Wichtiges verschwieg und nun noch Jory. »Meinst du nicht, dass das relevant gewesen wäre?«

Schlagartig wurde Jory ernst. »Ich rede nicht gern über das Geld.« Er schob die Unterlippe vor und atmete pustend aus. »Irgendwie macht das alles … anders.«

»Denkst du, es wäre mir wichtig? Hältst du *mich* für eine Goldgräberin?«

»Alys.« Er zog sie an sich, nahm ihr Gesicht in beide Hände und küsste sie sanft. »Mir bedeutet das Geld nichts. Es ist gut, dass es da ist, aber es bedeutet mir nichts. Verstehst du?«

»Ich muss darüber nachdenken.« Traurig machte sie sich von ihm los. »Das sind zu viele Enthüllungen auf einmal.«

EPILOG

Alys streckte sich und rollte ihre brennenden Schultern zurück. Seit drei Tagen hatte sie nichts anderes getan, als alte Tapeten von den Wänden zu reißen, Löcher zuzuspachteln und die getrockneten Wände zu streichen. Gemeinsam mit Jory und einigen seiner Freunde war es gelungen, die düsteren Zimmer in helle, freundliche Räume zu verwandeln. Alys konnte es kaum erwarten, wie ihr *gemeinsamer* Laden aussähe, wenn er endlich eingerichtet war.

Zu ihrer großen Freude war Ms. Deane begeistert von der Idee gewesen.

»Alys, eine Galerie.« Ihre ehemalige Lehrerin umarmte sie. »Und du malst wieder. Dein junger Mann tut dir gut.«

»Das finde ich auch. Wissen Sie, warum Grandma mir nie von Jezebels Herkunft erzählt hat?«

»Ich kann es nur ahnen.« Ms. Deane klopfte mit dem Zeigefinger an ihre Wange, eine Geste, die Alys noch aus ihrer Schulzeit kannte. »Rosenwyn hatte ein ambivalentes Verhältnis zu ihren Büchern. Eine Art Hassliebe. Sie hätte wohl lieber ernsthafte Literatur verfasst.«

Völlig zufriedenstellend fand Alys die Erklärung nicht,

schließlich hatte Grandma die Romane immer wieder gelesen. Es würde wohl für immer ein Geheimnis bleiben, über das sie nur spekulieren konnte. So wie heute, da sie allein mit Renovierungsarbeiten beschäftigt war.

Jory war unterwegs, um mit dem Schreiner über die Regalwände zu verhandeln, sodass sie Zeit hatte, durch die Räume zu gehen und sich vorzustellen, wie sie bald mit Comics und Kunst gefüllt wirken würden. Obwohl sie Geld aus Grandmas Stiftung bekommen hatte und Jory über ein kleines Vermögen verfügte, hatten sie übereingestimmt, sich Comicladen und Galerie selbst zu erarbeiten. Alys verspürte ein unendliches Glücksgefühl, wenn sie an ihre Zukunft dachte. Gemeinsam würden sie es schaffen, da war sie sich sicher. Obwohl er erst eine Stunde weg war, vermisste sie ihn bereits und wünschte sich, in seinen Armen zu liegen.

In dem Moment klingelte das Telefon. Jory? Vermisste er sie auch? Doch auf dem Display war Brees Nummer zu sehen.

»Bree! Wie geht es dir? Wann kommst du hierher? Unsere Renovierung schreitet voran.«

»Alys, Love. Ich werde es mir schneller ansehen, als du ahnst.« Brees Stimme hörte sich an wie immer, aber Alys kannte ihre Freundin gut genug, um den düsteren Unterton wahrzunehmen. »Nächste Woche komme ich nach Hause. Meine Eltern … sie brauchen mich.«

»Kann ich helfen? Was ist los?«

»Nichts Schlimmes, hoffe ich.« Brees Stimme klang ein wenig verloren, nicht so selbstsicher wie sonst. »Meine Mutter muss ins Krankenhaus und Dad braucht Unterstützung.«

»Wie lange bleibst du?«

»Meine Agentin hat Anfragen aus Mailand und Rom bekommen«, sagte Bree schließlich mit aufgesetzt wirkender Fröhlichkeit. »Vielleicht tut sich auch was in London. Auf jeden Fall bleibe ich vier Wochen. Vielleicht auch länger.«

»Was ist los?« Zum ersten Mal seit langer Zeit war Alys

glücklich, da würde doch nicht Bree in eine Krise geraten? »Bist du durch mit Amerika?«

»Es gefällt mir hier nicht mehr. Seit Trump wird alles nur schlechter.«

Alys wartete ab. Es geschah selten, dass Bree so offen redete.

»Letzte Woche hat mich so ein Jüngelchen fotografiert. Der roch noch nach Pickelsalbe.« Bree zögerte. »Nachdem wir zweieinhalb Stunden geshootet haben, hat er mir eine Visitenkarte in die Hand gedrückt.«

»Ja?«

»Ein Botox-Arzt in Hollywood.« Bree stieß ein empörtes Schnauben aus. Alys konnte förmlich vor sich sehen, wie ihre Freundin den Kopf schüttelte. »Die Amis sind besessen von diesem Jugendwahn. Botox! Ich bin nicht einmal dreißig Jahre alt.«

»Ach, du weißt doch, wie das ist«, versuchte Alys abzuwiegeln. »Wenn man jünger als fünfundzwanzig ist, wirken alle Menschen uralt, die an die dreißig sind.«

Ein kurzes Schweigen am anderen Ende der Leitung sagte ihr, dass mehr geschehen war, als ihre Freundin zugeben wollte. Bree seufzte.

»Irgendwie bin ich durch mit dem Business. Es geht mir auf die Nerven.« Was war nur geschehen, dass die selbstbewusste, in sich ruhende Bree auf einmal zweifelte und alles in Frage stellte? »Braucht ihr noch jemanden bei euch im Laden? Ich wäre bestimmt verkaufsfördernd.«

Oh ja, das konnte Alys sich gut vorstellen. Bree, umlagert von jugendlichen Comicfans und auch nicht mehr ganz so jungen Comicliebhabern.

»Ich spreche mit Jory«, antwortete sie. »Wir werden schon etwas für dich finden.«

»Ich freu mich!« Bree klang wieder ganz wie immer. »Grüß deinen Süßen von mir. Ich habe gleich gesagt, dass er dein Seelengefährte ist.«

»Mach ich.« Alys konnte ihr Glück kaum fassen. »Ich sag Chesten Bescheid, dass du nach St. Bart kommst. Mach's gut.«

»Tschüs, Love.« Bree legte auf. Sie hielt nicht viel von Abschieden.

Toi, toi, toi. Alys klopfte an das Holz der Tür zu ihrer Galerie. Beinahe war es ihr unheimlich, wie wunderbar sich ihr Leben auf einmal fügte. Sie hatte den besten Mann der Welt an ihrer Seite, würde bald in das Abenteuer einer eigenen Galerie starten und nun kehrte Bree nach Hause zurück.

Jetzt musste es nur Chesten gelingen, sich von ihrem Liebhaber zu trennen. Gestern war ihre Freundin vorbeigekommen und hatte elend und traurig ausgesehen. Vielleicht würden Bree und sie mit vereinten Kräften eine Lösung finden.

Alys lächelte. Chesten, Bree und sie waren wieder zusammen, so wie sie es sich zu ihrem Schulabschluss gewünscht hatte.

»Alys, mein Herz«, hörte sie Jory rufen. »Wo bist du? Ich habe ungeheuer viele Kataloge mitgebracht.«

»Hier bin ich.« Alys spürte Tränen der Freude in sich aufsteigen. Unglaublich, wie schnell sich alles gewandelt hatte. Vor wenigen Monaten war sie niedergedrückt und ohne Perspektive gewesen und jetzt, jetzt wartete eine wundervolle Zukunft auf sie.

»Was ist los? Warum weinst du?« Jory ließ die Kataloge fallen und zog sie in seine Arme. »Ist etwas Schlimmes geschehen?«

»Alles gut.« Alys lächelte unter Tränen. »Ist die Aufregung. Bree kommt zurück, unsere Galerie … ach, ich weiß nicht.«

»Egal, was es ist, zu zweit schaffen wir alles.« Jory küsste sie innig. »Ich liebe dich.«

»Ich liebe dich auch.« Mit Jory zusammen würde alles gut werden. Da war sich Alys sicher. »Du bist mein Leben.«

Liebe Leserinnen und Leser,

ich hoffe, Alys' Geschichte verführt euch dazu, nach Cornwall zu reisen, eines der schönsten Fleckchen Erde.
Wenn ihr wollt, könnt ihr dort auf den Spuren von Alys, Bree und Chesten wandeln.
St. Bartholomew ist ein fiktiver Ort, zu dem mich St. Buryan in Cornwall inspiriert hat. Allerdings hat St. Buryan nur um die 1.000 Einwohner/innen, was mir für die Geschichten um Alys, Bree und Chesten zu klein erschien. Nichtsdestotrotz ist der Ort, der etwa zehn Kilometer von Penzance entfernt liegt, eine Reise wert. Und ja, in St Buryan gibt es wirklich und wahrhaftig eine offizielle Dorfhexe namens Cassandra Latham-Jones, die eine Internetseite hat: https://villagewisewoman.co.uk/

Wenn ihr Alys und Bree nach St. Ives folgen möchtet, bekommt ihr hier einen Eindruck von der Schönheit des Ortes:
https://www.stives-cornwall.co.uk/
Vergesst nicht, das Barbara Hepworth Museum:
https://barbarahepworth.org.uk/st-ives/ und die Tate St. Ives Galerie zu besuchen: http://www.tate.org.uk/visit/tate-st-ives

Noch mehr Kunst findet ihr hier:
https://www.cornwalls.co.uk/Newlyn/school_of_art.htm

Für erste Reisevorbereitungen empfehle ich euch:
https://www.urlaubcornwall.de/
https://www.visitcornwall.com/
https://www.visitengland.com/de/things-to-do/cornwall

Viel Spaß und eine schöne Reise! Grüßt Cornwall von mir.

Eure Cara

GLOSSAR

- *Afternoon, Five-o-Clock- oder Low Tea* – Nachmittagstee; zusätzlich zum *Cream Tea* werden Sandwiches und Pralinen serviert
- *Clotted Cream* - dicker Rahm, der durch Einkochen aus roher Kuhmilch hergestellt wird (extrem kalorienhaltig und lecker)
- *Comprehensive School* – weiterführende Schule
- *Cornish Pasty* – Pastete mit einer Füllung aus Rinderhack, Kohl- oder Weißrüben, Kartoffeln und Zwiebeln, traditionelles Essen der Bergleute
- *Cream Tea* – auch Cornish Cream Tea oder Devon Cream Tea besteht aus Tee, *Scones, Clotted cream* und Erdbeermarmelade
- *Crumble* - mit Streuseln überbackene Früchte, als Nachspeise gereicht
- *Fairing* – auch Cornish Fairing, traditioneller Ingwerkeks
- *Hevva Cake* – auch Heavy Cake ist ein Kuchen aus Mehl, Schmalz, Butter, Milch, Zucker und Rosinen, der seinen Ursprung in Cornwall hat

- *National Trust* – mit vollem Namen: ›National Trust for Places of Historic Interest or Natural Beauty‹ ist eine gemeinnützige Organisation, die Sehenswürdigkeiten betreut und pflegt
- *Primary School* - Grundschule
- *Saffron Bun* – eine Art Brötchen, gewürzt mit Safran und Zimt
- *Scones* - Gebäck, das zum *Cream Tea* gereicht wird
- *Thunderball* - Lotterie
- *UK National Lottery* - Lotterie

REZEPT FÜR PIMM'S UND ROYAL PIMM'S

Ein klassischer Pimm's-Cocktail besteht aus diesen Zutaten:

1/4 Flasche Pimm's No. 1 (Likör auf Gin Basis)
1/2 Flasche Zitronenlimonade oder Ginger Ale
1 Orange, unbehandelt und gewaschen
1 Zitrone, unbehandelt und gewaschen
1 Apfel, gewaschene
1/4 Salatgurke, gewaschene
einige Stiele Minze

Zubereitung
Getränke gut kühlen
Orange, Zitrone und Salatgurke in Scheiben schneiden
Apfel entkernen und in Spalten schneiden
Minzblätter abzupfen

Minze, Obst und Gurke in eine Karaffe geben
Pimm's dazugeben und mit Zitronenlimonade oder Ginger Ale auffüllen, nach Geschmack
(Als Obst könnt ihr auch Erdbeeren hinzufügen)

Royal Pimm's
Beim Royal Pimm's ersetzt ihr die Zitronenlimonade oder das Ginger Ale durch Champagner (Sekt geht auch). Das Verhältnis Pimm's zu Champagner ist ungefähr 1:1,5.
Gurken- und Orangenscheiben dazugeben – fertig!

DIE JEZEBEL-BLIGH-BÜCHER

Mission für M.I.S.T.R. ist meine Hommage an »Solo für U.N.C.L.E.«, »Mission Impossible« und die wunderbare Buchreihe »Modesty Blaise« von Peter O'Donnell.

In der Reihenfolge ihres Erscheinens, seit 1969

Aufruhr in Angola
Brände in Borneo
Chaos in China
Drama in Dschibuti
Erschütterung in Ecuador
Flammen über Feuerland
Grauen in Guatemala
Hilferuf aus Haiti
Irrsinn in Indien
Joker auf Java
Kampf in Kenia
Lügen in Laos
Mord auf Madagaskar
Niedertracht in Neuseeland

Orkan in Oman
Panik auf den Philippinen
Qualen in Katar (Quest in Qatar)
Rache in Russland
Sterben in Singapur
Tod in Thailand
Untaten in Uganda
Verrat in Venezuela
Wahnsinn in Wales
Xenophobie in Xizang
Yachtüberfälle in Jemen (Yammerd in Yemen)
Zoff in Simbabwe (Zealots in Zimbabwe)

DANKSAGUNG

Damit »Herbstfunkeln« erscheinen konnte, brauchte es eine Idee, eine Autorin und viele wunderbare Menschen, die mich unterstützten und dafür sorgten, dass Alys' Geschichte zur Welt kam.

Riesigen Dank schulde ich Sarah Buhr, www.covermanufaktur.com, für ihr Gespür für das passende Cover sowie viele Telefonate und Entwürfe. Du bist großartig!

Meine Testleserinnen haben ebenfalls großen Dank verdient! Ihre Anmerkungen haben Alys' Geschichte runder werden lassen. Regina Landsiedel-Gerlach, Patricia Nossol, Nicole Pichler und Tanja Prskawetz – ihr seid klasse. Tanjas Buddy diente als Anregung für meinen Buddy – danke und einen Hundekuchen für ihn!

Ein herzliches Dankeschön gilt meiner Lektorin Katrin Opatz, http://lektoratwortnetz.de. Sie gab durch ihre inhaltlichen Anmerkungen, vor allem zu »show, don't tell«, sowie ihr Sprachgefühl dem Manuskript den notwendigen Feinschliff. Außerdem achtete sie darauf, überkomplizierte Satzkonstruktionen aufzulösen.

Das Korrektorat übernahm Kathinka Nohl von http://buecherschmiede.net/. Mein Dank gilt ihrem Blick für Details und sprachliche Finessen.

Myra Çakan danke ich für das wundervolle Layout des Buchs.

Herzlichen Dank an die Hilfestellung bei allen Fragen rund ums Marketing an Tanja Rörsch: www.mainwunder.de und Johannes zum Winkel: www.xtme.de.

Meinen Freundinnen danke ich für ihre Toleranz gegenüber verschobenen Verabredungen und knappen Telefonaten, vor allem in der Endphase.

Den Katern gebührt Dank für ihre Gesellschaft und ihre Bereitschaft, als Vorbilder für die kätzischen Protagonisten in »Herbstfunkeln« zu dienen.

Und natürlich danke ich Matthias für seine Geduld, seine Unterstützung und dafür, dass er bei Schreibkrisen immer die passenden Worte findet.

Und ganz zum Schluss danke ich euch, den Leserinnen und Lesern meiner Geschichten.

Herzlichen Dank für die Zeit, die ihr gemeinsam mit mir verbringt.

Über Rückmeldungen durch Rezensionen oder per Mail und Facebook freue ich mich sehr. Ihr erreicht mich über:

www.caralindon.de

https://www.facebook.com/Cara-Lindon-452765768429050/

Die Geschichte der drei Freundinnen geht weiter:

Brees Geschichte wird in **Winterglitzern** erzählt.

Die unabhängige Bree arbeitet erfolgreich als Curvy Model und genießt ihr glückliches Single-Leben. Ein Anruf ihres Vaters stellt alles auf den Kopf: Sie muss ins beschauliche St. Bart zurückkehren.

In Cornwall trifft Bree Ben wieder, mit dem sie in London einen unerfreulichen Zusammenstoß hatte. Obwohl sie ihm deutlich zu verstehen gibt, dass sie nicht interessiert ist, gibt er nicht auf.

Als Bree bereit ist, ihr Herz zu öffnen, taucht unerwartet Bens Ex-Freundin auf.

Wird Bree um ihn kämpfen oder kehrt sie zurück in ihr altes Leben?

Ob Chesten ihr Glück findet, entscheidet sich in **Frühlingsleuchten**, erhältlich ab März 2018

Nach zwei Jahren hat Tierärztin Chesten die Hoffnung verloren, dass ihr Geliebter seine Ehefrau jemals verlassen wird. Voller Verzweiflung überlegt sie, St. Bart und ihre Freundinnen zu verlassen, doch dann bringt ein tätowierter Biker einen angefahrenen Kampfhund in ihre Praxis.

So ein Bad Boy käme für Chesten niemals in Frage, aber warum kann sie seine tiefbraunen Augen nicht vergessen?

WEITERE VERÖFFENTLICHUNGEN DER AUTORIN

Familiengeheimnisse
Christiane Lind: Im Land des ewigen Frühlings. 2016
Christiane Lind: Im Schatten der goldenen Akazie. 2016
Clarissa Linden: Ich warte auf dich, jeden Tag. Knaur 2015
Christiane Lind: Das Haus auf der Blumeninsel. Knaur 2013

Historische Romane
Christiane Lind: So weit uns Träume tragen. 2017
Christiane Lind: Das Shakespeare-Geheimnis. 2016
Christiane Lind: Die Medica und das Teufelsmoor. Aufbau-Verlag 2015
Christiane Lind: Die Heilerin und der Feuertod. Aufbau-Verlag 2014
Christiane Lind: Die Geliebte des Sarazenen. rororo 2010

Katzengeschichten
Christiane Lind: Phillips letztes Geschenk. 2016
Christiane Lind: Endlich Schnurrlaub! Geschichten von Katzen auf Reisen. rororo 2014

Christiane Lind: Weihnachtspunsch & Weihnachtskater. rororo 2012

Fantasy

Chris Lind: Kein Gott wie jeder andere. Sieben-Verlag 2014
Carolyn Lucas: Liebe unter dunklem Stern. 2014
Carolyn Lucas Vermächtnis der Engel. 2014
Carolyn Lucas: Verrat der Engel. 2014

Copyright © AIKA Consulting GmbH, alle Rechte vorbehalten

Dalwigkstraße 17, 34130 Kassel

www.caralindon.de

Originalausgabe August 2017

2. Auflage Oktober 2017

Buchcoverdesign: Sarah Buhr / www.covermanufaktur.de unter Verwendung von Bildmaterial von Helen Hotson; Favore Studio; SZBDesign / shutterstock.com sowie RAWexchange

Lektorat: Katrin Opatz, http://lektoratwortnetz.de

Korrektorat: Bücherschmiede, http://buecherschmiede.net/

EBook und Satz: Myra Çakan, https://ebook-to-go.blogspot.de

ISBN: 978-3-96111-306-4

Bestellung und Vertrieb: Nova MD GmbH, Vachendorf

Druck: Sowa Sp. z o.o.

ul. Raszynska 13

05-500 Piaseczno, Polska

Das Werk ist urheberrechtlich geschützt.

Jede Verwertung bedarf der ausdrücklichen Zustimmung der Autorin.

Personen und Handlung sind frei erfunden, etwaige Ähnlichkeiten mit real existierenden Menschen sind rein zufällig und nicht beabsichtigt. Markennamen und Warenzeichen, die im Buch verwendet werden, sind Eigentum ihrer rechtmäßigen Eigentümer.